The Spinoza of Market Street and Other Stories

ISAAC BASHEVIS SINGER

楚尘
文化
Chu Chen

北京楚尘文化传媒有限公司 出品

市场街的
斯宾诺莎

［美］艾萨克·巴什维斯·辛格 著

傅晓微 译

中信出版集团｜北京

图书在版编目（CIP）数据

市场街的斯宾诺莎 /（美）艾萨克·巴什维斯·辛格著；傅晓微译. -- 北京：中信出版社，2023.7
书名原文：The Spinoza of Market Street and Other Stories
ISBN 978-7-5217-5522-0

Ⅰ.①市… Ⅱ.①艾… ②傅… Ⅲ.①短篇小说－小说集－美国－现代②中篇小说－美国－现代 Ⅳ.
① I712.45

中国国家版本馆 CIP 数据核字 (2023) 第 094879 号

THE SPINOZA OF MARKET STREET AND OTHER STORIES by Isaac Bashevis Singer
Copyright © 1961, renewed 1989 by Isaac Bashevis Singer
Published by arrangement with Farrar, Straus and Giroux, LLC, New York.
Chinese simplified translation copyright © 2023 by Chu Chen Books.
All Rights Reserved
本书仅限中国大陆地区发行销售

市场街的斯宾诺莎
著者：　　[美]艾萨克·巴什维斯·辛格
译者：　　傅晓微
出版发行：中信出版集团股份有限公司
（北京市朝阳区东三环北路 27 号嘉铭中心　邮编　100020）
承印者：　浙江新华数码印务有限公司

开本：880mm×1230mm　1/32　印张：9　　　　字数：169 千字
版次：2023 年 7 月第 1 版　　　印次：2023 年 7 月第 1 次印刷
京权图字：01-2023-2379　　　书号：ISBN 978-7-5217-5522-0
定价：69.00 元

版权所有·侵权必究
如有印刷、装订问题，本公司负责调换。
服务热线：400-600-8099
投稿邮箱：author@citicpub.com

目录

001 　中译本序

023 　市场街的斯宾诺莎
049 　魔鬼的婚礼
063 　两个骗子
093 　婴儿床的影子
125 　希达和库兹巴
135 　漫画
149 　那个乞丐是这么说的
163 　死而复生
179 　一条建议
191 　在救济院
209 　克雷谢夫的毁灭

271 　辛格年表

中译本序

傅晓微

　　作家苏童在回顾20世纪80年代初外国文学对自己的影响时说，"真正看到的第一片世界文学风景是在上海译文出版社出版的《当代美国短篇小说集》（1979年）中，辛格《市场街的斯宾诺莎》中那个迂腐、充满学究气的老光棍形象让我念念不忘"。足见辛格和辛格小说，尤其是《市场街的斯宾诺莎》对中国当代作家的影响。事实上，让苏童着迷的这篇小说，也被文学批评界视为辛格最优秀的小说之一。这部同名小说集此次入选中信出版社的"辛格经典作品"系列，笔者对原译本做了一些修改润色，并应出版方的邀请，写了这篇译序，希望能与读者一起重新走进辛格，走进华沙犹太市场街这片文学风景。

1

哲学家的理性与俗世的激情

在这套"辛格经典作品"里,我们不时会遇到随口引用斯宾诺莎语录的犹太知识分子,不仅因为这位17世纪伟大的哲学家对近现代西方知识分子尤其是犹太知识分子影响巨大,更因为辛格自己曾经狂热地迷恋斯宾诺莎哲学,始终无法摆脱其影响。终其一生,辛格对斯宾诺莎思想既爱又恨,既接受又排斥。这种矛盾纠结的心理最终演化出菲谢尔森博士这个天真迂腐、毕生追求理性却陷入非理性之中的病态的斯宾诺莎信徒形象。

三十年来,菲谢尔森博士心无旁骛,潜心研究斯宾诺莎的代表作《伦理学》。就像少年时代的辛格一样,"书中的每条命题、每个证据、每项推论、每条注释他都烂熟于心"。他还亦步亦趋地追随着斯宾诺莎的生活轨迹。斯宾诺莎终身未婚,菲谢尔森博士也拒绝了媒人介绍的一个又一个姑娘;斯宾诺莎因其理性主义思想,尤其是他对《圣经》作者的质疑被犹太社群开除教籍,又因为不肯放弃自己"哲学讲授的自由"而拒绝了海德堡大学的邀请,菲谢尔森博士也因不肯放弃原则,"辞去了图书馆的职位"。不仅如此,菲谢尔森用《伦理学》指导自己的一言一行,解释自己的喜怒哀乐,用它看待世界万物。夏天热得受不了时,博士就把头探到窗外凉快的晚风里，喃喃自语，"真是太幸福了"。"这时候他就会想起来，斯宾诺莎说过，德性与幸福是同一性的，一个人最符合道德的行为就是沉浸于并不违背理性的快乐中。"所以，辛格说菲谢尔森博士是"市场街的斯宾诺莎"。

斯宾诺莎后半生主要靠磨光学镜片为生。他能熟练地磨制眼镜和望远镜的镜片。而靠一个学术团体的微薄资助生活的菲谢尔森在研究之余的最大乐趣，就是用望远镜"抬头仰望星空，他意识到那无限的延伸，照斯宾诺莎的说法，那是上帝的属性之一。菲谢尔森博士想到，尽管自己是个弱小的微不足道的凡人，是那绝对无限的实体的一个变动不居的样式，但他也是宇宙的一部分，和那些天体由同样的物质构成……想到这里，菲谢尔森博士备感安慰"。这些细腻的描写，不仅把《伦理学》深奥的哲学术语糅进了幽默风趣的小说中，也让一个食古不化、思维僵硬的老学究跃然纸上，令人忍俊不禁。

只有在遥望天空太久、脖子变酸之后，戴着"斯宾诺莎之镜"的菲谢尔森博士才会低头看看另一个世界——楼下的市场街。这个世界与头顶上的那个安静的、"井然有序"的理性世界截然相反："那些小偷啊，妓女啊，赌徒啊，还有倒卖赃物的家伙们都在广场游荡。"博士居高临下地俯视着楼下的芸芸众生，"他知道这群乌合之众的行为与理性截然对立。这些人深陷最虚无的激情中，醉心于情感。按照斯宾诺莎的说法，情感绝不是什么好东西。他们寻欢作乐，却以疾病、入狱收场，饱受无知愚昧带来的羞辱和痛苦"。博士参照《伦理学》中有关"人的奴役或情感的力量"的论述，将自己无法融入的"这个世界"视为"理性"世界的对立面，通过对这个世界的鄙视与疏离，为自己贫困、孤独无助的生活找到一份安慰。

第一次世界大战爆发后，菲谢尔森博士失去了犹太团体的微薄资助，那可是他唯一的生活来源。他绝望地想到自杀，"可他马上想起来斯宾诺莎并不赞成自杀，称那些自杀的人是疯子"。他出现幻象，做噩梦。可博士又想起来这些怪诞、离奇、可怕的幻觉、梦境又与偶像的理性相悖。《伦理学》强调，人只要借助于理性，把握了作为整体的自然（即神），就会不受情感的控制，获得真正的自由和幸福……可见菲谢尔森博士这个自诩为世上最理解斯宾诺莎的学究最终难逃"非理性"的控制。

菲谢尔森博士没有意识到，斯宾诺莎的"理智"并非高高在上、不食人间烟火的"理性原则"，不是用望远镜遥望天空，以逃避窗下市场街的现实生活。斯宾诺莎被逐出犹太社区后，还能靠磨制镜片为生。在两国交战之际，他甚至亲临敌人的军营，劝其休战，这种入世精神是博士的"理性"难以理解的。同样遇到两国交战之际，人心惶惶，食物匮乏，没有了生活费的博士只能遥望星空，把自己视为宇宙、实体的一部分，感觉到永生。这样一来，"从那高处俯视人间，就是这场世界大战也不过是'样式'的一种短暂游戏罢了"。这是辛格对一个亦步亦趋地模仿斯宾诺莎的迂腐文人的描画。

诙谐、幽默的文笔背后，是辛格对误解斯宾诺莎的斯宾诺莎信徒的嘲讽，也隐含着作家对斯宾诺莎哲学的婉转批评——远离鲜活的俗世人生，求助于空洞的理性，终将陷入虚无。所以，作为曾经的信徒，辛格成年后多次批评斯宾诺莎的"激情观"。

> 人不应该轻视任何情感。哲学家都轻视情感，尤其是斯宾诺莎，他认为人的一切情感都是罪恶。我却自信我们头脑里闪现的念头，不管多么微不足道，多么愚蠢，或者多么可怕，都具有一些价值。[1]

不过，熟悉《伦理学》的读者会发现，辛格有意无意间抹杀了《伦理学》中主动情感与被动情感（即"激情/炽情"）的区分。斯宾诺莎认为人容易被激情所奴役，但并不反对一切情感。也许，正因为辛格这一"创造性误读"，才有了菲谢尔森博士这么一个严格依照"理性"生活却陷入了非理性幻觉的文学典型。而斯宾诺莎有关情感的论述解读，又给了辛格莫大的创作动力。他不止一次提到："斯宾诺莎说过一句话，大意是一切都可能成为激情。我早已决定做一个人类激情的记叙者，而不只讲述平淡的生

---

[1] 转引自傅晓微《〈市场街的斯宾诺莎〉与〈伦理学〉的互文解读》，《外国语文》，2016年第5期，第16页。

活。"他的另一部短篇小说集《激情集》的经典台词就是："一切皆可成为激情。"

菲谢尔森研究《伦理学》三十年,却写不出一部评注;他追求斯宾诺莎"永恒形式下"的理性生活,却陷入噩梦、疾病、幻想等非理性的恐惧;他将斯宾诺莎的理智作为"人心征服情感的力量",理解成远离世俗生活,差点被社会彻底抛弃。而这一切,居然被博士极度鄙视的世俗激情治愈。在博士贫病交加,自以为不久于人世之际,市场街上又黑又丑的老姑娘黛比走进了他的生活。婚礼上,博士虚弱得连踢碎高脚酒杯的仪式都无法完成,但新婚之夜,黑黛比的肉体意志令那道用斯宾诺莎哲学竖起的"理性"高墙轰然倒塌。他"亲吻黛比,对她说着情话。那些早已忘却的克洛普斯托克、莱辛、歌德的诗句又回到嘴边。那些压痛啊,胸痛啊都消失了"。衰弱的博士身上沉睡的人性力量被"世俗激情"唤醒了。同时,世俗的激情也让博士与他的族群融为一体。过去许多年里,菲谢尔森与市场街的犹太人没有任何来往,但婚礼上,整条街的犹太人都来祝贺,对他说"现在我们就是兄弟啦"。新婚之夜焕发的激情不仅治好了他的胃病,还让他恢复了青春,完成了人伦。平庸的、肉体的、世俗的情欲力量,轻轻松松打败了三十年来博士一直努力坚守的聪明人的理性生活方式。

故事的结尾,幸福而又惶恐不安的博士,向着自己一生的偶像喃喃地祈求道:"神圣的斯宾诺莎啊,宽恕我吧。我成了傻子啦。"

这令人想起《伦理学》第五部分中的一句话,"聪明人是如何强而有力,是如何远远超过单纯被情欲驱使的愚人",也令故事的结局意味深长。我们或许可以将这句话理解为,菲谢尔森博士请求斯宾诺莎宽恕他堕入"眼下的欢愉",最终变成"单纯被情欲驱使的愚人";也似可理解为,博士在请求斯宾诺莎宽恕他过去从"高处看下来"把"滑入眼下的欢愉"视为愚蠢的错误(即发现自己过去其实误读了斯宾诺莎);又或者这不过是辛格对自己纠结一生的斯宾诺莎情结的一曲轻松的挽歌。各种理解似乎都讲得通,也似乎都意犹未尽,给读者留下了多种多样的遐想空间……这,或许正是辛格"炉火纯青的叙事艺术"的写照吧。

事实上,这部集子中,还有几个追求纯粹理性最后以失败告终的菲谢尔森式的人物:如一生执着于求真、求善,治学严谨的鲍里斯·马戈里斯博士,最后不得不败给了衰老、贫困和平庸(《漫画》)。还有那个奉康德、叔本华等现代哲学"理性"为圭臬的亚雷茨基医生。夜半无人时,老拉比夫妇无言而温馨的爱的交流,让亚雷茨基产生了结婚的冲动,但在一切以个人价值为中心的现代理性思想的强大影响下,他又半夜逃婚,令未婚妻不得不遁入修道院。十多年后,他的幽灵依然在老拉比书房外游荡(《婴儿床的影子》)。那是一个抛弃传统,又无法用现代"理性"替代的众多现代知识分子的幽灵,也是一个从高处俯瞰芸芸众生,最终反被聪明所误的"聪明人"。

2

犹太之问：谁是愚人？谁是智慧人？

　　传统犹太社会推崇知识、智慧，或许与该民族两千多年颠沛流离的流散生活有关，面对随时可能出现的集体迫害、驱逐，唯一能随身带走的只有知识。这也导致了犹太人独特的联姻方式：博学而贫穷的少年学子与最富裕人家的姑娘结婚。但这种结合的目的不是为了挣更多的钱，变得更富有。与富家千金结合，由岳父提供食宿，保证了大流散世界里最优秀的男性能有充分的时间，心无旁骛地研习圣书。智慧超群的男人研习《托拉》《塔木德》等神圣经典，撰写评注，探索圣书的奥秘，以解决社会问题。他们保证了能凝聚民族力量的文化传统得以一以贯之。而附带的结果则是，他们的优秀基因也得以传承。传统犹太世界对优秀男性的评判也是以其在《塔木德》研习等方面的造诣来衡量的。辛格的母亲在挑选夫婿时，也和《克雷谢夫的毁灭》中的丽丝一样，在英俊聪明的富家子和贫穷、不谙世事但虔诚而又博学的穷小子之间，选择了后者。辛格父母一生穷困，加上双方分别出身于两个对立的教派，生活中争执不断，就像《一条建议》中的哈西德派女婿与他的米特南丁派岳父一样，但他们一生都"为了灵魂的纯洁而含辛茹苦"，按照辛格的话说，他们"活得圣洁，死时像圣徒"[1]。

《克雷谢夫的毁灭》再现了这种独特的犹太婚俗：极度贫困的克雷谢夫镇上唯一的富户是布尼姆一家，但最令人尊敬的还是学识渊博的学者。因此，当那个身无分文、其貌不扬的孤儿来到镇上，从容地"引用《巴比伦塔木德》和《耶路撒冷塔木德》，并在不经意间透露出："他会下棋；会运用黄道十二宫的十二个符号画壁画；会写希伯来的回文诗……年纪轻轻的，就已经研究了哲学、喀巴拉，还是神秘数学的行家……"他一下子就征服了全镇。他与镇上最富有、最美丽的女孩的婚姻也受到了衷心祝福。人们"以为希勒米尔一旦结婚，就会成为耶希瓦学校的领头人，专心于社区事务，这对于一个奇才而且又是富人的女婿来说是很恰当的"。显然，财富不是最重要的，犹太民族最聪明、最优秀的人才应该成为民族的精神领袖。财富的最大化就是为社区服务，比如布尼姆给镇上捐钱，修葺澡堂、救济院，接济学子，让他们专研圣书。

但是，如果偏离了信仰，对智慧、智识的追求不仅不能造福民族，甚至还会给自己、给族群带来毁灭性的后果。"漂亮又有教养"的丽丝追求的是集智慧与虔诚为一身的灵魂伴侣，哪怕他身无分文，其貌不扬。然而她千挑万选出来的夫婿，没有将聪明才智用在净化

---

[1] 艾萨克·巴什维斯·辛格著：《在父亲的法庭上》，傅晓微译，四川文艺出版社，2010年，第153页。

心灵、探求真理的正道上，而是用在了引诱妻子犯罪，以满足其变态情欲上，给小镇带来灭顶之灾。而最终让小镇免于毁灭的却是没有多少学识的布尼姆。相比起希勒米尔、丽丝这样的聪明人，布尼姆的学识仅仅可以满足他每天诵读《托拉》和祷告，但是信仰与知识并不成正比。作为一个"全神贯注于《托拉》和圣洁的行为"的犹太人，女儿、女婿的犯罪行为，全镇人对最钟爱的女儿的极端羞辱和女儿的自杀都没能将他击垮。"他保持了他的信仰，对宇宙之主没有任何怨恨。"如小说的叙述者魔鬼所说："我的力量只能影响那些质疑上帝之道的人，对那些行为圣洁的人没有用。"

那么，谁是愚人？谁才是真正的智慧人呢？辛格似乎想说，真正的智慧人不是博学的菲谢尔森博士，也不是绝顶聪明的希勒米尔，而是贫穷的挑水工摩西和他替人拔鸡毛的妻子（《那个乞丐是这么说的》），是那个虔诚而乐观的哈西德女婿（《一条建议》）……和他们的古代先知何西阿一样，这些头脑简单、信仰纯粹的犹太人明白真正的智者是谨守正道之人，而不是智力超群的所谓"聪明人"。

3

犹太世俗画卷中的信仰与激情

这本集子里的第二类故事呈现的是菲谢尔森博士极度鄙夷，但最终使他获得救赎的"非理性世界"——早已消失在纳粹屠刀下的 20 世纪初东欧犹太社会。是吵吵嚷嚷的俗世里形形色色的小人物——市场街叫卖橘子、鸡蛋的小贩，跑腿的面包房学徒，"还有倒卖赃物的家伙们"（《市场街的斯宾诺莎》）；以丈夫为天，却又彪悍泼辣的犹太妇人（《死而复生》）；无家可归的穷人、被打断腿的小偷、受尽屈辱的妓女（《救济院》）；在各个犹太社区四处流浪的乞丐（《那个乞丐是这么说的》）和招摇撞骗的男女《两个骗子》；当然还有善良的挑水工以及虔诚的哈西德教徒、拉比和长老们（《一条建议》）。无论是波兰犹太格托（隔离区）中的市场街，还是偏远山区的克雷谢夫小镇，短小精悍的故事里，辛格寥寥数笔便呈现出一个个鲜活的人物和他们极度贫困但又自得其乐的生活场景。

苏童对辛格的叙事有一句十分生动的评价："辛格的人物通常是饱满得能让你闻到他们的体臭。"故事里这些真实得让人透过文字仿佛就能闻到其体臭的小人物，常令我想起小时候在舅舅家乡接触的那些淳朴的农民，贫穷但又能享受单纯的快乐。但辛格笔下的这些人物又有别于其他民族。这个蛰居在狭小、破败的居所，每天挣扎着维持温饱，一走出犹太居住区便会招致外邦人迫害的民族，又是如此的超脱于物质世界。这些常人眼中的弱智、傻子或卑贱者，如挑水工摩西、吉姆佩尔、施姆-莱贝利夫妇（《短暂的礼拜五》）、伯尔夫妇（《儿子从美国回来》），他们的身份低入尘埃，其心灵却飞升到《托拉》的精神世界。他们满怀激情地执行着每一条戒律，相信自己的行为符合上帝之道，单纯而快乐地享受着每一点细小的生活乐趣。

这些人之所以能"在别人看来尽是悲伤耻辱的事物中自得其乐"，与他们对传统的坚守，对信仰的激情密不可分。比如《那个乞丐是这么说的》里，摩西听信一个流浪乞丐的话，便举家搬迁到遥远的小镇谋求一份扫烟囱的工作，沦为人们的笑柄，但他在风雪夜里扑灭了大火，拯救了救济院里的穷人。这一义举令其在小镇备受敬重。而他自己却将这一奇遇归结到美丽的民间信仰：三十六个隐藏于世的义人。摩西认为自己半夜发现并扑灭大火，是因为那个乞丐几年前告诉他雅诺夫镇需要扫烟囱的工人，因而坚信"那个死去的老乞丐是传说中的三十六个义人之一。这些义人在世时身份卑微，靠着他们的美德使这个世界免于毁灭"。而摩西自己又何尝不是那使这个世界免于毁灭的义人之一。

在辛格出身其间的传统社会，是否受人尊重源于其信仰和德行，所以免费为穷人做几双鞋子的鞋匠与捐钱为社区修会堂、建救济院的富人一样，都被视为"著名的慈善家"。其最大的荣誉便是在犹太会堂做读经人，或在祷告区坐到靠近拉比的位置。而拉比的身份地位也与财富无关，人们往往根据拉比的学识与道德品行决定是否成为其会众（《一条建议》）。所以，当目不识丁的摩西夫妇倾其所有，出资请文士为社区做一卷新的手抄《托拉》经卷时，这一善举成为小镇最大的盛事。"婚礼华盖撑开了，是由会众当中最受人尊敬的四个人撑起来的。华盖下，拉比走过来，手里捧着新的经卷……就是会众里最老的长者也从没见识过如此隆重的奉献宴席。"如辛格所说："抽掉人的各种情感，这个人不管他的思维多么合乎逻辑，也不过是个生活呆板单调的木头人。"摩西夫妇虔诚的信仰带给他们炙热的情感，全镇人参与制作神圣经卷和庆祝盛宴的狂热和幸福，令他们日常的世俗生活蒙上一层圣洁的光辉。辛格用细腻的笔触为读者展开了一幅幅犹太日常画卷，他说："我相信其他民族能够从犹太人那里学到许多东西，包括他们的思维方式，抚养孩子的方法，以及在别人看来尽是悲伤耻辱的事物中自得其乐的处世态度。"[1]

4

恶魔、幽灵：激情或癫狂的化身

瑞典文学院拉思·吉兰斯坦教授在诺贝尔文学奖颁奖词中，指出了辛格小说中随处可见的激情主题与犹太民间信仰的微妙关系：

激情可以有万千种类型——通常是性，但也有疯狂的渴望

---

1 转引自傅晓微《上帝是谁：辛格创作及其对中国文坛的影响》，人民文学出版社，2006年，第118页。

和梦幻,虚幻的恐惧,欲望或权力的诱惑和悲苦的噩梦……在这些奇特的故事中,妖魔鬼怪和幽灵,以及各种来源于犹太大众信仰宝库或他自己想象的地狱或超自然的力量,成了激情或癫狂的化身。[1]

小说集《市场街的斯宾诺莎》以菲谢尔森博士满怀激情追求斯宾诺莎的"理性"开头,以撒旦之口讲述以另一种激情带来的"克雷谢夫的毁灭"结束。"我是最初的那条蛇,魔鬼,撒旦。喀巴拉神秘主义叫我撒马尔,犹太人有时候直接称我为'那个'。"魔鬼叙述者、附鬼、幽灵等侵入犹太人生活的情节在辛格小说中俯拾皆是。比如这部集子里的《婴儿床的影子》《魔鬼的婚礼》《两个骗子》《希达和库兹巴》《克雷谢夫的毁灭》,还有《玛土撒拉之死》中的《来自巴比伦的犹太人》《失去的一行字》,《羽冠》中的《羽冠》《蓝图克》,《傻瓜吉姆佩尔》中的《来自克拉科夫的绅士》《镜子》《欢乐》《隐身人》,《短暂的礼拜五》中的《雅基德和耶基妲》《最后的魔鬼》《教皇泽伊德尔》,《卡夫卡的朋友》中的《冥冥之中》,《降神会》中的《货栈》《降神会》,等等,都是这类题材的名篇。为此,美国人说他是"意第绪语的爱伦·坡",中国读者称他是"域外的蒲松龄"。

---

[1] 黑鸟译《授奖词》,载《魔术师·原野王》,漓江出版社,1992年,第482页。

辛格说他采用魔鬼与超自然题材有如下几个理由。第一,"采用撒旦或魔鬼作象征,可以浓缩许多东西。这是一种精神速记"。第二,"魔鬼象征这个世界,我是指人类及其行为"。第三,"每个严肃的作家都被某些观点或象征所控制,我被我的魔鬼所控制"。[1]也就是说,除了写作手段,辛格似乎相信恶魔"不仅象征性地,而且也是真实存在的"。[2]这些带有神秘主义风格的小说在似信非信中呈现了辛格一贯的主题:撒旦不过是人内心邪恶的折射而已。《两个骗子》里,撒旦三言两语就揭示了骗子的内心活动,魔鬼叙事的确是一种便捷的精神速记。《希达和库兹巴》表面看是地底下的恶魔母子对话,但这个民间恶魔信仰的外壳包裹的依然是人性的问题,是人类的傲慢与无知。《魔鬼的婚礼》上,妖魔鬼怪、魑魅魍魉悉数登场。犹太民族的代表亚伦·纳弗塔里拉比与恶魔孤军奋战,终因势单力薄而失败,女儿也在魔鬼的迫害凌辱之后彻底毁灭。通过惊心动魄的人鬼大战场景,渲染了民族"即将到来的危险",尤其是日夫基辅镇教徒们被魔鬼利用反而合伙迫害欣德尔的残酷……

从表面看,《克雷谢夫的毁灭》就是一个男人在撒旦操纵下引诱妻子与人通奸,令小镇毁灭的故事。但细读文本之后,会发现作者似乎在说:信仰与异端只有一步之遥。对智慧的追求、对真相近

---

[1] 傅晓微《上帝是谁:辛格创作及其对中国文坛的影响》,第170页。
[2] 同上,第28页。

乎癫狂的寻根究底，最终可能偏离正道，陷入万劫不复。希勒米尔，这个公认的天才少年，社区未来的精神领袖，似乎把自己所有的聪明才智，毕生所学的《塔木德》知识都用来说服虔诚的妻子与他人通奸，从中获得快感。他"因为太多的思考变得越来越堕落"，为了"满足他自己堕落的激情"，编造了一大堆谎言，让她相信"通过犯罪便能行善"！希勒米尔令人不可思议的罪行要追溯到他小时候接受的异端思想。在向会众忏悔时，希勒米尔坦白"自己还是孩子的时候，如何加入沙巴泰·泽维那个宗派的队伍里，他如何跟同门一起研习，他如何接受了过度堕落意味着更大的圣洁，邪恶者越是邪恶，离救赎的日子就越近的教育"。这里，希勒米尔提到的"沙巴泰·泽维那个宗派"是17世纪中叶发生的一场几乎摧毁了整个犹太大流散世界的异端运动——伪弥赛亚运动。这场运动的领袖"沙巴泰·泽维"自称是上帝派来的救世主弥赛亚，他和追随者们在遍及欧、亚、非的几乎所有犹太社团引起了巨大骚乱。

犹太传统信仰认为在世界末日，上帝会派弥赛亚来拯救犹太人，将他们带回圣地以色列。但究竟谁是弥赛亚，他何时到来，却没有答案。这种不确定性给了人们无限的想象空间，时不时地会冒出一个自称弥赛亚的人和大批追随者。而17世纪中叶的沙巴泰·泽维运动与之前犹太历史上出现的无数次伪弥赛亚闹剧相比，在规模和强度上可谓无可匹敌。大批学识渊博、德高望重的拉比、学者被裹挟其中。这场源自族群内部的闹剧给大流散世界造成了毁灭性的灾难，其影响甚至延续到 20 世纪初。《撒旦在格雷》和《克雷谢夫的毁灭》这两篇小说，从文学角度生动地再现了这场运动的起因、扩散轨迹及其灾难性后果。

辛格 1933 年发表的第一部中篇小说《撒旦在格雷》揭示了沙巴泰运动兴起的原因：1648 年，赫梅尔尼茨基率领的哥萨克袭击了波兰和乌克兰的犹太社区，造成犹太历史上最可怕的集体屠杀。幸存的人们陷入绝望与困惑中，加上外部世界对犹太人持续不断的迫害，无休无止的赋税，为伪弥赛亚运动的兴起提供了丰富的土壤。《撒旦在格雷》开篇描述的正是哥萨克集体屠杀的幸存者，17 年后陆续回到死寂荒芜的小镇时的情景。他们犹如惊弓之鸟，随时担心大屠杀再次发生，对一千多年来维系民族传承的拉比犹太教也失去了信心。对结束流放的无望和对外部迫害的焦虑不安使人们变得自私冷漠。"缺乏安全感，时时刻刻担心生命和财产被剥夺，地位高的犹太人比地位低的犹太人感受到的威胁更甚。"[1] 为了躲避捐赠义务，有钱人连去会堂祈祷的仪式也不做，这在犹太社会是十分罕见的现象。这时，沙巴泰·泽维就是弥赛亚，他将驾着祥云前来拯救犹太人的谣传一下子像打鸡血一样，在犹太社群激起了广泛的宗教热情。人们放下一切事务，眼巴巴地等待着末日降临的那一刻。然而，那

---

[1] Gershom Scholem, *Sabbatai Sevi: The Mystical Messiah, 1626–1676*. Princeton University Press, 1973, p.462.

朵将全体犹太人送回到圣地的祥云并未出现，犹太人翘首等待的救世主被土耳其苏丹抓住后，变节改宗。这场极度疯狂的弥赛亚闹剧在沙巴泰·泽维走进清真寺之后就谢幕了，但它给整个犹太世界带来的打击却是毁灭性的。尽管犹太社团发布了严厉的开除教籍的通告，在相当长的时间内，沙巴泰运动转入神秘的地下宗派组织——秘密沙巴泰（Crypto-Sabbatianism），在犹太社区一代代暗中留传。《克雷谢夫的毁灭》描写的就是这一现象："尽管沙巴泰这个伪弥赛亚已经死了很久，他的那些秘密信徒们却还四散在各地。他们在集市、市场会面，互相通过秘密的符号接头，因而能安全躲过那些要将他们开除教籍的犹太人的怒火。这个宗派里有好些拉比、教师、仪式屠宰师以及其他一些表面受人敬重的人。"从中可以看出，在沙巴泰死后几百年，其追随者中仍不乏"受人敬重的人"，而天才少年希勒米尔就是其中之一。这是因为大量的信徒无法接受信仰的幻灭，为了这一执念，他们宁愿相信沙巴泰分子的辩解，即"随着沙巴泰·泽维的到来，亚当的罪已经被纠正，善已经从邪恶与渣滓中拣选出来。从那时起，一部新的《托拉》变成了律法，根据这部新的《托拉》，过去犹太教禁止的一切行为现在都是允许的了，尤其是被禁止的各种性行为"[1]。沙巴泰这一异端思想的本质就是在善恶之

---

[1] Gershom Scholem, *Sabbatai Sevi: The Mystical Messiah, 1626–1676*. Princeton University Press, 1973, p.779–780.

中，选择邪恶，在亵渎与神圣之间选择亵渎，以此来达到更高的善，也就是希勒米尔忏悔时交代的："过度堕落意味着更大的圣洁，邪恶者越是邪恶，离救赎的日子就越近……"

接受了这种邪恶教义的希勒米尔不在会堂研习《托拉》，而是在家里向自己的妻子"展示《托拉》的秘密"——"男女之间亲近的秘密"。"希勒米尔告诉丽丝在那天国里，雅各如何跟拉结、利亚、辟拉，还有悉帕交媾，面对面的，屁股对着屁股的，还有神圣的天父和神圣的母亲如何交媾。那些书里有好多看上去亵渎神灵的语句。"小说提到的雅各、拉结、利亚、辟拉和悉帕等《圣经》人物被希勒米尔邪恶地解读，以证明"罪就是清洗"，为了引诱妻子与马车夫通奸，他谎称二人是《圣经》中大卫王的遗孀亚比煞和大卫王的儿子亚多尼雅的灵魂转世。把亚多尼雅想娶父亲遗孀的乱伦要求解释为"某一灵魂的欲望若是在今生得不到满足，它就不断地转世轮回，你们两个人就是这种情况。你二人的灵魂已经赤身裸体流浪了近三千年了，还是无法从它们诞生的地方进入流溢的世界"。根据喀巴拉教义，宇宙中所有的世界都是从上帝身上发散出来的。不仅生物，连无生命的东西也是神圣实体上发展而来的。"上帝创造世界之时，也创造了邪恶。因为没有邪恶，就不会有美德和罪行，也没有自由选择和回报。"[1] 但是，喀巴拉神秘主义的这一说法并不等于说人

---

[1] I.B. Singer, *The Hasidim*. New York: Crown Pub. Inc. 1973, p.25.

可以善恶不分或者说人只有通过犯罪来获得救赎。希勒米尔把犹太神秘主义关于"流溢的世界"的观念歪解为沙巴泰异端教义："书上写着，只有当所有的激情都圆满了，弥赛亚才会降临。所以，弥赛亚降临前的历代人将会陷入彻底的肮脏败坏中。"这样，"一个男人与其毫无激情地做善事，还不如充满激情地犯罪。对与错，黑暗与光明，左与右，天堂与地狱，圣洁与堕落都是神性的形象"。魔鬼的引诱成了"激情或癫狂的化身"。

　　《克雷谢夫的毁灭》中，辛格对《约伯记》的引用颇具深意。一方面，约伯是虔诚的象征。布尼姆的一生仿佛约伯一生的再现，都是上帝选中的完美义人，从备受上帝眷顾、生活富裕、家庭完美，到一夜之间遭受灭顶之灾。也同样拒绝了上帝派来的撒旦的引诱："我，邪恶精灵，企图引诱这个极度悲伤的父亲偏离正道，用悲哀填补他的精神，因为这就是造物主派我到地上来的目的。但是，雷布·布尼姆无视我的存在，用《圣经·箴言》上的一句话完成了颂歌：'不要照愚昧人的愚妄话回答他。'"另一方面，作为长期以来犹太文化和西方文化中寻求真理、挑战权威的象征，约伯不在乎万劫不复，不惜质问上天，就为了听见来自"天上"的声音。辛格小说中这一类约伯式的人物似乎很多，他们目睹民族的苦难、人类的苦难，为寻求真相，苦苦寻觅，不惜遭人白眼，甚至公开的羞辱。他们不是余华《活着》中的福贵，对苦难隐忍接受。他们也无法像挑水工摩西那样，近乎赤贫却因其虔诚的信仰，从容平和地生活。他们有的至死无法了解真相，如《羽冠》中的阿卡莎、《克雷谢夫的毁灭》中的丽丝，最后摧毁她们的不是肉体折磨，也不是公开受辱，而是求而不得的绝望。如丽丝所说，"我知道我已经放弃了今生和来世，我已经没有希望了"。他们有的在信仰与怀疑之间受尽煎熬，直到在生命的尽头，看到了"一束光芒从天堂照耀，一切怀疑戛然而止……"就像约伯在濒临绝望中听见了天上的声音。这也许就是辛格的矛盾之处，一方面是犹太传统对智慧、智识的推崇；另一方面，辛格又十分清楚，比起淳朴、无知的人，聪明绝顶之人一旦偏离正道，他们给自己、给社会带来的灾难要可怕得多。

2023 年 2 月 12 日
歌乐山下

市场街的斯宾诺莎[*]

1

华沙市场街，内厄姆·菲谢尔森博士在他的阁楼间里来来回回地踱着步子。菲谢尔森博士是个驼背的小个子，他胡子花白，除了后脖颈上几根稀疏的毛发，头上几乎全秃了。他长着鹰钩鼻，又大又黑的眼睛眨巴着，像大鸟扑扇着翅膀。这是夏天一个炎热的夜晚，可菲谢尔森博士还穿着件长及膝盖的黑色大衣，戴着硬领，系着蝴蝶结。他从房间门那儿慢慢踱到倾斜的阁楼间高高的屋顶窗下，又折了回去。要从窗口望出去，得爬上几级台阶

---

[*] 本书据美国法勒、斯特劳斯和吉鲁出版社（Farrar, Straus and Giroux）1989年版英译本译成。本篇英语由玛莎·格利克里奇（Martha Glicklich）和塞西尔·赫姆利（Cecil Hemley）翻译。

才行。桌上的铜烛台里一支蜡烛在燃烧,各色昆虫围着火苗嗡嗡地飞。时不时有一只虫子飞得太近,把翅膀给烤焦了,有的被点燃了,落在蜡烛芯上,瞬间发出耀眼的光来。这时候,菲谢尔森博士总是一脸苦相。他满是皱纹的脸上会一阵抽搐,凌乱的胡须下,双唇紧咬。最后,他从口袋里掏出一条手帕,扬手驱赶这些飞虫。

"飞走吧,你们这些傻瓜,蠢东西,"他责骂着,"你们在这儿得不到温暖的,只会烧死自己。"

虫子四散飞去,一会儿又飞了回来,继续围着跳动的火苗舞蹈。菲谢尔森博士从满是皱纹的前额上抹去汗水,叹息道:"跟人一样,它们渴望的不过是眼下的欢愉。"桌上摆着一本翻开的拉丁文书,宽阔的页边空白处密密麻麻填满了菲谢尔森博士工工整整的笔记和评语。那是斯宾诺莎的《伦理学》,菲谢尔森博士研究这本书都已经三十年了。书中的每条命题、每个证据、每项推论、每条注释他都烂熟于心。他若想找哪个段落,直接就能翻到那一页,根本不用一页页地找。就算是这样,他还是每天要花好几个小时研究《伦理学》。他瘦骨嶙峋的手里拿着放大镜,嘴里念念有词,读到自己同意的地方便点点头。事实是,菲谢尔森博士研究得越久,发现困惑难解的句子、不清晰的段落和语义模糊的话就越多。每个句子都包含斯宾诺莎的任何弟子都尚未解读的暗示。事实上,康德和他的追随者们提出的那些纯粹理性批判,这位哲学家全都预见到了。菲谢尔森博士正在写一部关于《伦理学》的评论。他的抽屉里装满了笔记和草稿，不过看样子，他永远也不可能完成他的大作了。胃痛的毛病已经折磨他好些年了，而且一天比一天严重。现在他只要吃上几口燕麦片，就会胃痛。"上帝啊！这实在是太难，太难了，"他自言自语道，说话的腔调跟他父亲，死去的梯谢维兹镇的拉比一模一样，"实在是太苦，太苦了。"

菲谢尔森博士并不是怕死。首先，他已经不年轻了。其次，《伦理学》的第四部分也写着："自由的人很少想到死；他的智慧，不是对死的遐想，而是对生的思考。"最后，书上还写着："人的心灵不会完全随着身体陨灭，它依然留存着某种永恒的东西。"而且菲谢尔森博士的胃溃疡（也可能就是癌吧）一直困扰着他。他的舌苔总是厚厚的，不停地打嗝，而且每次打嗝发出的腐烂气味都不一样。胃里灼痛，还痉挛。他有时觉得想吐，有时又特别想吃大蒜、洋葱和油炸的食物。他早就把医生们给他开的处方扔了。他自己想办法治疗。他发现每餐后吃点儿萝卜丝，然后趴在床上，头垂在床边，感觉会好一点。但是这些家庭偏方也只能暂时缓解痛苦。有几个医生检查后，坚持认为他没什么大病。"就是神经问题，"他们说，"你可能会活到一百岁呢。"

可是，在这个酷热难当的夜晚，菲谢尔森博士感觉自己的力量正在一点点消失。他双膝发抖，脉息微弱。他坐下来读书，但视线模糊了。书页上的字母一会儿是绿色，一会儿成了金黄。一行行句子变成了波纹，上下波动交叉，出现空白，就好像文字神秘地消失了。热浪从锡皮屋顶上直接倾泻下来，简直难以忍受。菲谢尔森博士觉得自己像是给关进了火炉里。有几次他爬上四级台阶，走到窗口，将脑袋伸到夜晚的凉风里。他一直保持着这个姿势直到双膝发颤。"哦，多好的凉风啊，"他喃喃自语，"真是太幸福了。"这时候他就会想起来，斯宾诺莎说过，德性与幸福是同一性的，一个人最符合道德的行为就是沉浸于并不违背理性的快乐中。

2

菲谢尔森博士站在最高的那级台阶上，靠着窗户向外看去，能看到两个世界。头顶是缀满繁星的天空。菲谢尔森博士从未认真研究过天文学，但还是能够分辨行星，就是那些像地球一样围绕太阳旋转的星体，还有像太阳一样的恒星，它们的光到达我们这里要走一百甚至上千年。他认出了太空中那些标志地球轨迹的星座和那条星云状的带子，那是银河。菲谢尔森博士有一架小小的望远镜，那是他在瑞士读书时买的。他特别喜欢用这架望远镜遥望月球。他可以清楚地分辨出月球表面那些沐浴在阳光里的火山和那些黑暗模糊的环形山。他总是不知厌倦地凝视着这些豁口和裂隙。在他看来，它们既近又远，既实在又虚幻。他时不时会看到一束陨星在空中划过一道宽阔的弧线，然后消失，身后拖着一条火红的尾巴。菲谢尔森博士知道那是一颗流星进入了我们的大气层，也许它的一部分尚未燃尽的碎片掉进了海洋，或是落到了沙漠，甚至可能落到了有人居住的地方。那些从菲谢尔森博士的屋顶背后升起来的星星慢慢上升到街道房屋的上方，熠熠放光。是啊，当菲谢尔森博士抬头仰望星空，他意识到那无限的延伸，照斯宾诺莎的说法，那是上帝的属性之一。菲谢尔森博士想到，尽管自己是个弱小的微不足道的凡人，是那绝对无限的实体的一个变动不居的样式[1]，但他也是宇宙的一部分，和那些天体由同样的物质构成。从这个意义上说，他也是神性的一部分，不可能被毁灭。想到这里，菲谢尔森博士备感安慰。在这样的时刻，菲谢尔森博士便体会到"神的理性之爱"（*Amor Dei Intellectualis*），用阿姆斯特丹那位哲学家[2]的话说，那是心灵的最高完满。菲谢尔森博士深深地吸了一口气，尽可能地抬起头，直到后脖子被硬领卡住，他感觉自己像是和地球、太阳、银河系的星星以及那些只有无限的思

---

1 "样式"（mode）和"实体"（substance）都是斯宾诺莎用语。斯宾诺莎把世界分为实体和样式，实体就是永恒不变的存在，其他一切不过是它的形式。任何单个的事物或事件可以有各种各样的形式，如身体、星球等都是样式。——译者注（以下如无特殊标注，均为译者注）

2 这里指斯宾诺莎。

维才知晓的无数星云一起转动。他的双腿变得轻灵、失重,他双手抓住窗框,生怕自己会脱离地面,飞进永恒。

当他观察天空太久,变得疲倦时,他的目光会投向下面的市场街。只见一条狭长的通道从亚纳西市场一直延伸到铁匠街,两旁的煤气灯形成一道炙热的红点。黑色的漆皮屋顶上,烟囱冒着烟,面包师们正在烧烤炉,烟囱里冒出的黑烟中时不时地爆出点火星。夏季夜晚的街道是最喧嚣拥挤的了。那些小偷啊,妓女啊,赌徒啊,还有倒卖赃物的家伙们都在广场游荡。从上面看下去,那广场就像块椒盐脆饼。年轻男人们在粗鲁地大笑,女孩子们尖叫着。一个小贩背着一桶柠檬汁,一阵阵吆喝声划破广场的嘈杂。卖西瓜的小贩粗野地叫卖着,手里一把长长的西瓜刀滴着血一样的西瓜汁。街上时不时就会变得更加骚动。由健壮的黑马驾着的消防车急速驶过,沉重的车轮嘎嘎作响,那些马必须得紧紧地拉着,防止它们撒野。接着又来一辆救护车,汽笛声刺耳。再过一会儿又是几个恶棍自己起了内讧,打了起来,把警察也招来了。一个过路人被抢了,一边跑一边叫救命。几辆装着木材的货车试图穿过人群,进入面包房所在的院子,可马儿爬不上陡峭的斜坡,车夫们叫骂着挥鞭抽打这些畜生。马蹄踢踏,溅起火星。按规定七点钟就该闭市了,现在时间早过了,但市场的生意才刚刚开始。顾客被悄悄领到了后门。街上的俄罗斯警察[1]收了钱，对发生的这些事儿不闻不问。商人们还在兜售货物，扯着嗓子想盖过别人的叫卖声。

"金黄，金黄，金黄。"一个卖烂橘子的女人大声尖叫。

"甜，甜，甜。"一个小贩叫卖熟过头的梅子，喊哑了嗓子。

"鱼头，鱼头，鱼头。"卖鱼头的小男孩拼命嘶喊。

从街对面一间哈西德派[2]读经堂的窗口望进去，菲谢尔森博士能看见留着长长鬓发的男孩子们俯身在神圣经卷上，苦着脸，摇头晃脑地用歌唱般的声音大声诵读。楼下的小酒馆里，屠夫、搬运工和水果贩子们在喝着啤酒。水汽从小酒馆开着的门口飘出去，就像是澡堂子里飘出的水蒸气。酒馆里还有嘈杂的音乐声。酒馆外面，街上拉客的妓女拉扯着喝醉酒的士兵们和从工厂下班的工人们。他们有的还扛着一捆捆的木柴，这让菲谢尔森博士想起那些被罚下到地狱点燃柴火烧死自己的邪恶之人。从开着的窗子里传出嘶哑的电唱机刺耳的声音。神圣节日[3]的祈祷声与粗俗的杂耍歌舞声混在了一起。

菲谢尔森博士竖起耳朵，俯视下面这个昏暗的疯人院。他知道这群乌合之众的行为与理性截然对立。这些人深陷最虚无的激

---

1 故事背景是1914年第一次世界大战前夕，当时波兰大部分地区划归俄罗斯。
2 哈西德派又称犹太教正统派。20世纪初，哈西德派信徒主要分布在东欧的波兰、立陶宛和俄罗斯的犹太社区。
3 神圣节日（high holidays），通常指犹太历新年和赎罪日。

情中，醉心于情感。按照斯宾诺莎的说法，情感绝不是什么好东西。他们寻欢作乐，却以疾病、入狱收场，饱受无知愚昧带来的羞辱和痛苦。就连屋顶上游荡的猫，都显得比镇上其他地方的猫更野蛮，更放荡。猫叫春的声音像女人们生孩子时的惨叫，它们像恶魔似的在墙上蹦跳，跃上屋檐和阳台。一只雄猫停在了菲谢尔森博士的窗口，发出一声尖啸，吓得菲谢尔森博士浑身发抖。博士从窗边退下来，捡起一把扫帚，冲着这只黑色动物发光的绿眼睛一阵挥舞。"嘘！滚开，你这个无知的蠢货！"他用扫帚把敲打屋顶，把那只猫赶走了。

3

菲谢尔森博士曾在苏黎世攻读哲学，他返回华沙时，曾有大好前程等着他。朋友们知道他正在写一部关于斯宾诺莎的重要论著。一份波兰犹太杂志邀请他撰文，他还是好几个有钱人家的常客，也曾被任命为华沙犹太会堂的图书馆馆长。虽说那时候他已经被看成是个大龄单身汉了，但媒人还是给他介绍了好几个有钱人家的姑娘。可是菲谢尔森博士却没有抓住这些机会。他要像斯宾诺莎那样独立，而且他过去也一直独身。因为他的异端思想，他和拉比发生了冲突，不得不辞去了图书馆的职位。在那以后好多年，他一直靠开私塾教授希伯来语和德语维持生计。再后来，他生了病，柏林犹太社团投票决定给他一笔每年五百马克的补助，这还得力于那位和他通信讨论哲学的著名的希尔德斯海默博士的干预。靠这笔微不足道的津贴过日子，菲谢尔森博士不得不搬进了阁楼间，开始自己在煤油炉上做饭吃。他有个碗柜，里面有好些抽屉，他给每个抽屉贴上标签，标明里面的食物：荞麦片、米、大麦、洋葱、胡萝卜、土豆、蘑菇。每星期有一天，菲谢尔森博士会戴上宽边黑帽子，一手提篮子，一手拿着斯宾诺莎的《伦理学》，上市场采购他一星期的食物。他排队等候的时候，便会打开《伦理学》。商贩们都认识他，会招呼他到自己的摊位上来。

"多好的一块奶酪，博士——入口即化。"

"新鲜的蘑菇，博士，刚从树林里采的。"

"给博士让个道，女士们，"卖肉的叫着，"别把入口给挡了。"

菲谢尔森博士生病的头几年，他晚上还经常去那个希伯来语教师和其他知识分子们光顾的咖啡馆。他总是习惯坐在那儿，一边喝着半玻璃杯的黑咖啡，一边跟人下棋。有时候他会在圣十字街的一家书店停下来，那儿有各种旧书、旧杂志，卖得很便宜。有天晚上，他从前的一个学生约他去饭店见面。菲谢尔森博士到达时，惊讶地发现一帮朋友和崇拜者等在那儿。他们把他引到上座，纷纷发表有关他的演说。不过那都是多少年前的事儿了。现在没人再对他有兴趣了。他将自己完全孤立起来，成了一个被人遗忘的人。一九〇五年，市场街的男孩们开始组织罢工，朝警察局扔炸弹，枪杀那些破坏罢工的人，弄得街上的店铺白天都不敢开门了。这些事件加速了他与外界的隔离。他开始鄙视一切与现代犹太人有关的东西：犹太复国主义、社会主义、无政府主义。在他眼里，这些年轻人不过是一群无知的乌合之众，一心要破坏社会。可没有了社会，就不可能有合理的生存。如今他也会偶尔翻翻希伯来语杂志，但他又看不起与《圣经》《密西拿》[1]这些犹太经典毫无联系的现代希伯来语[2]。波兰语单词的拼法也变了。菲谢尔森博士得出结论，就连那些所谓的属灵之人也放弃了理性，竭尽所能去迎合暴民。他偶尔还会上图书馆去，浏览一下现代哲学史。但是，他发现那些教授们根本读不懂斯宾诺莎，对他的引用错误百出，还将他们个人的糊涂观点塞给这位哲学家。尽管菲谢尔森博士很清楚对于按理性生活的人来说，生气发怒是不对的，可他还是勃然大怒。他啪的一下合上书本，推到一边。"白痴，"他咕哝着，"蠢驴，自命不凡的家伙。"接着就会发誓再也不看现代哲学了。

---

[1] 《密西拿》(Mishnah)，犹太经典《塔木德》的前半部，是犹太人的口传律法汇编。
[2] 除用古希伯来语写成的《圣经》(即基督教所称《旧约》)和《密西拿》等经典外，古希伯来语大多已在生活中消亡。19世纪以后，重新兴盛的希伯来语与古希伯来语差别较大，称为现代希伯来语。

4

每过三个月，就有一个专门的邮差给菲谢尔森博士送来一张八十卢布的汇票。他从七月就开始盼着这个季度的津贴，可日子一天天过去，那个蓄着金黄胡须，制服扣子闪亮的高个子男人一直没有出现，博士开始着急了。他差不多一个子儿都没有了。谁知道呢，也许柏林的犹太社团取消了他的津贴，或者——但愿这不是真的——希尔德斯海默博士死了？还是邮局出了差错？菲谢尔森博士知道凡事都有原因。一切都是预定的，一切都是必要的，一个理性的人是不该烦恼的。可是，烦恼还是侵入了他的大脑，像苍蝇一样飞来飞去。他想到，如果最糟糕的情况发生，他就自杀。可他马上想起来斯宾诺莎并不赞成自杀，称那些自杀的人是疯子。

一天，菲谢尔森博士出门去买一本练习簿，在店里听到人们在谈论战争。在塞尔维亚的某个地方，一位奥地利亲王被枪杀了，奥地利人向塞尔维亚人发出了最后通牒。[1] 书店老板是个留着黄胡子的年轻人，一双黄色的眼睛闪着狡黠的光。他说："我们要打一场小小的战争了。"他劝菲谢尔森博士储存一点儿食品，因为过不

---

[1] 此处指 1914 年 6 月 28 日奥匈帝国皇位继承人斐迪南大公及其夫人在塞尔维亚遇刺，此事成为第一次世界大战的导火线。

了多久，可能就会出现食物短缺了。

这一切来得太快了。菲谢尔森博士甚至还没来得及决定要不要花四个格罗申买一份报纸，宣传动员的海报就已经贴出来了。街上的男人有的衣服翻领上戴着圆圆的金属标签，表明他们已经被征兵了，他们身后跟着哭哭啼啼的媳妇们。星期一，菲谢尔森博士带着他最后的几个铜板上街去买食品，却发现店铺都关门了。老板和老板娘站在自家店门口，解释说进不到货了。可还是有些特殊的顾客给拉到一边，从后门进店里去了。大街上一切都乱了套了。骑着马、举着剑的警察出现在街上。一大群人围在酒馆门前，按照沙皇的指令，酒馆里储存的威士忌被倒进了阴沟里。

菲谢尔森博士到他过去经常光顾的咖啡馆，兴许在那儿能找到认识的人讨点儿主意，但他一个认识的人都没有遇到。于是他决定去拜访会堂的拉比，他曾在那个会堂当过图书管理员，但是那个戴着六边形无檐便帽的会堂执事告诉他，拉比一家人到矿泉疗养地度假去了。菲谢尔森博士在城里还有几个熟人，可他发现这些人一个都不在家。走了这么多路，他的脚痛起来了，眼前出现了黑色和绿色的斑点，他感到头晕目眩。他停下来，等着这阵眩晕消失。路人推搡着他，一个黑眼睛的高个女学生想给他一个硬币。虽说战争才刚刚开始，但士兵们已经全副武装，八人一组并排着在街上行军——他们全都风尘满面，皮肤黧黑，腰间绑着水壶，胸前斜挎着子弹带。来复枪上的刺刀闪着绿光，寒气逼人。他们唱着悲哀的歌，后面跟着八匹马拉的大炮；马儿蒙着的口套透出阴郁恐惧的气息。菲谢尔森博士一阵阵作呕。他的胃部疼痛，肠子像是要翻出来似的。他的脸上直冒冷汗。

"我要死了，"他想着，"就要结束了。"但他还是挣扎着回到家里，在那张简易的小铁床上躺下，大口喘气。他一定是打了个盹儿，因为他感觉自己是在老家梯谢维兹镇。他嗓子干疼，母亲忙着把裹着热盐的袜子围在他的脖子上。他听见屋子里有人说话，好像在说蜡烛，说一只青蛙咬了他。他想到街上去，可他们不让，说是有支天主教的游行队伍通过。男人们穿着长袍，手里拿着双刃斧子，他们一边洒着圣水，一边用拉丁文唱着歌。十字架闪闪发光，圣像画在空中舞动，飘着香火和尸体的气味。突然间，天空变得火红，整个世界开始燃烧。钟声鸣响，人们发疯似的跑来跑去。成群的鸟儿在头顶盘旋，发出刺耳的叫声。菲谢尔森博士一下子惊醒了。他浑身是汗，嗓子这会儿确实疼得厉害。他想思考一下这个离奇的梦境，努力找出与正在发生的事件之间的理性关联，以便从斯宾诺莎"永恒"（*sub specie eternitatis*）[1]的角度去领会它。但他还是理不出头绪来。"天哪！脑袋成了废话垃圾筒了。"

---

[1] *sub specie eternitatis*，拉丁文，斯宾诺莎专用语。大意为：不参考任何短暂现实的普遍、永恒的真实。

菲谢尔森博士想，"这个世界成了疯人的世界了。"

接着他再次合上了眼睛，又打了个盹儿，又做起梦来。

5

显然，那永恒的法则还未宣判菲谢尔森博士的终结。

菲谢尔森博士阁楼间的左边有一道门通向漆黑的走廊。走廊里堆满了箱子、篮子，弥漫着烤洋葱和洗衣皂的气味。门后面住着一个老处女，邻居们都叫她黑黛比。黛比又高又瘦，黑得就像面包师手里的铁铲。她的鼻子是塌的，上嘴唇长着一撮胡子。她说话沙哑，像个男人，穿的也是男人的鞋子。前些年，黑黛比卖过面包、面包卷和百吉饼，她从这座房子门口的那个面包师那儿进货。但有一天，她和面包师大吵了一架，之后，她把生意挪到了市场街。她现在卖的是"皱纹"，其实就是裂了缝的鸡蛋。黑黛比跟男人交往总是不顺。她跟面包师的两个学徒订过婚，结果两次都被对方退了亲。后来，她又跟一个老男人订过婚。一个上釉工说他离了婚，可后来发现他有老婆。黑黛比有个堂兄在美国，是个鞋匠。她总向人夸口说她的这个堂兄就会给她寄通行证过来，可她到现在还留在华沙。女人们总爱取笑她说："黛比，你没救啦。你注定要当个老处女了。"黛比总是回答说："我才不想给男人当奴隶呢。让他们都烂掉吧。"

那天下午，黛比收到美国来的一封信。通常，她会上裁缝雷瑟尔那儿，让他给她读信。可是，这天雷瑟尔出门了，黛比于是想起了菲谢尔森博士，其他的房客们都觉得他是个叛教者，因为他从不去祷告。她去敲博士的门，可没人应声儿。"这个异教徒八成儿是出门了。"黛比想着，可她接着又敲了敲，这次门轻轻地开了条缝。她推开门，站在那儿吓坏了。菲谢尔森博士穿戴整齐地躺在床上，他的脸色蜡黄，喉结突出，胡须倒竖。黛比尖声大叫，心想他一定是死了。可是，不对，他的身体在动。黛比拿起桌上的杯子，跑进走廊，在水龙头那儿接了满满一杯水，又跑回来，把水泼到这个不省人事的男人身上。菲谢尔森博士摇摇头，睁开眼睛。

"你怎么啦？"黛比问道，"你生病了吗？"

"太感谢你了。我没病。"

"你有家人吗？我打电话叫他们。"

"我没有家人。"菲谢尔森博士说道。

黛比想去叫街对面的理发师过来，但菲谢尔森博士摆摆手，表示他不想要理发师来帮忙。那天黛比手头没货，不打算上市场去，她决定做件好事。她扶着病人下了床，把床单抚平了，然后，她帮菲谢尔森博士脱了衣服，在煤油炉上给他做了点儿汤。黛比的房里从来见不到阳光，但在这间屋子里，斑驳的阳光在褪色的墙上闪闪发光。地板刷成了红色。床头挂着一幅画，画上的男人留着长头发，脖子上围着宽阔的褶边。黛比心里默默赞许："这老头年纪一大把了,还能把自己的地方拾掇得干干净净的。"菲谢尔森博士问她要《伦理学》,她很不以为然地把书递了过去。她肯定那是本异教徒的祈祷书。接着她开始忙活起来。她拎来一桶水,擦洗地板。菲谢尔森博士在一旁吃东西。吃过东西后,他感觉有力气多了,黛比便让他给她念信。

他念得很慢,信纸在他手中发抖。这是从纽约来的,黛比的堂兄写的信。堂兄在信里又一次写道要给她"一封极其重要的信"和一张去美国的船票。这个说法黛比都能背下来了。她帮着老人分辨堂兄歪歪斜斜的字迹。"他在撒谎,"黛比说,"他早把我给忘了。"晚上,黛比又来了。床边的椅子上放着一个铜烛台,点着蜡烛。微红的阴影在墙上和天花板上一跳一跳的。菲谢尔森博士斜靠在床上,在读书。蜡烛投射的金黄的光映在他前额上,额头像是分成了两半。一只鸟儿从窗户飞进来,停在桌上。黛比吓了一跳。这个男人让她联想起女巫啊、鬼镜啊,还有半夜里四处游荡、吓唬妇女的僵尸什么的。但她还是朝他走过去,问道:"怎么样?好点儿了吗?"

"好点儿了。谢谢你。"

"你真的是个叛教者?"她问道,尽管她也不太确定这个词究竟是什么意思。

"我,叛教者?不是。我是个犹太人,跟其他犹太人一样。"菲谢尔森博士答道。

博士的保证让黛比放心多了。她找到一瓶煤油，点燃了炉子，然后又从她自己的房间里拿来一瓶牛奶，开始熬麦粥。菲谢尔森博士接着看他的《伦理学》，可那天晚上，书上的定理啊，证明啊，以及这些定理和证明涉及的公理、定义和其他定理，他一点儿也看不进去。他双手发抖，把书举到眼前，读道："人体的任何一个情状的观念不包含对人体自身充分的认识……人体的任何情状的观念之观念不包含对人心的充分了解。"[1]

6

菲谢尔森博士确信自己随时都会死去。他立了遗嘱，把他所有的书和手稿留给犹太会堂的图书馆。他的衣服和家具准备留给黛比，因为是黛比在照顾他。可是死神并没有降临。相反，他的身体在好转。黛比又回市场做她的生意，但她每天都会到老人的房里去几次，给他准备点汤，留下一杯茶，讲讲有关战争的消息。德国人已经占领了波兰的卡利什、本津和琴斯托霍瓦，他们正在向华沙进军。人们说在寂静的早晨就能听见隆隆的炮声。黛比向他报告说伤亡很重。"他们像苍蝇一样倒下，"她说，"这对女人们

---

[1] 本处引用的《伦理学》中译文转引自贺麟译，斯宾诺莎《伦理学》，商务印书馆，1997年。

来说是多么的不幸啊！"

她说不清为什么，可这个老人的阁楼间就是吸引着她。她喜欢把那些金边的书从书架上取下来，掸掸灰，再把它们放到窗台上晾着。她会爬上几级阶梯走到窗口，透过望远镜向外看。她也喜欢和菲谢尔森博士聊天。他给她讲瑞士，他曾在那儿求学，讲他经过的那些大城市，那些夏季依然白雪皑皑的高山。他说他的父亲是个拉比。他，菲谢尔森博士，在出去读书前，也上过犹太学校。她问他会多少种语言，原来他除了意第绪语[1]，还可以读写希伯来语、俄语、德语和法语。他还懂拉丁文。黛比很吃惊，这么一个有学问的人居然会住在市场街的一间阁楼里。不过最让她吃惊的是，虽说他的头衔是"达科特"（Doctor），却不会开药方。"你为什么不是真正的达科特呢？"她问道。"我是真正的达科特，"他答道，"但我不是个医师。""什么样的达科特？""哲学达科特。"尽管她不明白"哲学达科特"是什么，但觉得那一定很重要。"哎呀，我的亲娘呀！"她说，"你这么聪明的脑子是从哪儿来的？"

一天晚上，黛比给博士送去一些薄饼干和一杯加奶的茶，他开始问她从哪儿来，父母是谁，怎么没结婚。黛比很是惊讶。从来没有人问过她这些问题。她轻声向他讲述自己的故事，在他房里一直待到十一点。她父亲曾是犹太肉铺的门房，她母亲在屠宰场

---

[1] 意第绪语（Yiddish），一种犹太人的语言，属日耳曼语族，全球约有三百万人在使用。

拔鸡毛。他们一家过去住在市场街十九号的地下室里。她十岁的时候，就给人当女仆。她伺候的那个男人是个倒卖赃物的，他在广场那儿从小偷手里收赃物。黛比有个兄弟去了俄国人的军队，再也没回来。她姐姐嫁给了布拉格的一个马车夫，生孩子时死了。黛比给他讲一九〇五年黑社会和革命者之间的斗争，讲瞎子以谢和他的团伙如何向店家收保护费，还讲到那些星期六下午出门散步却不愿交保护费的小情侣们如何遭受暴徒的袭击。她还讲到有些恶棍坐在马车里，专门诱骗良家妇女，把她们卖到布宜诺斯艾利斯。黛比发誓说，曾经有几个男人企图诱拐她到窑子里，但她自己逃走了。她抱怨自己遭受的千桩恶行。她被抢过，她的男朋友被偷，一个对头往她的百吉饼篮子里倒了一品脱煤油；她自己的堂兄——那个鞋匠，去美国前，骗走了她一百个卢布。菲谢尔森博士专注地听她讲述，问她问题，一边摇头，一边咕哝着。

"那个，你信上帝吗？"末了，他问道。

"我不知道，"她回答说，"你呢？"

"是的，我信。"

"那你干吗不上会堂？"她问道。

"上帝无处不在，"他答道，"在会堂里。在市场。在这间屋子里。我们都是上帝的一部分。"[1]

---

[1] 这里博士说的是斯宾诺莎的泛神论思想。

"快别这么说，"黛比说道，"你吓着我了。"

她离开了房间，菲谢尔森博士很肯定她是回去睡觉了，但他觉得奇怪，她怎么没有道声"晚安"。"大概是我的哲学把她给吓跑了。"他想着。没过一会儿，他就听见了她的脚步声。她走进房里，像个小贩似的捧着一摞衣服。

"我要给你看看这些，"她说，"这是我的嫁妆。"然后，她开始在椅子上把裙子摊开，有羊毛的、丝绸的、天鹅绒的。她一件件拿起来，在身上比画。她一件件解释她的嫁妆——内衣、鞋子、袜子。

"我不是个大手大脚的人，"她说，"我一直在攒钱。我有足够的钱去美国。"

接着，她停下来，红着脸。她用眼角的余光瞟着菲谢尔森博士，既羞怯又渴望。菲谢尔森博士的身子突然像打摆子似的摇晃起来。他说道："很好，挺漂亮。"他的眉毛紧蹙，两根手指拉扯着胡须。他没牙的嘴上现出忧伤的笑意；他的大眼睛眨巴着，凝望着阁楼窗外，也带着几丝凄苦的笑。

7

这天，黑黛比去了拉比的家，宣布她要和菲谢尔森博士结婚，拉比的妻子觉得她一定是疯了。但是裁缝雷瑟尔知道了，接着消息传到面包师家，其他商铺也都知道了。有人觉得那个"老处女"捡了个漏,他们说,那个博士可是有一大笔钱的。也有人说他就是个堕落的老家伙,他会把梅毒传染给她的。尽管菲谢尔森博士坚持悄悄举行个小型婚礼,可拉比家里还是聚集了一大群客人。面包师的徒弟们穿着浅色的外套,戴着草帽,脚下踩着黄色的鞋子,打着俗艳的领带。平常他们可都是打着赤脚,穿着内衣,头顶着纸袋,四处乱跑的。今天他们还带来一个巨大的蛋糕,平底锅里装满了小甜饼。他们甚至还搞到了一瓶伏特加——现在可是战时,明令禁酒的。新娘和新郎走进拉比的房间时,人群里发出一阵嗡嗡声。女人们都不敢相信自己的眼睛。眼前的新娘子跟她们熟悉的那个女人简直判若两人。黛比戴着宽边的帽子,上面缀满了樱桃、葡萄和羽毛。她穿的裙子是白色丝绸做的,缝着裙裾。她脚上踏着金色的高跟鞋,细细的脖子上戴着一串人造珍珠。这还不算,她的手指上戴着闪闪发光的戒指和夺目的钻石,脸上蒙着面纱。她看上去简直就像那些在维也纳大厅里结婚的有钱人家的新娘子。面包师的徒弟们嘲弄地吹着口哨。菲谢尔森博士呢,他穿着他的黑色外套和宽头鞋子。他差点就走不动路了,斜靠在黛比身上。当他看见门口的一大群人时,吓得直往后退,可是黛比先前的老板朝他走过去:"进来,进来呀,新郎官,别害臊。现在我们就是兄弟啦。"

婚礼是照教规进行的。拉比穿着一件破旧的缎子长袍,他写下婚书，然后让新郎和新娘碰碰他的手绢儿，表示接受协议。拉比在他的帽檐上刷了刷笔尖。为了凑够犹太教规定的举起婚礼华盖的法定人数，还从街上叫来了几个搬运工。菲谢尔森博士穿上了一件白袍，提醒他死亡降临的日子[1]；黛比照着习俗围着他转了七圈。辫子状的蜡烛发出的光在墙上摇曳，光影摇动。拉比将葡萄酒倒进高脚杯，唱起了旋律哀怨的祝福词。黛比只是发出了一声哭叫。其他的女人们掏出蕾丝手绢捏在手里，做着鬼脸。面包师的徒弟们窃窃私语，互相打趣。拉比一根手指放到唇边，轻声说，"唉呶啊"，示意大家安静。接下来该给新娘子戴上结婚戒指，可是新郎官手指哆哆嗦嗦，好不容易才找到黛比的食指。然后，按照习俗就该踢碎玻璃杯[2]，可是菲谢尔森博士朝那高脚杯踢了好几次，也没把它踢碎。姑娘们低下头，开心地你推我挤，咯咯直笑。到最后，一个学徒拿脚后跟踢了一下酒杯，把它踢碎了。这下连拉比也忍不住笑了。仪式结束后，客人们开始喝伏特加，吃小甜饼。黛比以前的老板走到菲谢尔森博士跟前，说："恭喜啊，新郎官。祝你像你妻子一样幸运。""谢谢，谢谢，"菲谢尔森博士喃喃道，"可是我并不指望有什么幸运的事啊。"他心

---

1 传统犹太人结婚时穿的白袍也是其安葬时穿的袍子，意在强化对生的欲望。
2 婚礼上踢碎玻璃酒杯象征耶路撒冷圣殿被异族摧毁，以此提醒犹太人，即使是在一生中最幸福的时刻也不能忘记民族的悲伤历史。根据美国意第绪语学者露丝·维西的说法，犹太婚礼中的这些习俗是将生命的各种元素融入人生的这一重要时刻。

里焦急,巴不得马上回到他的阁楼间。他觉着胃里一阵压痛,胸口痛起来。他的脸色有些发绿。黛比突然不高兴了。她把面纱向后扯,冲着人们叫了起来:"你们笑什么笑啊?这又不是演戏。"接着连包裹礼物的垫子布都没拿,就和丈夫一起回到了五楼他们的房间。

菲谢尔森博士回到他的房间,在新铺的床上躺下,开始阅读《伦理学》。黛比回到她自己的房间。博士跟她解释说,自己老了,身体有病,没有力气。他什么也没有向她承诺过。但她还是穿着一件丝质睡衣回来了,脚上的拖鞋缀着绒线球,她的头发披在肩上,脸上带着笑容,还有几分羞怯与犹疑。菲谢尔森博士一阵哆嗦,《伦理学》从手中掉落。蜡烛灭了。黛比在黑暗中抚摸着菲谢尔森博士,亲吻他的嘴唇。"我亲爱的丈夫啊,"她对着他轻声说道,"恭喜啊。"

那天晚上发生的一切真可谓奇迹。菲谢尔森博士如果不是相信每件事情都符合自然法则,他一定以为是黑黛比给他施了魔法。他身上沉睡的力量被唤醒了。虽说只喝了一小口祝福的酒,他却像是喝醉了。他亲吻黛比,对她说着情话。那些早已忘却的克洛普斯托克、莱辛、歌德的诗句又回到嘴边。那些压痛啊,胸痛啊都消失了。他拥抱着黛比,和她紧紧贴在一起,他又成了个年轻人。黛比幸福得晕过去了,她哭着,用他听不明白的华沙土话不知对他说了些什么。后来,菲谢尔森博士像年轻男人那样沉沉睡去。他梦见自己在瑞士，在爬山：跑啊，往下跳啊，飞啊。清晨，他睁开眼睛，觉得有人在朝他耳朵里吹气。那是黛比在打鼾。菲谢尔森博士悄悄下了床。他穿着长长的睡衣，朝窗口走去。他上了阶梯，惊讶地望着窗外。市场街还在沉睡，呼吸着夜的沉静。煤气街灯忽隐忽现。一家家店铺的黑色百叶窗用铁条闩着。凉风习习。菲谢尔森博士抬头仰望天空。漆黑的天穹缀满星星：有绿色、红色、黄色和蓝色的星星；有大的，小的；有闪烁不停的，有静静不动的；有簇拥一团的，也有孤零零的。显然，在那无垠的天空，某个叫菲谢尔森博士的人在暮年娶了一个叫作黑黛比的女人是不会引起任何注意的。从那高处俯视人间，就是这场世界大战也不过是"样式"的一种短暂游戏罢了。数不清的恒星在无垠的宇宙按着既定的轨道运行。那些彗星、行星、卫星和小行星各自围绕着闪闪发光的恒星旋转。在宇宙的巨变中，世界起起落落，兴起又灭亡。混沌的星云中，原始物质在形成。时不时地，一颗星星脱离开来，划过天空，身后拖着燃烧的尾巴。八月正是流星雨出现的时候。是啊，那神圣的实体在延伸，无始无终；它是绝对的，不可分割的，永恒的，没有期限，具有无限的属性。它在宇宙的大锅里舞蹈，波浪翻滚，泡沫四溢，变化翻腾，却是循着因果那永不断裂的链条。而他，菲谢尔森博士，命里注定也是这宇宙的一部分。博士闭上眼睛，任由凉风掠过他汗津津的前额，掀动他的胡须。他深吸一口午夜的空气，发抖的双手支撑着窗台，喃喃自语道："神圣的斯宾诺莎啊，宽恕我吧。我成了傻子啦。"

魔鬼的婚礼*

1

日夫基辅镇的拉比亚伦·纳弗塔里失去了四分之三的会众。犹太会堂传言，亚伦·纳弗塔里拉比自己赶走了他的哈西德派教徒。犹太会堂必须时刻警惕着，得努力吸引更多的会众到自己的会堂来。拉比必须想方设法留住自己的追随者。可是，亚伦·纳弗塔里拉比却无动于衷。读经室破旧失修，墙上的毒菌恣意生长；仪式澡堂也快要坍塌了；会堂的执事都是些步履蹒跚、半聋半瞎的老人。拉比把时间都消磨在研习喀巴拉

---

* 本篇英语由玛莎·格利克里奇（Martha Glicklich）翻译。

奇迹[1]中了。据说亚伦·纳弗塔里拉比想仿效古代拉比们行的奇迹，从墙上放出葡萄酒来，通过圣名的组合创造出鸽子来。甚至有人说他在自家阁楼里偷偷造了一个戈勒姆[2]。而且，纳弗塔里拉比没有儿子来继承他的职位，他只有一个女儿，欣德尔。这样一个拉比，还有谁会愿意追随呢？他的竞争对手们都说亚伦·纳弗塔里拉比和他的妻女一样，得了忧郁症。他们的女儿欣德尔才十五岁，就已经开始阅读神秘主义书籍，还像那些神圣的男人那样定期闭门隐居。谣传说欣德尔的裙子下面还穿着男式流苏袍子，就像她那位圣洁的祖母那样——欣德尔就是以她的名字命名的。

亚伦·纳弗塔里拉比有一些怪癖。他一连几天把自己关进房里，也不出来接待来访者。他祷告的时候，会戴上两套护经匣[3]。星期五的下午，他会诵读《摩西五经》中的规定章节，但他读的不是印刷的经书，而是抄写在羊皮纸上的《摩西五经》。拉比学会了按照古代文士的笔迹书写字母，他用这种笔法来书写护身符。把这种护身符装在小袋子里，让他的会众们挂在脖子上。大家都知道拉比一直在和邪恶的灵魂做斗争。他的祖父，日夫基辅的老拉

---

[1] 喀巴拉奇迹（miracle-working cabala），东欧哈西德教派信徒相信喀巴拉神秘主义者和拉比可以施行奇迹。
[2] 戈勒姆（golem），犹太神秘主义传说中用陶土等物灌注魔法创造的有生命的假人。
[3] 一套护经匣，指正统派犹太教教徒祷告时，分别绑在头上和手臂上的两个小盒子，里面装着写有《圣经》段落的羊皮纸。

比曾经从一个年轻姑娘身上驱除了一个附鬼[1]。那些恶鬼们就找拉比的孙子报复，因为受科杰尼兹镇圣徒的庇佑，恶鬼们不能加害老人。老人的儿子，亚伦·纳弗塔里的父亲，赫西拉比年纪轻轻就死了。老人的孙子，亚伦·纳弗塔里拉比，一生都在与这些复仇的恶魔做斗争。他点燃蜡烛，它们把它给吹灭；他把一册书放到书架上，它们把它给扔下来；他在仪式澡堂脱下衣服，它们把他的丝绸外套和流苏袍子藏起来。拉比家的烟囱里经常发出又哭又笑的声音，火炉后面沙沙作响，屋顶传来阵阵脚步声，门自己就开了，楼梯上根本没人也会嘎嘎作响；有一次，拉比把他的笔放到桌上，它自己就飞出了窗外，就好像被一只看不见的手给拿走了似的。拉比才四十岁就已经满头白发了。他弯腰驼背，手脚发抖，像个年迈的老人。欣德尔整日哈欠连天，她脸颊绯红，喉咙刺痛，耳朵里嗡嗡作响。这种时候就得念动咒语，驱赶这些邪恶之眼。

拉比常说："它们不让我安生，一刻也不消停。"他跺了一下脚，叫会堂执事把他爷爷的手杖拿来。他拿手杖敲着各个房间的角落，喊叫着："你们这些邪恶的把戏休想在我身上得逞！"

可是，黑暗的主人还是占了上风。深秋的一天，拉比染上丹毒病倒了，很快他就病入膏肓了。从附近的镇子请来了医生，可

---

[1] 附鬼（dybbuk），指附在活人身上的恶灵，是罪人死后的灵魂。

就在来的路上,马车的车轴裂了,医生来不了了。又派人去请第二个医生,但是他的马车的一个轮子松了,脱落下来滚进沟里,把马的一条腿给扭伤了。拉比的妻子跑到丈夫早已逝去的祖父的纪念室去祈祷,可那些怀恨在心的恶魔们扯掉了她头上的软帽。拉比躺在床上,满脸浮肿,胡须萎缩,整整两天他一言不发。突然,他睁开眼,叫道:"它们赢了!"

欣德尔一直守在父亲床边,她绞着手,绝望地哀哭着:"父亲,我该怎么办啊?"

拉比的胡须颤抖着。"你要想活命,就别出声。"

葬礼很隆重。半个波兰的拉比都来了。女人们估摸着拉比的遗孀也撑不了多久了。她的脸色白得像死人。她都没力气跟着灵车走,两个女人搀着她。在墓地,她扑向坟墓,她们差一点就没抓住她。整整七天的哀悼日,她粒米未进。人们想把一勺鸡汤灌进她嘴里,可她就是没法下咽。一直到三十天的哀悼日过后,拉比夫人都没有下床。请了好几位大夫来问诊,都没有用。她预见到自己将不久于人世,而且时间算得很准。拉比夫人的葬礼过后,拉比的会众们开始为欣德尔物色新郎。拉比去世之前,他们就已经在为她物色对象了,但是都不合她父亲的心意。未来的女婿最终将接替拉比的职位,那谁才有资格坐上日夫基辅拉比的交椅呢?每次拉比好不容易认可一个年轻人,拉比夫人总能在他身上找到毛病。此外,大家都知道欣德尔有病。她禁食的日子太多,而且事情稍不顺心她就晕厥。再者，她长得一点儿也不好看。她个子矮小、虚弱、大脑袋、细脖子、胸部平坦、毛发浓密。一双黑色的眼睛里透着疯狂。不过，欣德尔的嫁妆可是上千名哈西德派教徒。候选人很快找到了，是雅姆波尔镇拉比的儿子，雷布[1]·西蒙。他哥哥已经过世了，所以，雷布·西蒙会在他父亲死后接任拉比。雅姆波尔和日夫基辅这两个镇子有不少共同点。如果这两个镇子合在一起，可望重现昔日的辉煌。不错，雷布·西蒙离过婚，还带着五个孩子。可是，欣德尔现在是个孤儿，谁会替她出头反对呢？日夫基辅的哈西德教徒们有个约定——等雷布·西蒙的父亲去世后，让他主政日夫基辅。

　　日夫基辅镇和雅姆波尔镇的人们都渴望着尽快实现联姻。婚书签订后，马上就开始准备婚礼，这是因为日夫基辅的拉比职位不能空着。欣德尔甚至都还没有见过她的未婚夫。她只听说他是个鳏夫，但对他的五个孩子一无所知。婚礼喧嚣嘈杂。波兰各地的哈西德派教徒都赶来了。雅姆波尔和日夫基辅的教徒们已经开始像老熟人似的以"你"彼此相称了。家家旅店爆满。老板从阁楼上搬出草席，铺在门廊、谷仓和工具房里，接待这一大帮子人。那些反对这门亲事的人预计雅姆波尔镇会把日夫基辅镇给吞了。雅姆波尔镇的哈西德教徒们是出了名的没教养。他们玩耍时，疯

---

[1] 雷布（Reb），东欧犹太人对成年男性的尊称，相当于"先生"。

狂喧嚣；他们捧着锡杯大口喝酒，喝得醉醺醺的；他们跳舞的时候，地板都要震起来。雅姆波尔镇要是有哪个反对者敢说拉比的坏话，他就会挨揍。雅姆波尔镇还有个习俗，要是哪个年轻人的老婆生了女孩，当爹的就会被按在桌上，挨上三十九鞭子。

老太婆们来找欣德尔，提醒她做雅姆波尔镇拉比家的儿媳妇可不容易。她未来的婆婆，那个老女人，心肠歹毒那是出了名的。雷布·西蒙和他的几个弟弟都野得很。他们的母亲过去找的都是身材高大的女人做儿媳妇，瘦弱的欣德尔肯定不会合她的意。雷布·西蒙的母亲之所以同意这门亲事，完全是出于雅姆波尔吞并日夫基辅的野心。

从婚书签订的那一刻起直到举行婚礼，欣德尔的眼泪就没干过。婚书签署的庆典仪式上她哭，裁缝来给她量尺寸做嫁衣时哭，去仪式澡堂洗浴时也哭。她不好意思当着众多的侍者和其他女人的面脱衣服下水，她们只好把她的胸衣和衬裤给扯掉了。她不许她们摘下她脖子上装有一块琥珀和一颗狼牙的小袋子。她害怕浸到水里。那两个引她沐浴的侍者抓住她的手腕，她浑身发抖，就像赎罪日[1]被宰杀献祭的鸡仔似的。婚礼结束后，雷布·西蒙揭开欣德尔的面纱，这是她第一次见到他的真容。他是

---

[1] 赎罪日（Yom Kippur），犹太教中最神圣的节日，在犹太新年过后的第十天，也就是犹太教历七月，即"提斯利月"的初十。这一天要禁食一天，并忏悔自己一年的罪过。

个高个子,戴着宽大的裘皮帽,凌乱漆黑的胡须,长着一双野性的眼睛,大鼻子,厚嘴唇,长长的小胡子。他像野兽似的盯着她。他呼吸急促,带着汗臭味儿。他的鼻孔和耳朵眼儿里都长满了毛。他的手掌也是,厚厚的毛发就像野兽的毛。欣德尔一看见他就印证了自己长久以来的怀疑:她的新郎是个恶魔,这场婚礼不过是个黑魔法,是魔鬼的恶作剧。她张口想吟唱"以色列啊,你要听……"[1],但马上想起父亲临终前的嘱咐,要她保持沉默。真奇怪,欣德尔一发现自己的丈夫是个恶灵,马上就能辨别真伪了。她明明坐在母亲的起居室里,心里却很清楚,这其实是在森林里;表面看是白天,但她知道这其实是黑夜。她的周围都是戴着裘皮帽、穿着丝绸长袍的哈西德教徒和戴丝质贝雷帽、穿天鹅绒披风的女人们,可是她知道这些都是幻觉,那想象的袍子下面藏着的是头发纠结缠绕、长着猪鼻子、肚脐丑陋、脚似鹅掌的魔鬼;那些年轻男人的肩带不过是缠绕的毒蛇,他们头上的黑貂皮帽子其实是刺猬,他们嘴上的胡须其实是一簇簇的蠕虫。男人们说着意第绪语,唱着熟悉的歌谣,可是他们发出的声音却是公牛的吼叫声、毒蛇的嘶嘶声和狼的嚎叫声。乐师们都拖着尾巴,头上长着角。参加欣德尔婚礼的女傧相们都长着狗爪子、牛蹄子和猪鼻子。婚礼上的小丑就只有

---

[1] "以色列啊,你要听……"是传统犹太祈祷词的第一句话。

胡须和大舌头。新郎的所谓亲戚都是些狮子、熊罴和野猪。森林里狂风暴雨，电闪雷鸣。天哪，这不是人间的婚礼，这是魔鬼的婚礼。欣德尔从她读的那些圣书上知道，魔鬼常常娶凡间的处女，把她们带到魔鬼们居住的山里，给他们生孩子。这种情况下只能做一件事情：不配合，不向他们屈服，让他们通过暴力获得一切，因为向撒旦说一句好话就等于向偶像献祭[1]。欣德尔记得约瑟夫·德·拉·瑞纳拉比的故事和他一时心软给恶魔一撮烟叶而招致的不幸。

2

欣德尔不愿走到婚礼华盖下，她双脚紧紧地压住地面，可是伴娘们把她往里拖。她们半拖半抱地把她弄了过去。小妖精们变成女孩子的模样举着蜡烛，在她两边站成两排。那华盖是用爬虫编织而成的。主持婚礼仪式的拉比和堕落天使撒马尔签订了合约。欣德尔拒不服从。她拒绝伸出手指戴婚戒，被强行戴上了；她不喝酒杯里的酒，结果他们就把酒灌进她嘴里。整个仪式期间，小妖精们一直不停地表演。那个装成雷布·西蒙的恶魔穿着白色的长袍。他把蹄子踩在新娘的脚上，这样他就可以控制新娘。接

---

[1] "摩西十诫"第二诫："不可拜偶像。"所以任何形式的偶像崇拜都违反犹太教规。

下来，他摔碎了酒杯。仪式过后，一个女巫手举着一根辫状面包跳着舞朝新娘走去。这会儿，新婚夫妇喝下了所谓的汤，不过欣德尔都吐到手绢里了。乐师们奏起了《哥萨克舞曲》《愤怒舞曲》《剪刀舞曲》和《水舞曲》。可是他们带蹼的公鸡脚从袍子下面露了出来。这个婚礼大厅其实就是一片林中沼泽，全是青蛙、白痴和魑魅魍魉，个个挤眉弄眼，扭捏作态。哈西德教徒们送给新婚夫妇各种礼物，但这些都是引诱欣德尔陷入恶魔之网的手段罢了。婚礼上的小丑吟诵着忧伤的诗篇、诙谐的诗篇，可他的嗓音就像那学舌的鹦鹉般刺耳。

他们叫欣德尔去跳幸运舞曲，她不去，她知道那其实是厄运舞曲。他们就催她，推她，掐她。小魔鬼拿针扎她的大腿。舞跳到中途，两个女魔鬼抓着她的手臂，把她拖进卧室，其实是一个漆黑的洞穴，里面满是蓟草、食腐动物和垃圾。她们在她耳边唾沫横飞地介绍新娘的义务。接着她就给扔到了假装是被褥的一堆泥土上。欣德尔久久地躺在黑漆漆的洞穴里，周围全是毒草和虱子。她焦虑恐惧得连祷告都做不下去了。后来，那个魔鬼新郎进来了。他粗暴地攻击她，扯下她的衣服，折磨她，虐待她，羞辱她。她想哭叫求助，可是她忍住了，因为她知道一旦出声她就会灰飞烟灭。

漫长的夜晚，欣德尔感觉自己躺在血泊和脓水中。那个强暴她的家伙鼾声大作，咳嗽着，发出蝰蛇那样的嘶嘶声。天亮前，一群巫婆跑进房间，扯下她身下的床单，又看又闻，过后便开始手舞足蹈起来。那一夜似乎永无尽头。不错，太阳升起来了，可那不过就是有人挂在天空的一个血红的火球。女人们进来哄骗她，轻言细语，巧舌如簧，可欣德尔就是充耳不闻。她们对着她唾沫横飞，奉承吹捧，念咒施蛊，可她就是不回应。后来，又给她找了一个医生，但欣德尔认出他就是只长角的公鹿。不，恶魔的势力不能控制她，欣德尔不停地刁难他们。不管他们让她做什么，她都反着来。她把汤和杏仁糖一起扔进污水罐里，把他们专为她烤制的鸡肉和乳鸽倒进厕所里。她在长满青苔的林中发现了一页《诗篇》，便偷偷背诵《诗篇》。她还记得《托拉》和《先知书》中的一些段落[1]。她祈求全能的上帝救她，给她更大的勇气。她也提到神圣天使的名字和她那些著名的祖先的名字，如巴尔·谢姆、莱布·撒拉拉比、平赫斯·柯泽尔拉比[2]等。

奇怪的是，尽管她孤身一人，面对众多的对手，他们却拿她没办法。那个伪装成她丈夫的人对她甜言蜜语，拿礼物贿赂她，可她就是不让他满意。他朝她走过去，她却转身就走。他用湿漉漉的嘴唇亲吻她，用他湿冷的手指抚摸她，但她就是不让他得逞。他强迫她，她就扯他的胡须，拉他的鬓发，抓他的额头，他血淋

---

[1] 《诗篇》《托拉》《先知书》等都是《圣经》中的部分。《托拉》指《圣经》前五卷，《先知书》指《圣经》中有关先知的那些部分，如《约书亚记》《约拿书》等。
[2] 这些都是犹太教哈西德派的名人。

淋地从她身边跑开。欣德尔很清楚她的力量不是来自现世。她死去的父亲在为她求情。他穿着寿衣来安慰她。她死去的母亲在她面前显灵，给她出主意。的确，这个世界充满了恶魔，尽管天上有天使在飞翔。有时候，欣德尔听见大天使加百列在和撒旦搏斗。成群的黑犬和乌鸦给撒旦帮忙，可是圣徒们举着棕榈叶，唱着和撒那[1]驱逐它们。狗的狂吠和乌鸦的啼叫声淹没在祖父星期六晚上常唱的《大厦之子》的歌声中。

　　可是，最最可怕的事情发生了，欣德尔怀孕了。她的肚子里长了个恶魔。她透过自己的肚皮就能看见他，就像透过蛛网似的：他半似青蛙，半似猿，长着牛的眼睛、鱼的鳞片。他在吃她的肉，喝她的血，用爪子挠她，用尖尖的牙齿咬她。他已经能动了，叫她妈妈，用恶毒的语言咒骂她。她得想办法除掉他，不能让他再啃噬自己的肝脏，她再也忍受不了他的亵渎和嘲讽。而且，他还在她肚子里撒尿拉屎。唯一的办法就是流产。可是，该怎么做才能流产呢？欣德尔拿拳头打肚子，她一会儿跳，一会儿趴，她在地上滚爬，一心要除掉这个恶魔的私生子。可是一点儿用也没有。他长得飞快，长着铜头铁齿，有超人的力量。他在她身体里推搡，撕扯。他的要求反复无常。他叫她吃墙上的石灰，吃鸡蛋壳，还有各种各样的垃圾。她要是不从，他就挤压她的苦胆。

---

[1] 和撒那（hosannah），犹太教礼拜用语，原意为"求主拯救"，后经常被用作赞颂上帝之语。

他发出黄鼠狼似的恶臭,把欣德尔熏得昏了过去。昏迷中,一个前额长着独眼的巨人出现在她面前,从一棵空心树中对她说:"放弃吧,欣德尔,你是我们当中的一员了。"

"不,决不。"

"我们要报仇。"

他用烧红的铁棒抽打她,声嘶力竭地咒骂她。她怕得要命,头上像压了磨石一般。她的手指变得又粗又硬,像擀面杖似的。她的嘴起泡,像是吃了没熟的果子。耳朵里像是灌满了水。欣德尔再也没有自由了。怪物们把她压进沼泽烂泥中,把她浸到沥青池子里,剥她的皮,用钳子夹她的乳头。他们无休无止地折磨着她,但她始终一言不发。雄性魔鬼们拿她没辙,女魔鬼们接着来攻击她。她们恣意狂笑,把她们的头发编起来缠绕她,掐她,挠她,挤她,压她。一个女魔头咯咯傻笑,另一个哭泣喊叫,还有的像妓女似的搔首弄姿。欣德尔的肚子鼓胀,硬得像一面鼓。恶魔贝利亚进到了她的子宫里。他拿手肘撞她,拿脑袋顶她。欣德尔要生了。一个女魔鬼充当接生婆,另一个在旁边帮忙。她们在她的床的四根柱子上挂满了各种咒语,在她的枕头下放了一把刀和一本《创世之书》,这是恶魔模仿人类各种行为的方式。欣德尔开始了生产前的阵痛,可是她记得自己是不能发出呻吟声的——一旦出声,她就会消失。为了她那些神圣的祖先们,她必须得忍住。

突然间,她体内的那个恶魔使出浑身力气推了她一把。一声刺耳的尖叫从欣德尔喉咙中冲出,她随即被黑暗吞噬了。钟声大作,宛如异邦人[1]的节日。地狱般的火焰突然烧了起来,猩红如血,如麻风病人。大地如可拉[2]时代一般开裂,欣德尔的四柱床开始陷入深渊。欣德尔失去了一切,今生与来世。就在她一路坠入由女魔头莉莉丝、拿玛、玛赫拉特[3]和恶魔赫米匝统治的魔王阿斯摩太城堡时,她听到远处女人们的哭喊声、拍手声和祝福声。

日夫基辅和邻近镇子里传来消息说,欣德尔给雅姆波尔镇的雷布·西蒙生了个男孩。母亲死于分娩。

---

1 这里暗指基督教徒。
2 典出《圣经·民数记》第十六章,可拉率众反抗摩西,上帝让大地裂开,吞灭可拉及其反叛者家族。
3 在喀巴拉神秘主义信仰中,莉莉丝是堕落天使撒马尔的妻子,与拿玛、玛赫拉特并称为三大女魔。

两个骗子*

1

谎言靠着真相才能滋生膨胀。一个接一个的谎言终究要露馅儿。我来告诉你我是怎么捉弄两个骗子的。我提着绳儿,操纵他们按我定的调调跳舞。

这对骗子当中的那个女的,格莉卡·基伦德尔,逾越节前的几个星期到了雅诺夫。她说她是罗斯米尔镇拉比的遗孀,还说自己无儿无女的,急着想再婚。她解释说因为亡夫是独子,所以就

---

* 本篇英语由塞西尔·赫姆利(Cecil Hemley)和朱恩·露丝·弗洛姆(June Ruth Flaum)翻译。

免去了先要跟小叔子举行利未婚开脱礼[1]的麻烦。她打算在雅诺夫住下来是因为算命先生说她会在这儿遇见她的贵人。她夸口说自己跟先夫一块儿研习过《塔木德》[2]，为了证明自己没说谎，她时不时地引几句经文上的话。她接二连三地给镇上的人带来惊喜。是，她算不上是个美人。她的鼻子弯弯的，像个山羊角，可她的皮肤白皙，眼睛大大的，黑黑的，下巴尖尖，而且口齿伶俐。她走路的时候一跳一跳的，无论走到哪儿，都能说上几句俏皮话。

不管遇到什么事儿，她总能想起相似的经历；不管谁有什么伤心事儿，她都能给予宽慰；无论什么疾病，她都能说出个治病的法子。她穿着高跟鞋、羊毛裙子，披着带穗子的丝绸披肩，头带上缀着珍贵的宝石，很是招摇。地上有一摊污水，她一只手优雅地提溜着裙摆，另一只手拎着小挎包，敏捷地从一块石头跳到另一块石头，从一块石板跳到另一块石板。她走到哪儿，都给人带来欢笑。虽说她也求人捐赠，但她募捐不是为了她自己——当然不是这样。她募捐到的东西，转身就送给了贫穷的新娘和没

---

1 利未婚（levirate marriage），古代犹太婚俗：男子死时若无后，妻子须与死者的兄弟结婚，生下的第一个孩子归亡兄的名下。兄弟若不愿意，要举行"开脱礼"，开脱为兄长留后的责任。中世纪废除一夫多妻制后，这种婚姻形式便取消了。但犹太教哈西德派仍规定拉比的遗孀必须举行开脱礼以后方可再嫁。
2 《塔木德》（Talmud），犹太教口传律法集，是仅次于《圣经》的犹太经典。哈西德派一般不允许女性研读《塔木德》。

钱的准妈妈们。因为做这些善事,她寄宿的那家小旅馆便免了她的食宿费。她的奇闻逸事、她的风趣谈吐令住店的客人们十分开心,所以,你放心,旅店老板这么做一点儿也不亏。

她一下子就招来了好多求婚者,她也是来者不拒。与此同时,镇上的鳏夫们相互攻讦对骂起来。谁都想拔了这个"头筹"。而她呢,一边赊账买裙子、内衣,一边在餐馆吃着精美的烤乳鸽和鸡蛋面。她也积极参与社区活动,帮助磨坊准备逾越节面粉,检查专为逾越节准备的麦穗有没有毛病,帮着烘烤除酵饼[1]。面包师们在揉面、扎孔、加水、切片,她呢,就在一旁跟他们说笑。她甚至还去了拉比家,举行出售仪式,将她留在罗斯米尔镇的发酵饼卖掉。[2] 拉比夫人还邀请格莉卡·基伦德尔参加他们家的逾越节家宴。她穿着洁白的缎面长裙,佩戴着耀眼的珠宝赴宴。她像男人们那样流畅地吟诵《哈加达》[3]。她的媚态令拉比的女儿、儿媳妇们妒火中烧。雅诺夫镇的寡妇们、离了婚的女人们更是憋了一肚子的火。看来这个狡猾的女人志在诱捕镇上最有钱的鳏夫,连招呼也不打,

---

[1] 逾越节是犹太人为纪念祖先在摩西带领下逃离埃及而设立的节日。当时他们匆忙逃命,只能吃未发酵的面饼。因此犹太人在逾越节期间禁食任何含酵母的食物,只能用逾越节专用餐具,吃专用面粉做的除酵饼。

[2] 犹太人在逾越节前要把家里任何与做发酵食物有关的东西列出来,由拉比"出售"给非犹太人,以免违反戒律。等到逾越节过去,那些财产又都可以回到原主人那里。

[3] 《哈加达》(Haggadah),又译《阿加达》,犹太教讲解《圣经》用的各种传闻、逸事等的汇编。

好成为雅诺夫镇最有钱的主妇。可事实上,是我,大魔王,要给她找个男人配对。

逾越节的时候,这个人出现在了雅诺夫镇,他租了一辆华丽的敞篷四轮马车来的。他称自己是从巴勒斯坦来募捐的,和格莉卡·基伦德尔一样,他也是新近丧偶。他的行李箱上镶着黄铜。他抽水烟,装祈祷披巾的袋子是皮革做的。他祷告的时候,身上戴着两套护经匣,交谈时还时不时地冒出一两句阿拉姆语[1]来。他说他叫雷布·约姆托夫。他是个瘦高个,留着尖尖的胡子,虽说他的穿着跟镇上的男人们没什么两样:束腰长袍、皮帽子、长及膝盖的马裤和长筒袜,可他黝黑的脸和火辣辣的眼神令人想起来自也门或波斯的塞法迪犹太人[2]。他一口咬定自己在阿勒山[3]亲眼见到挪亚方舟,还说他卖六法新[4]一块的小碎片就是从那方舟的一块板子上抠下来的。他还有哈西德圣徒耶胡达施过法的硬币、一袋从拉结墓地[5]旁挖的白色泥土——那袋子好像深不可测,因为从没见那袋子瘪下去过。

---

1 阿拉姆语(Aramaic),古代西亚的通用语。犹太教经典《塔木德》中有一部分由阿拉姆语写成。除了有学问的犹太拉比,一般人不懂阿拉姆语。
2 塞法迪犹太人(Sephardic Jew),指伊比利亚半岛裔犹太人。
3 阿勒山(Mount Ararat),土耳其境内最高的山峰,据称是《圣经·创世记》中挪亚方舟在大洪水后停放的地方。
4 法新(farthing),英国铜币,等于四分之一便士。
5 《圣经·创世记》载,以色列人的祖先雅各的妻子拉结,死后葬在伯利恒。所以拉结墓地成为犹太教徒的朝圣地之一。

他也投宿在了那家旅店。他和格莉卡·基伦德尔一见如故，很快就成了朋友。两人一起聊起自己祖先的时候，发现他们竟然还是远房亲戚，都是某个圣贤的后人。两个人聊着天，谋划到深夜。格莉卡·基伦德尔暗示说她发现雷布·约姆托夫挺有魅力的。她根本不用挑明了说，两个人心有灵犀。

两人关系进展神速——那是因为我，魔王撒马尔挑唆的。这样，婚书拟好了，准新娘刚一签下婚书，她未来的夫君就给了她一枚订婚戒指和一条珍珠项链做聘礼。他说那是他的第一任妻子——那个巴格达的女继承人给他的。作为回报，格莉卡·基伦德尔送给她的未婚夫一张镶着蓝宝石的盖安息日面包的餐巾，那是她从自己已故的父亲——一位著名的慈善家那里继承来的。

接下来，就在逾越节结束之后，镇上就出了件大事。镇上一位家境殷实的居民，一个叫雷布·凯斯雷尔·阿巴的人到拉比那儿抱怨说格莉卡·基伦德尔早就和他订婚了，他已经给了她三十个荷兰盾做嫁妆。

这些指控把这个寡妇给激怒了。

"他那是怀恨在心，"她说，"因为我不肯和他做违法的事儿。"

她要求那个诽谤者赔偿她三十个荷兰盾。可是雷布·凯斯雷尔·阿巴坚称自己说的句句属实，并说要指着神圣的《托拉》经卷发誓。格莉卡·基伦德尔也一样，甘愿在黑色的蜡烛前发誓她说的是真话。[1]但是，那阵子镇上传染病盛行，女人们害怕发毒誓这种事儿最终会殃及镇上孩子们的性命。[2]所以，拉比最后的裁决是格莉卡显然是个好女人，他命令雷布·凯斯雷尔·阿巴给人道歉并且支付解决争端的钱。

紧接着，从罗斯米尔镇来了个乞丐，他的话让人大吃一惊。他说罗斯米尔镇已故拉比的夫人不可能来雅诺夫，因为她就在罗斯米尔，赞美上帝，和她丈夫在一起，而她丈夫活得好好的呢。镇上顿时热闹起来，人们拥到小旅馆去惩罚这个骗子寡妇的邪恶谎言。她却一点儿也不惊慌，只是解释说她说的是"科斯米尔"，而不是"罗斯米尔"。一切又都好了。婚礼的准备工作继续进行。婚礼定在逾越节和五旬节之间的第三十三天，奥默节。[3]

不料，婚礼前夕又发生了一桩意外。不知什么原因，格莉卡·基伦德尔觉得最好还是去找个金匠鉴定一下雷布·约姆托夫送给她的那些珍珠。那位珠宝匠给珍珠称了重，做了检查，宣布是假的。格莉卡·基伦德尔宣布取消婚礼，也向新郎说明了原因。他迅速做出回应，为自己辩护。首先，那珠宝匠无能，这个毋庸置疑，因为他，雷布·约姆托夫本人在伊斯坦布尔付了九十五个

---

1 黑色的蜡烛用来报复冤枉自己的人。
2 犹太教严禁赌咒发誓，否则会殃及社区。
3 犹太教规定：从逾越节开始的第三十三天是奥默节（Feast of Omer），第五十天是纪念摩西在西奈山接受《托拉》的五旬节。在这五十天内，除奥默节一天外，均不允许举办婚礼。

- 068 -

德拉克马买下了这串珍珠；其次，如果情况允许的话，他会在婚礼过后，用真的珠宝换回假货；最后，他想说，顺便提一下，格莉卡·基伦德尔送给他的盖安息日面包的餐巾，上面镶的也不是什么蓝宝石，而是玻璃珠子。注意！是在市场上扔三个格罗申就能买一打的玻璃珠子。这样，这两个骗子倒真是登对儿，他们这下互不相欠，一块儿站在了婚礼的华盖下。

可是，那天晚上晚些时候，这位来自圣地的新郎发现自己娶回家的可不是什么年轻女人。她摘了她的假发套[1]，露出一堆花白的头发来。面对眼前的这个丑老太婆，他绞尽脑汁，想找出个摆脱的办法来。不过作为一个职业骗子，他装得滴水不漏。但格莉卡·基伦德尔早有防范。为了彻底俘获这个男人，她特制了一剂爱情魔咒。她拔了一根私处的毛，把它缠在了丈夫睡袍的一颗纽扣上。此外，她还拿自己洗过乳房的水，倒了一点儿在他喝的饮料里。她一边布置这个大骗局，一边淫唱着：

就像树木会成荫，
让我拥有爱欲的男人。
就像蜡烛被熔化，
让他在我的撩拨中淫叫。

---

[1] 按东欧犹太教习俗，已婚妇女要剃光头发，戴上假发或用头巾包头。

让他乖乖地

坠入我的温柔乡，

直到地老天荒。

阿门。西拉。

2

七天的婚礼祝福之后，雷布·约姆托夫问道："我们为什么非得待在雅诺夫镇呢？我更想回到耶路撒冷去。毕竟在哭墙[1]附近还有一座不错的房子等着我们。不过我先得去波兰的几个小镇收款。我想起了我的几个耶希瓦学校[2]的学生，还有就是得筹措资金在雷布·西门·巴尔·约哈伊[3]的坟墓旁建一座祷告室。后面这件可是个大工程，需要一大笔钱。"

格莉卡·基伦德尔问道："那你要去哪些镇子？走多久？"

"我打算顺道去伦贝格市和布罗德市，还有周边的几个小镇。如果一切顺利的话，我盛夏的时候应该能回来。我们应该赶得上在耶路撒冷过新年和赎罪日。"

---

[1] 哭墙（Wailing Wall），又称西墙，耶路撒冷圣殿被毁后残存的一面墙，世界各地的犹太教徒渴望敬拜的圣地。
[2] 耶希瓦学校（yeshiva），教授《托拉》《塔木德》等犹太教经典的犹太学院。
[3] 西门·巴尔·约哈伊（Simon Bar Johai），传统上认为，他是喀巴拉神秘主义经典《光明篇》的作者。

"那太好了,"她说,"这段时间我会回卡利什省,去给亲人们扫墓,向亲戚们告个别。上帝保佑你一路平安。可别忘了回家的路。"

他们俩亲切拥抱,她给他准备了蜜饯、饼干和一罐鸡油,还给了他一个护身符,保护他免受公路响马的抢劫。然后,他便动身上路了。

他到了桑河边停了下来,掉转马头,朝着卢布林方向驶去。他的目的地是卢布林郊外的一个小镇,皮亚斯基。皮亚斯基镇的居民名声在外。据说,在那儿,如果你不想自己的护经匣被盗,就别再披上你的祈祷披巾。意思是说在皮亚斯基,眼睛眨那么一下就得出事儿。好吧,就是在这么个好地方,雷布·约姆托夫找到了拉比的助手,让文书写了一封休书给格莉卡·基伦德尔,然后,找了个信使将文书送到雅诺夫去。整件事情让雷布·约姆托夫花了五个荷兰盾,不过,他觉得这钱花得值。

这件事情办完了,雷布·约姆托夫驱车去了卢布林,在著名的马歇尔会堂布道。他能说会道,布道时,用的是立陶宛口音。他解释说,在哥萨克平原和鞑靼人居住地的那边,住着最后的哈扎尔人[1]。这个古老的民族过的是穴居生活,作战时使的是弓箭,按照《圣经》记载的方式献祭,他们说的是希伯来语。雷布·约

---

1 哈扎尔人(Chazar),公元2世纪出现在外高加索的古突厥人,公元7世纪皈依犹太教。

姆托夫手里有一封他们的酋长叶迪迪·本·阿奇托夫写的信。那个酋长是哈扎尔王的孙子。他展示了一卷羊皮纸手稿,上面还有好多见证人的名字。这些遥远的犹太人正在与以色列的敌人进行着艰苦卓绝的斗争,他们是唯一知道通往安息日河[1]的秘密通道的民族,而现在,他们急需资金,他这一路走来就是为他们筹集经费。

他在人群中收集善款时,一名年轻的金发男子朝他走来,问他叫什么名字。

"所罗门·西缅。"雷布·约姆托夫答道,他的假话张口就来。

年轻人想知道他住在哪里,一听说他住旅馆,便开始摇头。

"完全没必要这么破费,"他说,"干吗跟一群乌合之众搅和在一处?我有幢大房子。赞美上帝,我那儿有一间客房,还有好多圣书。我一天到晚忙生意,我没孩子(愿您比我命好),所以不会有人来打扰你。家里有学者来,我太太会觉得特别荣幸。我岳母正在我们家做客,她是个有学问的女人,也是个媒人。您要是想找个妻子的话,她会帮您找一个门当户对的。我敢向您保证。"

"唉,我是个鳏夫。"冒牌的雷布·所罗门·西缅换了一副忧

---

[1] 安息日河(Sambation),犹太教传说中的一条河,一星期六天奔腾翻涌着沙石、火焰,只有在安息日期间,河水才会停止流动(而犹太人在安息日当天是禁止出行的),因而叫安息日河。

郁的表情,"但这次我还不能考虑婚姻问题。我亲爱的妻子是萨巴泰·科恩拉比的亲孙女。虽说她已经过世三年了,但我还是忘不了她。"雷布·约姆托夫接着伤心地叹气。

"我们是谁,敢质疑上帝的智慧吗?"年轻人问道,"《塔木德》上写着人不能哀伤太久。"

在去年轻人家的路上,两个人愉快地讨论着有关《托拉》的问题,有时也转而谈一些俗世杂务。年轻人对客人的知识面与理解力十分惊讶。

雷布·约姆托夫登上年轻人家的台阶时,几乎要被飘出的香味馋倒了,口水都流出来了。烤好的鹅肉,煮好的卷心菜。"赞美他的圣名吧,"他暗自思忖,"卢布林看来是太令人满意了。如果他的妻子想要一位学者,她就一定会见到这位学者。还有,谁知道呢,说不定我还有能力创造奇迹,让他们能有个儿子,继承人。如果真有一位有钱的新娘子等着,那我也不用拒绝她。"

门推开来,雷布·约姆托夫被领进一间厨房,四面墙上都挂着铜锅。天花板上吊着一盏油灯。屋里有两位妇人,女主人和一名使女。她俩站在炉子旁,炉上正烤着一只鹅。年轻人介绍了他的客人(显然,他很是得意,能将这样一位客人领回家),他的妻子冲雷布·约姆托夫热情微笑。

"我丈夫可不会轻易这么夸人的,"她说,"您一定是个不同凡响的人。您能来访真是太好了。我母亲在起居室,她会欢迎您的造访。您需要什么就告诉她，千万别客气。"

雷布·约姆托夫谢过女主人，朝着她指的方向走过去，而男主人则在厨房多逗留了一会儿，毫无疑问他是急着要再详细介绍一下他们要招待的这位尊贵的客人。

雷布·约姆托夫虔诚地亲吻了门柱经卷[1]，打开通向隔壁房间的门。门后的风景甚至比刚才那间屋子的还要好。这间屋子的家具摆设装点得再高雅不过了。但是，他愣住了。他看见什么了！他的心陡然一沉，说不出话来。不，这不可能，他一定是在做梦。他见了鬼了。不，这一定是魔法。在那儿，站着他的前新娘，他在雅诺夫的爱人。没什么可怀疑的。那就是格莉卡·基伦德尔。

"没错，是我。"她说，他又一次听到那熟悉的泼妇般的声音。

"你在这儿做什么？"他问道，"你不是说要去卡利什吗？"

"我来看看我女儿。"

"你的女儿？你告诉我说，你没有孩子的。"

"我还以为你去了伦贝格。"她说道。

"你没有收到离婚文书吗？"

---

1 门柱经卷（mezuzah），挂于门柱上的一个长方形匣子，内装写着《托拉》经文的小羊皮卷。犹太教徒进出大门时，要用右手指按一按圣卷，然后轻吻手指。

"什么离婚文书？"

"就是我派信使送去的文书。"

"我告诉你，我什么也没有收到。愿我所有的噩梦都降临到你头上。"

雷布·约姆托夫明白了目前的处境：他掉进了一个陷阱，根本没办法逃出去。这家主人随时都会出来，那他就暴露了。

"我很后悔干了件极其愚蠢的事，"他说着，鼓起所有的勇气，"这些人都以为我刚从哈扎尔地回来。为了你好，你得帮我。你不会想让我被人赶出镇子吧，那你就得永远做个被人遗弃的妻子了。什么也别说，我指着我的胡须和耳边的鬓发[1]起誓，我一定好好报答你。"

格莉卡·基伦德尔有一肚子的恶言泼语等着发泄，可就在这时候，她的女婿一脸喜气地进来了。

"我们家来了一位最尊贵的客人，"他说，"这是来自立陶宛的雷布·所罗门·西缅。他刚从哈扎尔回来。您知道，哈扎尔人居住的地方离那十个遗失的部落很近[2]。"他又向雷布·约姆托夫解释说："我岳母很快就要出发去圣地了。她嫁给了一个叫雷布·约

---

[1] 正统派犹太教徒根据《圣经·利未记》规定，"头的两鬓不可剃，胡须的周围也不可损坏"，不修剪胡须，也不剃掉耳边鬓发。这里表示郑重。
[2] 这里的"很近"指离安息日河边很近。公元前721年，古代以色列国被灭。十个部落被亚述王流放后消失，与当地其他民族融合。但根据犹太教传说，这十个部落的人流浪到了安息日河边。

姆托夫的人,他是耶路撒冷来的代表,是大卫家的后代。您可能已经听说过他了?"

"我极有可能听说过。"雷布·约姆托夫说道。

这会儿,格莉卡·基伦德尔已经镇定下来,说:"请坐,雷布·所罗门·西缅。给我们说说那十个遗失的部落的事儿。您真的见过那乱石翻滚的安息日河?您真的能安全地过河去觐见国王?"

但是,她的女婿刚一离开房间,她就跳了起来,咬牙切齿地低声说:"好啦,怎么样?雷布·所罗门·西缅?我的报酬呢?"

他还没来得及张口,她就已经一把抓住他的翻领,一手伸进他的大衣内侧口袋里,抓着了一小袋硬币。几秒钟的工夫,那袋硬币就从他的口袋进入了她的长筒袜里。她还额外地从他的嘴上揪下一撮毛来。

"我得让你长长记性,"她说,"别以为你还可以毫发无损地离开这儿。你的后代直至十代都得小心别成了像你这样可恶的骗子。"接着,她朝他脸上吐了一口唾沫。他掏出手帕,把脸擦干净。然后,女主人和使女走进来,摆桌子,准备晚餐。为了欢迎贵客,主人特地下到酒窖去拿了一瓶干红葡萄酒。

3

晚餐后,格莉卡·基伦德尔为客人铺床。

"现在，给我滚进去，"她说，"我可不想你在这儿给我惹出一丁点儿麻烦。等大伙儿都睡着了，我再回来找你聊聊。"

为了防止他逃跑，她没收了他的大衣、帽子和鞋子。雷布·约姆托夫念了祷告词，就上了床。他躺在那儿，绞尽脑汁，想着摆脱困境的法子。就在这时候，我，恶魔现身了。

"干吗像个被绑的小牛似的，等着挨宰啊？"我说，"打开窗户，跑啊！"

"我怎么跑啊？"他问道，"衣服也没有，鞋子也没有。"

"外面够暖和的，"我告诉他，"你不会生病的。你只需找到去皮亚斯基的路，一旦到了那儿，你就没事儿了。干什么也比跟这个泼妇待在一起强啊。"

跟往常一样，他听从了我的建议。他从床上起来，打开窗户，开始往下爬。可是，我让途中出现个障碍物，他一脚踩空，跌倒了，把脚踝给扭伤了。他躺在地上，失去了知觉，但我把他弄醒了。

他强撑着站了起来。夜晚漆黑一片。他赤着脚，半裸着身体，一瘸一拐地，朝着皮亚斯基那条路走去。

这段时间，格莉卡·基伦德尔无暇抽身。等她听见女儿、女婿卧室里传来了鼾声，她起了床，穿上衣服，蹑手蹑脚地来到她爱人的房门口。她吃惊地发现床上没有人，窗户却开着。就在她马上就要脱口尖叫时，我在她面前现身了。

"现在这事儿还有什么意义呢？"我问她，"一个男人不在床上，也算不上什么罪，是吧？他又没偷没抢。事实上，是你偷了东西，要是他给捉住了，他就会说出你从他身上拿走的那些钱。你才是那个要遭罪的人。"

"那，我该怎么办？"她问我。

"你不知道吗？把你女儿的珠宝盒偷过来，然后，开始尖叫。他要是给逮住了，活该给投进监狱。这样你铁定能报复他了。"

这个主意很对她的胃口，她采纳了我的建议。随着几声尖叫，她把房里的人给吵醒了。很快就发现珠宝不见了，喧闹声又把邻居们给吵醒了。一队民防团提着灯笼，拿着棍棒，追赶小偷去了。

我看见那个高尚无私的年轻人被他这位客人的行为给震蒙了，我乘机嘲讽他。

我对他说："你瞧，你带个客人回家，弄出事儿来了吧。"

他保证说："只要我还活着，我就再不会把素不相识的穷人领回这个家。"

这时候，民防团的人正在满大街搜寻那个逃犯。后来，守夜人和地方法官的巡警也加入了进来。没费什么工夫就把雷布·约姆托夫给抓住了。毕竟他瘸了腿，还半裸着。他们发现他坐在一个阳台下，正徒劳地试图把他那只脱臼的脚踝复位。他们立刻拿着棍棒把他一通乱打，根本不听他的辩白抗议。

"当然啰，"他们大笑道，"无辜的人们总是半夜三更跳窗逃跑的。"

他的女主人跟着过来了，一边走，一边破口大骂："贼！杀人犯！罪人！我的珠宝啊！我的珠宝啊！"

他不停地说自己对盗窃的事情一无所知，但是没有用。护卫队把他投进了监狱，并写下了那些证人的名字。

格莉卡·基伦德尔又回到床上。想着仇人在牢房里烂掉，自己躺在暖和的被子里就特别的惬意。她感谢上帝对她的眷顾，保证要捐献十八个格罗申做慈善。这一夜的折腾令她精疲力竭，她渴望着睡觉，可是我来到她身边，不让她休息。

"干吗这么得意扬扬的？"我问道，"是，他现在是进了监狱，可是你现在没法儿和他离婚了。他会让天下人都知道他是谁的老公，这样，你，还有你全家都要丢人现眼了。"

"我该怎么办？"她问道。

"他派信使到雅诺夫给你送了离婚文书。去雅诺夫，拿到那文书。这样你首先可以摆脱他，其次，如果你不在这儿，就不会被传唤做证人。而如果庭审的时候你不在场，谁会相信他的话？等这事儿平息下来，你再回来。"

我的话令她深信不疑，第二天一大早她就动身了，她跟女儿解释说她要去华沙跟丈夫雷布·约姆托夫见面。她女儿此时惊魂未定，也没怎么反对。其实，格莉卡·基伦德尔本想把她从女儿那儿偷来的珠宝放回去，但我劝她别那么做。

"你急什么呢？"我问道，"要是珠宝找到了，他们就会把那个骗子放出来，这样一来，谁会受伤害呢？只有你。就让他待在铁窗后面。他会明白像你这样优秀、正直的女人是不能作弄的。"

长话短说吧，格莉卡·基伦德尔出发去了雅诺夫，打算在那儿见到那个信使本人，不行的话至少可以打听一下他最近的行踪。她走进市场，发现人人都在盯着她。他们都知道那个信使来过，还有那份离婚文书。她去找拉比，拉比夫人对她很是冷落。拉比的女儿让她进屋，既不欢迎她，也不请她坐下。但至少拉比告诉了她事实：有个信使到雅诺夫来，给她带来了离婚文书，但是在这儿没找到她，已经离开了。他记得那人叫莱布，是从皮亚斯基来的。他回忆说，莱布是黄头发，红胡子。格莉卡·基伦德尔得知这个消息，立马雇车去了皮亚斯基。再待在雅诺夫已经毫无意义了，镇上的人们全都躲着她。

雷布·约姆托夫还在监狱里关着。他周围全是些小偷、杀人犯。他身上仅有的衣服成了爬满臭虫的破布条。他一天能吃上两次面包和水。

终于，审判的日子到了，他站在了法官面前。那个法官性情暴躁，耳朵又聋。

"嗯，那些珠宝怎么回事？"法官咆哮道，"是你偷的吗？"

雷布·约姆托夫申辩自己无罪，他不是小偷。

"好吧，就算你不是小偷。那你干吗半夜三更地跳窗逃跑？"

"我是要逃离我妻子。"雷布·约姆托夫解释说。

"什么妻子？"法官气势汹汹地问道。

雷布·约姆托夫开始耐心地解释。他住宿的那家男主人的岳母不是别人，就是他，雷布·约姆托夫的妻子，可法官根本不让他继续讲下去。

"多精彩的故事啊，"他叫了起来，"你的确是个厚颜无耻的骗子。"

不过，他还是派人去叫格莉卡·基伦德尔。因为她本人已经离开了，她女儿就替她来了。她作证说自己的母亲的确是结婚了，但她嫁给了一位来自耶路撒冷的令人敬重的男士，是著名学者雷布·约姆托夫。事实上，她母亲这会儿正在去和他会面的路上。

那囚犯低着眼睛，大叫道："我就是雷布·约姆托夫。"

"你，雷布·约姆托夫？"那女人叫了起来，"人人都知道你是雷布·所罗门·西缅。"她开始用最恶毒的语言咒骂他。

"这场闹剧该收场了，"法官严厉地说道，"我们这儿的流氓无赖已经够多的了。我们可不想再引进外来的。"于是，他裁决给这个犯人二十五鞭子，再把他吊死。

很快，卢布林的犹太人便听说了这个裁决：他们当中的一员，一个学者要被吊死。他们很快派了一个代表团，代表犯人与省长交涉。但这次他们什么也做不了。

"你们犹太人怎么总是这么急着把你们的罪犯给赎回去？"省长问道，"我们知道该怎么处置我们的犯人。可你们呢，总是不让你们的罪犯受到处罚。难怪你们中的恶棍这么多。"他放狗出来把代表团给赶跑了，雷布·约姆托夫继续留在监狱里。

他躺在牢房里，戴着脚镣手铐，等着被处决。他躺在稻草堆里，辗转反侧，老鼠从墙缝里钻出来，啃咬他的手脚。他咒骂它们，把它们赶了回去。外面阳光灿烂，但地牢里却暗如黑夜。他发现自己的处境就像先知约拿待在鲸鱼的肚子里。他张嘴要祷告，可是我，摧毁者撒旦，上前对他说："你怎么这么蠢，竟然还会相信祈祷的力量？记得吗，在黑死病期间，犹太人是怎么祷告的，他们还不是像苍蝇一样死掉？还有成千上万被哥萨克屠杀的犹太人。当赫梅尔尼茨基[1]到来的时候，祷告得还少吗？那些祈祷的人得到什么回应了？孩子们被活埋，贞洁的妇人被强奸，她们的肚子被剖开，把猫缝了进去。上帝干吗操心你的祈祷？他充耳不闻，视而不见。根本就没有什么裁决，也没有末日审判。"

1　赫梅尔尼茨基（Chmielnicki, 1595—1657），哥萨克首领，1648年率众起义，曾大量屠杀波兰和乌克兰的犹太人。

我就这么照着哲学家们的语气跟他说，很快他的嘴唇不再有祷告的冲动了。

"我该怎么做才能保命？"他问我，"你说该怎么办？"

"做个改宗者。"我告诉他，"让基督教教士给你洒点儿圣水。这样你就可以活下来，将来就可以报仇了。你想向你的仇敌复仇，对吧？谁是你的仇人呢？不就是犹太人吗？那些犹太人特别想看着你被吊死，就因为那个犹太女人编造的谎言毁了你。"

他把我这番睿智的话听进去了，当看守来送饭时，他告诉看守自己想改宗。消息传到教士们那里，他们派了一位修道士来和犯人见面。

"你想成为基督徒究竟是什么动机呢？"那修道士问道，"你只是想拯救你这副皮囊，还是因为耶稣基督进入了你的内心？"

雷布·约姆托夫解释说，这是在他睡着的时候发生的。他的祖父出现在他面前。那个圣徒般的老人告诉他，耶稣在天堂里是最尊贵的。在天国，耶稣与以色列的列祖坐在一起。雷布·约姆托夫的话刚传到主教那里，他就给带离了牢房，被梳洗一番。他给换上了干净衣裳，由一个修道士陪伴着，指导他了解基督教教义。他一边了解主和十字架的意义，一边吃着美味的食品。更重要的是，附近的名门望族都来看望他。最后，在一队人的簇拥下，他来到修道院，皈依了基督教。他心想麻烦没有了，他马上就可以成为自由人了，可是没想到他又给领回到了牢房里。

"人若是被判处死刑,"教士对他说,"那是没有办法改变的。但是,你别难过。你会带着纯洁的灵魂去到另一个世界。"

这下雷布·约姆托夫才意识到自己已经切断了自己出身其间的那个世界的一切关系。他伤心到了极点,连说话的力气也没有了。刽子手把绳索套上他的脖子时,他一句话也说不出来。

4

从雅诺夫返回皮亚斯基的路上,格莉卡·基伦德尔中途停下来拜访了一位亲戚。在亲戚家那个小村子里,过了安息日和五旬节。她一边帮着女主人装饰过节的窗户,一边用力咀嚼着黄油饼干。五旬节过后,她又踏上了回皮亚斯基的旅程。

当然,她根本想不到自己已经成了寡妇。她也没有想到——你肯定知道——自己已然落入我给她设下的陷阱。她从容不迫地走着,一路上只要有旅店,她都会投宿。一路上吃了不少的鸡蛋饼干,喝了不少的白兰地。她也没忘了招待马车夫,也给他买了鸡蛋饼干和白兰地。为了答谢她的慷慨,马车夫给她弄了个舒适的座位,搀着她上下车。车夫色眯眯地望着她,她可不会屈尊和这么个卑贱的家伙躺在一起。

气候温和宜人,田野里是绿油油的麦苗。鹳鸟在头顶盘旋,青蛙在地里呱呱地叫,蛐蛐儿唧啾,蝴蝶翩翩。夜里,马车穿过山林深处，格莉卡·基伦德尔坐在席子上，像个王后似的。她解开上衣，任由轻柔的风吹拂肌肤。她年纪不小了，但她的躯体却抵御着衰老，她的内心依然激情似火。她又在计划着再给自己找个丈夫。

一天清晨，她到达了皮亚斯基镇，这时候，商人们正在打开铺子。地上的草还沾着露水。一队队赤脚的姑娘们，带着绳子和篮子，正朝树林走去，去捡柴火，采蘑菇。格莉卡·基伦德尔找到拉比助理，打听她离婚的事儿。拉比助理热情地接待了她，告诉她离婚文书就是由他本人起草的，而且也是当他的面签署的。这些文件现在在车夫莱布手里。格莉卡·基伦德尔问可不可以派会堂执事去叫他过来，拉比助理给了她相反的建议。

"你干吗不自己上他家去呢？"他说，"这样你可以私下跟他处理这件事。"

这样，格莉卡·基伦德尔便朝莱布家走去。莱布的家是屠宰场背后小山包上的一间茅屋。房顶盖着烂谷草，窗户用的不是玻璃，而是牛膀胱。现在已经是夏天了，房子周围的地上还又湿又滑，一群衣衫褴褛的半裸孩子照样拿着破旧的笤帚、鸡毛掸子撒欢。骨瘦如柴的山羊，脏得像猪一样，四处乱窜。

马车夫莱布没有老婆，也没有孩子。他是个矮个子、宽肩膀的男人，大手大脚，他前额上长了个东西，胡子火红火红的。他穿着件短夹克，脚上穿着草鞋，头上戴着顶做内衬的帽子，遮不住那一头乱蓬蓬的黄头发。

格莉卡·基伦德尔看见他,吓了一跳,不过,她还是问道:"你是莱布?"

"嗯,有一点是肯定的,你不是莱布。"他粗鲁地答道。

"你手里有离婚文书?"

"这跟你有什么关系吗?"他想知道。

"我是格莉卡·基伦德尔。离婚文书是给我的。"

"那是你说的,"他说,"我怎么知道你说的是不是真的?你脑门儿上又没刻着你的名字。"

格莉卡·基伦德尔意识到这是个难缠的家伙,她问道:"怎么着?你是要钱吗?别担心,我会给你一大笔小费的。"

"今晚再来吧。"他说。

她问为什么要等到晚上,他说,自己的一匹马要死了,他没心思聊天。他引着她走进一条小巷。那儿躺着一匹瘦骨嶙峋的老马,皮子肮脏污秽,口吐白沫,肚子像个风箱似的一起一伏。成群的苍蝇围着这匹垂死的老马嗡嗡乱飞,头顶盘旋着乌鸦,它们一边等着,一边嘎嘎直叫。

"那好吧,我晚上再过来。"格莉卡·基伦德尔说,她现在恶心得要死。她穿着高跟鞋,急急忙忙地赶着离开这颓废、贫穷之地。

碰巧就在头一天晚上,皮亚斯基的窃贼们出门做生意,他们用手推车和伪装的马车袭击了伦奇科镇，把镇上的商店洗劫一空。那天晚上正是赶集的头一天，所以店里的东西特别多。可是，如此丰厚的捕获物还是填不满这些掠夺者的胃口，他们还潜入教堂，偷走了里面的金手链、金冠、金盘子还有珠宝。神圣的雕像被剥得光光的。然后，他们匆匆忙忙往回撤退，事实上，格莉卡·基伦德尔看到的那匹奄奄一息的老马就是这次远征的意外事故。在撤退过程中，它被无情地鞭打，强盗们一到家，这匹马就彻底崩溃了。

当然啦，格莉卡·基伦德尔对此一无所知。她进了一家旅店，点了一份烤鸡。为了赶走脑海中那匹老马垂死的景象，她喝了一品脱蜂蜜酒。自然地，她和店里所有的男客人们交上了朋友，她逐个询问他们的名字、家乡、在附近做什么买卖。当然，她也介绍了自己的来历：高贵的出身，她的希伯来语知识，她的财富、珠宝，她的厨艺，她的缝纫、编织技巧。午餐过后，她回到房间去打个盹儿。

她醒来的时候发现太阳已经落山了，奶牛被赶着从草地往回走。村里家家户户炊烟袅袅，主妇们在准备晚饭了。

格莉卡·基伦德尔再次朝莱布家走去。她到达莱布家时，已是暮色降临。她发现自己走进了烟囱般漆黑的夜色里。房里只点着一支小蜡烛，蜡烛插在一块碎瓷片上。她只能分辨出莱布叉开腿坐在一个倒扣的水桶上。他正在修补马鞍。莱布不是窃贼，他只是替窃贼们赶车。

格莉卡·基伦德尔马上开始谈正事儿，他还是那套话："我怎么知道这是你的离婚文书？"

"给，这是两个荷兰盾，别再胡说八道了。"她说。

"这可不是钱不钱的事儿。"他嘟囔着。

"你究竟要怎样？"她想知道。

他迟疑了一会儿。

"我也是男人，"他说，"不是一条狗。我也想做其他人想做的事。"他色眯眯地眨了眨眼，指着那张稻草铺的条凳床。格莉卡·基伦德尔差点儿忍不住要呕吐。可是我，黑暗之子赶紧在她耳边小声说："跟这个愚蠢无知的家伙争论是没用的。"

她哀求他先把离婚文书给她。这不过是减轻罪行的方式。难道他不知道吗？无论从哪方面讲，跟一个离了婚的女人上床都比跟一个已婚女人上床要强。不过，这家伙实在是太狡猾了。

"哦，不，"他说，"我若是把文书给你，你不得改主意？"

他闩上门，吹灭了蜡烛。她想尖叫，可我让她发不出声来。奇怪的是她半是恐惧，半是渴望，欲拒还迎。莱布把她拖到稻草上，他身上发出皮革和马的臭味。她躺在那儿，惊恐万状，默不出声。

这种事情竟然发生在我身上！她暗自惊讶。

她不知道的是，这是我，大魔头，让她血脉偾张，昏头昏脑。

而毁灭正在外面等着她。

突然，传来骑兵的声音。门像是遭遇了飓风，被踢成了碎片。骑兵、卫兵们举着火把，闯进了屋子。这一切来得太突然了，两个通奸者根本来不及停下来。格莉卡·基伦德尔尖叫一声，昏了过去。

这次突袭是由伦奇科镇的地方法官本人率领的，他带着队伍去惩罚这伙窃贼。他的手下冲进所有已知罪犯的家中。队伍里跟着一个告密者。一拳打过去莱布就蔫了，招供说自己只是给这帮人赶车的。两个士兵把他推出门去，临走前他们中的一个问格莉卡·基伦德尔："喂，婊子，你叫什么？"

他让人给她搜身。

当然，她抗议说自己对伦奇科镇的盗窃案一无所知，但那个告密者说："别信那个婊子的！"他一手伸到她胸前，抽出一袋珠宝。那是她女儿的珠宝和雷布·约姆托夫的一小袋金子。在火把的照耀下，那些硬币、钻石、蓝宝石、红宝石闪着邪恶的光。格莉卡·基伦德尔现在确信自己倒了大霉了，她一下子扑到法官脚下，恳求他的怜悯。可是不管她怎么哀求，最终还是给关进了囚车，跟那伙窃贼一起给送到了伦奇科镇。

庭审的时候，她发誓说这些珠宝是她自己的。可是那些戒指跟她的手指配不上，那些手链跟她的手腕也不配。问她袋子里有多少钱，她也说不上来，因为雷布·约姆托夫的钱袋里有些是土耳其硬币。检察官问这些金币是哪儿来的，她回答说："是我丈夫的。"

"那你丈夫在哪里？"

"在卢布林，"她慌乱中脱口而出，"在监狱。"

"丈夫是个囚犯，"检察官说，"而她是个妓女。这珠宝显然不是她的，她甚至都不清楚手里有多少钱。这还有什么可怀疑的呢？"

在场的人都不再怀疑。

这下格莉卡·基伦德尔意识到自己获救的希望渺茫。她觉得唯一的希望就是宣称自己的女儿、女婿在卢布林，这些珠宝是女儿的。但我对她说："首先，没人会相信你。而且，就算他们信你，看看会发生什么。他们会把你女儿带到这儿来，她会发现你不仅偷了她的珠宝，还像个娼妓似的跟那个长着癞头疮的家伙通奸。这种丢人现眼的事会要了她的命。你会受到严惩。顺便说一句，雷布·约姆托夫会被释放，相信我，他会发现你这个荒唐可笑的处境。别，你最好还是保持沉默吧。就算是去死也不能向你的敌人屈服。"虽然我的提议让她坠入深渊，但她没有反对，因为显然我的人民都是自负虚妄的，他们宁愿为自己的虚荣心去死。没有自尊与幻觉，追求的快乐何在？

这样，格莉卡·基伦德尔被判处绞刑。

行刑前的那天晚上，我去找她，怂恿她改宗，就像我曾经鼓动已故的、无人哀悼的雷布·约姆托夫那样。但是，她说："一个改宗了的母亲比一个妓女更体面吗？不，我就是死也要做一个虔诚的犹太女人。"

别以为我没尽心尽力！我一遍又一遍地求她，但就如书上写的：女人固执起来，九头牛也拉不回。

第二天，伦奇科镇竖起了绞刑架。当镇上的犹太人听说一个以色列的女儿要被吊死，他们全都抓狂了，去恳求那法官。但是，一座教堂被抢劫了，他绝不会心软。农夫、乡绅从四面八方拥到镇上，他们坐着四轮马车、货车汇聚到行刑的地方。杀猪的[1]卖起了意大利香肠。人们狂饮啤酒、威士忌。

黑暗降临在犹太人头上，他们大白天关上百叶窗。就在行刑前，农民们争着挤到最靠近绞刑架的地方，好抢到一截带来好运的绳子，差点起了骚乱。

他们先吊死了窃贼，马车夫莱布也在其中。接着格莉卡·基伦德尔被带上了台阶。在给她戴上头巾前，他们问她，最后有什么要求，她恳求把拉比叫来，听她的忏悔。拉比来了，她告诉他事情的真相。这可能是她这辈子头一次说真话。拉比为她背诵了忏悔词，向她保证她会进天国。

然而，伦奇科镇的拉比在天国似乎没有什么影响力，因为在

---

[1] 来刑场的很多是波兰基督徒，基督教不禁止吃猪肉。

格莉卡·基伦德尔和雷布·约姆托夫被允许进入天国之前,他们必须为自己所犯的罪赎罪。在那儿,什么事儿都不能打折。

我把这个故事讲给女魔头莉莉丝听,她觉得这太有趣了,决定去欣嫩子谷[1]看看这两个罪犯。我和她一起飞到炼狱,看到这两个罪犯伸着舌头吊在那儿,那是对说谎者的惩罚。

他们脚下是火盆,里面有燃烧的炭火。魔鬼们用炽热的铁棒抽打他们的身体。我对两个罪犯说:"现在,告诉我,你们那些谎言愚弄了谁?啊,那是你们自找的。你们的唇纺线,你们的嘴织网。不过,欢呼吧。你们只需在欣嫩子谷待十二个月,包括安息日和其他节日。"

---

[1] 欣嫩子谷(Gehenna),犹太教中罪人死后受刑之地,相当于炼狱。

婴儿床的影子*

1

亚雷茨基医生的到来

突然有一天，镇上新来了一位医生。他是坐着一辆雇来的四轮马车来的，车上装着一篮子的财物、一堆用皮带捆着的书、一个装着只鹦鹉的鸟笼，还有一条贵宾犬。他三十多岁，个子矮小，皮肤黝黑，黑眼睛，小胡子。他的鼻子要是不像波兰人那样斜着的话，看上去倒像个犹太人。他穿着一件优雅的老式翻毛大

---

* 本篇英语由伊莱恩·戈特利布（Elaine Gottlieb）和朱恩·露丝·弗洛姆（June Ruth Flaum）翻译。

衣，脚蹬长筒靴，像那些吉卜赛人、魔术师、补锅匠一样戴着顶宽边帽子。在市场中央，他站在那堆东西中间，操着外邦人偶尔会用的磕磕巴巴的意第绪语问犹太人："喂，你好！犹太人，我想在这儿住下来。我，医生，亚雷茨基医生……头痛，嗯？看看舌头！"

"你从哪儿来？"犹太人问道。

"很远，很远的地方！……"

"是个疯子！"犹太人认定，"一个疯子医生！"

他在一条挨着田地的背街上住了下来。他没有老婆，也没家具。他买了一张铁床和一张快散架的桌子。肖瓦欣斯基，那个老医生，看一次病要五十个格罗申，出诊的话要半个卢布。但亚雷茨基医生呢，人家给多少他收多少，数也不数就直接塞兜里。他喜欢和病人开玩笑。镇上很快形成了两派：一伙人坚持认为他是个愚蠢的庸医，连脚和肘都分不清，另一派发誓说他是个技艺精湛的医生。他的崇拜者们说，他瞧一眼病人就能做出诊断。他能妙手回春。

镇上的药剂师、俄国人任命的镇长、公证人，还有那些有权有势的俄国人，他们都偏向肖瓦欣斯基医生。因为亚雷茨基不去教堂，教区的教士认为这个医生不是基督徒，而是个不信教者，要不就是鞑靼人，野蛮人。有人暗示说他有可能是个巫师，甚至有可能会给人下毒药。但是桥街和沙坪的那些贫穷的犹太人经常光顾亚雷茨基医生的诊所。那些农民也开始找他看病，亚雷茨基医生弄了间办公室，雇了个女佣。不过，他还是那样衣冠不整，也没什么朋友。他独自一人，沿着种着橡树的扎莫希奇大道散步。他自己上杂货店买东西，因为他的那个女佣又聋又哑，既不会写字，也不会讨价还价。事实上，她很少离开那座房子。

谣传说那女佣怀孕了。她的肚皮变大了，但最终又恢复平坦。怀孕和流产的事儿都算到了亚雷茨基医生头上。当官的在俱乐部说要审判医生，可检察官是个胆小怯懦的人，他害怕亚雷茨基犀利的黑眼睛和翘起的胡须下撒旦似的微笑。再说，亚雷茨基手里有一张彼得堡颁发的行医执照。他谁都不怕，他跟上层社会有什么关系也说不定。到犹太人家出诊的时候，他会嘲笑肖瓦欣斯基医生，称那个药剂师是个吸血的蚂蟥；他会诋毁纳贾尼克县长、纳贾尼克镇长、纳贾尼克邮局局长，称他们为窃贼、舔靴子的家伙、马屁精。他甚至教鹦鹉说下流话。可有谁会跟他起争执呢？争执会有什么后果？他最拿手的是解决难产问题。如果必要的话，他会做手术。他随随便便弄把刀子就戳脓包，割瘤子。他们叫他屠夫，可问题是，他们都康复了。肖瓦欣斯基医生老了，他的手不停地哆嗦，脑袋左右摇晃，他还在变聋。他老生病，人们不得不去找亚雷茨基。镇长找他看病，亚雷茨基医生对他讲意第绪语，好像这位大人物是个犹太人似的。

"头痛是吧？啊——舌头。"说着，他在镇长胳肢窝下挠了一把。

这个医生对待妇女更是粗暴。她们还没来得及说病情呢,他就已经让她们宽衣解带了。他嘴里叼着烟斗,朝她们脸上喷。有一次,在征兵期间,肖瓦欣斯基医生病了,亚雷茨基医生成了军医的助手。那个军医是卢布林来的一个老上校,一天到晚醉醺醺的。亚雷茨基放消息给犹太人:只要交一百卢布,他就可以发一张蓝色证书,让他们在和平时期免于被征入伍;交两百卢布就可以拿到白色证书,免除当兵义务;如果交一张二十五卢布的钞票,至少可以推迟一年被征入伍。家境贫困的新兵的母亲们到亚雷茨基那儿哭哭啼啼,结果,他就给她们都降了价。那一年,几乎没有犹太人被征兵。一个告密者给派到了卢布林,上面派了一个军事委员会来调查此事,但最后证明亚雷茨基医生无罪。毫无疑问,他要么是贿赂了这个委员会,要么是愚弄了他们。在犹太人那里,他会说:"俄罗斯母亲是头猪,对不?她臭气熏天!"[1]

肖瓦欣斯基医生去世后,乡绅们都来讨好亚雷茨基医生。镇长提出跟他讲和,药剂师请他参加晚会。女士们盛赞他助产接生的高超医术。

沃谢霍夫斯卡太太是个壮硕的女人,每天一早一晚,她头上裹着黑色的围巾,手里拿着本烫金祈祷书步行去教堂祷告。她是

---

[1] 18世纪末至20世纪初,在波兰和其他俄罗斯占领区,犹太人没有公民权,但必须当兵上战场,且经常被怀疑。哈西德教派不赞成武力,当兵与其教义冲突,因此犹太教徒总是想方设法躲避兵役。

镇上一个基督徒媒婆。沃谢霍夫斯卡太太手里有一个花名册，上面记着符合条件的单身汉和姑娘们的名字。她经常造访那些家境殷实的人家，夸口说自己做的媒都是梦里安排的。天使在她梦里出现，告诉她谁和谁命里注定是一对儿。到现在，她撮合的夫妻中没有一对儿吵架、分手或是没有生育。

沃谢霍夫斯卡太太来找亚雷茨基医生，给他说一门特别好的亲事。那位年轻的姑娘出身于波兰最高贵的家族之一。她母亲是个寡妇，在城外有一座庄园。虽说海伦娜已不是刚成年的小姑娘，沃谢霍夫斯卡太太向亚雷茨基医生保证说，但她还是单身啊。她其实不乏求婚者，就是太挑剔了。她挑来拣去的，就把自己变成个老姑娘了。海伦娜钢琴弹得好极了，她能用法语交谈，还喜欢读诗。她喜欢动物是出了名的，她那个蓝色的房间里养了一玻璃缸的金鱼，她在农场还养着两只鹦鹉。她的马厩里有一头从卖甘草糖的土耳其人那儿买来的驴子。沃谢霍夫斯卡太太向亚雷茨基医生保证说，自己在梦里见到他在教堂的神坛前向海伦娜屈膝跪下。他们的头上悬着一个熠熠生辉的光环，这是一个确切的征兆，证明他们命里注定是一对儿。亚雷茨基医生耐心地听她把话说完。

"谁派你来的？"待她话一说完，亚雷茨基便问道，"是当妈的，还是女儿？"

"因为耶稣的爱，她们俩都不知道。"

"干吗把耶稣扯进来？"亚雷茨基医生说，"耶稣不过是个讨厌的犹太人……"

沃谢霍夫斯卡太太立刻泪流满面:"仁慈的先生,您在说什么呀?愿上帝宽恕你!……"

"哪儿来的上帝!"

"那有什么呢?"

"蠕虫……"

"可怜的灵魂,我可怜你!愿上帝怜悯你!他是仁慈的。他对那些亵渎他的人也充满同情……"

沃谢霍夫斯卡太太离开了,把亚雷茨基医生从她的名单上画掉了。很快她害了打嗝的病,过了些时候,这毛病才减轻。

2

海伦娜伺机报复

沃谢霍夫斯卡太太把这件事儿告诉了她的闺密,马基维奇太太,后者又悄悄把这事儿透露给了她的亲家克鲁尔太太。克鲁尔太太的女仆又告诉了在庄园干活的挤奶女工,最后挤奶女工告诉了她的女主人海伦娜,当时海伦娜正在给她的宠物驴子喂面包和糖。海伦娜本来就比较苍白,一听到这件事,脸色更是白得跟白糖似的。她飞奔着向她母亲跑过去,尖声叫着:"妈妈,这事儿我决不原谅你,到死也不原谅!"

那寡妇一口咬定对这件事儿一无所知,但海伦娜根本听不进去。她跑回自己的蓝色房间,吩咐打扫房间的女佣把鱼缸搬走,她想一个人静一静,连金鱼也不想看到。她闩了门,关上百叶窗,在房间里走来走去。海伦娜受过很多伤害。父亲吊死在果园苹果树上的那一天是她一生中最可怕的日子,但是,这个事件比那天还要可怕。亚雷茨基医生,那个野蛮人,那个反基督的家伙,那个小人,竟然打她的脸,玷污了她的灵魂。连她的女佣都知道了,那现在岂不是众人皆知的八卦了?是,她母亲发誓说没有找过那个媒婆,可谁会相信呢?她,海伦娜被侮辱了。说不定全城的人都在笑话她。

可是,她该怎么做呢?她是不是应该彻底消失,从此不让任何人听到她的消息?要不跳池塘淹死算了?她是不是该报复那个江湖庸医,亚雷茨基?可是,怎么报复?她要是个男人,还可以和他决斗,可是,一个女人能怎么办?海伦娜怒火中烧。过去,她的荣誉就是她唯一的骄傲。如今,这份骄傲也给夺去了。她的名声给败坏了。除了去死,还能怎么办?

她不吃不喝,也不再喂养鹦鹉和驴子。她不再给鱼缸换水。她本来就很苗条,现在越发憔悴瘦弱了。她个子高挑,皮肤白皙,苍白的脸,高高的额头,枯萎的头发,头发曾经是金色的,现在干枯得像稻草。白头发也很明显了。她的皮肤变得透明,额头上布满网状的蓝色静脉。营养不良加上痛苦烦恼令她有气无力，整日躺在沙发椅上。就连斯沃瓦茨基[1]的神圣诗歌也不再引起她的兴趣。

她母亲意识到自己唯一的女儿正在日渐枯萎，她决定采取行动。可是，海伦娜拒绝去拜访住在彼得库夫省的姨妈。她也不想去见卢布林的医生，不愿去纳文丘夫温泉度假。每天晚上，海伦娜躺在床上辗转反侧，寻找着报复亚雷茨基的办法。她的父亲，那个乡绅，和他们高贵祖先的热血折磨着她。她想象着自己是一个复仇的骑士，在市场中央扒了亚雷茨基的衣服，用鞭子抽他。鞭刑过后，再把他绑到一匹驮马的尾巴上，把他拖上公路。在这些折磨之后，她把他打得血肉模糊，再往伤口上泼酸水。她一边这么干，一边把那个该死的媒婆，那个荡妇沃谢霍夫斯卡给吊死。

但是，幻想有什么用？不过令她身心疲惫，备感孤立无助。

3

海伦娜参加舞会

女人的心，有谁能懂？就是那些天使般的妇人心中也隐藏着

---

[1] 斯沃瓦茨基（Juliusz Slowacki，1809—1849），波兰浪漫主义诗人。

恶魔、小鬼与阴魂。这些邪恶的因子总是顽劣乖张，嘲弄人的感情，亵渎神圣。比如，在谢布里欣村，在一位已故的地主——乡绅沃伊斯基的葬礼上，念祭文的时候，他的遗孀突然放声大笑。她就站在棺材旁边，笑得那么肆无忌惮，结果所有参加葬礼的人，甚至死者的亲属们都忍不住跟她一块儿笑了起来。还有一次，在扎莫希奇，一个酿酒商的老婆去找了个庸医给她拔牙，那男的把手指伸进她嘴里检查牙齿，这妇人一口就把那指头给咬下来了。事后，她便开始号哭，癫痫病发作。这样的事情经常发生。这都是女人们天性里特有的任性乖张。

事情是这样的。那个俄国人，纳贾尼克邮局局长，娶了个波兰女子，就是希卢比舍夫附近一个乡绅的女儿。他要举办一场舞会来庆祝妻子的生日。他邀请了镇上所有的官员，还有镇上家境殷实的波兰人、附近的乡绅。海伦娜和她母亲也收到了请柬。过去，海伦娜总是找各种借口逃避这类社交活动。好多年过去了，她一次也没有出现在正式社交场合。但这次，她决定参加。她母亲喜出望外，叫人传来了亚伦·莱布，镇上最好的女装裁缝，给了他一匹丝绸，让他给她女儿做舞会的礼服。这料子放在那儿好些年了。亚伦·莱布给海伦娜量了尺寸，称赞她的苗条身段。大多数女士身材矮胖粗壮，衣服穿在身上很是臃肿。这是海伦娜第一次让一个男人碰她。要在以前，几乎不可能让人给她量尺寸，但这次她很配合。她甚至对这个犹太人，亚伦·莱布，表现得很和善，问了他家人的情况。临走时，她还拿了个硬币，给他的小女儿带回去。亚伦·莱布感谢上帝让他这么轻松地走出她家——海伦娜的古怪脾气可是出了名的。

通常，海伦娜要在悉心研究了客人名单之后，才会接受邀请。她对每个人都有一份心理卷宗。这个家伙不讨她喜欢，那个家伙不合她身份，第三个伤害过她父亲，或是祖父。她对每个人都吹毛求疵。女主人若是想邀请海伦娜参加聚会，通常不得不画掉名单上的一些客人。她要是拒绝妥协，海伦娜就会勃然大怒，跟这个女主人断绝一切关系。不过这次海伦娜没提这方面的要求。她似乎忘了自己早先的厌男症。她的女性虚荣心苏醒了。她坚持要买几件礼服的配饰，还从卢布林定制了舞鞋。她每天都要试戴一件首饰，看看哪件与礼服最配。她变得活泼了，也更健谈了，她的胃口大增，睡眠也好多了。她母亲十分欣慰。毕竟，一个女孩子家，就是生气，封闭自己，又能持续多久呢？也许是上帝注意到了寡妇的祈求，让女儿的心转向常规。寡妇对舞会充满了期待。除了那些已婚的男人，有几个合格的单身汉也会参加。舞会定了两个管弦乐队，一个是军队的，一个是民间的。

海伦娜年轻些的时候，就被公认舞跳得好，但她有几年没跳了。这些年流行新的舞蹈，她要母亲给她雇了镇上的舞蹈老师——拉杨克教授。拉杨克来给海伦娜上课。海伦娜小姐和身材瘦削的教授在客厅旋转的时候，仆人们都看得目瞪口呆。据说教授得了肺痨，戴了一顶假发遮住他的秃顶。教授十分惊讶海伦娜学习这些新的舞步竟这么快。他的黑眼睛里盈满了仰慕的泪水，他一阵咳嗽，将咳出的血吐到丝质手帕上。寡妇给了他一杯樱桃白兰地和一小块点心。他舔了舔手指，举起酒杯："祝你们健康，尊敬的女士们！祝您早日在海伦娜小姐的婚礼上舞蹈！"

说着，他还巧妙地转了转他那只喷漆舞鞋上的扣子，以保证他的祝福会实现。

做出的礼服比预想的还要漂亮。海伦娜的身材简直就是为这件礼服而生的。肩带上的花朵和腰上饰有金色流苏的蝴蝶结赋予这件礼服一种就是在大城市也很难见到的高雅别致。

舞会那天阳光灿烂，傍晚气候温和。军官俱乐部门前停满了一辆辆布列茨卡敞篷四轮大马车、四轮马车和四轮轻便马车，舞会就在这里举办。平时训练士兵的操场上到处都是马和车子。穿制服的男仆和普通的马车夫们混在一起。女士们穿着打着褶子和丝带的华美的拖地长裙，护送她们的是穿着军队制服的男士和身着平民晚装、胸前缀满勋章的绅士们，他们相互都想把对方比下去。一位长髯及肩的波兰老绅士伴着他那身材矮小圆润的妻子，虽然天空晴朗，但她还撑着一把带流苏的伞。大厅里挂着军帽和长剑。镇上来了好多年轻人，聚集在俱乐部周围，来看这些客人，聆听舞会的音乐。马儿们的表现倒是一如既往，嚼着燕麦，甩着尾巴。时不时有匹马嘶叫一声，其他的马儿却不予理会。一匹马的叫声有什么意义？没意义，对马而言也是如此。

　　海伦娜和她母亲来晚了，音乐已经响起。马车夫打开车门，海伦娜一下车便被女孩子们羡慕的尖叫声和小流氓们的口哨声给包围了。她简直就像是从画上走下来的美人儿。

4

吻手

　　海伦娜和母亲受到纳贾尼克邮局局长夫妻俩的欢迎。其他的客人都来迎接她们。男士们亲吻她们的手，女士们大加赞美。海伦娜感觉自己飘在空中。她说着话，却不知道自己在说什么，为什么这么说。她的眼睛四处搜索，却不知道在找什么。突然间，她发现了亚雷茨基医生，他正被一群年轻漂亮的女士们包围着，那些绅士和官员的太太们、女儿们。他可能是这个舞厅里唯一一个没有佩戴任何勋章的男人。亚雷茨基被人叫作吉卜赛人、犹太理发师和魔鬼的日子早过去了。镇上的女士们，尤其是那些年轻的、好看的女人们都很仰慕他。她们重复着他那些痛快淋漓的俏皮话，赞美他的高超医术，她们甚至原谅他的不婚，与那个又聋又哑的女仆住在一起。他跟这些女士们说话很放肆，她们当中有些人是他给接生的，有些人在他的诊所里宽衣解带。

海伦娜看见他的一瞬间，竟呆住了。她差不多已经把他给忘了，还是她已经逼自己把他给忘了？他身着燕尾服，足蹬锃亮的皮鞋，显得那么华丽时尚。他那双黑色的眼睛睿智而幽默。一个年轻女子卖弄风情地把一朵花往他西服翻领上插，那里明显没有纽扣眼。亚雷茨基医生敏捷地做了个回应，说了一句他常说的粗鲁的俏皮话，这种话在场的其他男人在男女混杂的场面上是断然不敢说的，可女人们却又是笑，又是拍手。"我还恨他吗？"海伦娜问自己，就在她自问的时候，她已经知道答案了。对他的敌意奇迹般地化解了，取而代之的是和她的仇恨一样强烈，甚至更加强烈的好奇心。她意识到一件事：她从来就没有忘记亚雷茨基医生，而是一直都想着他，为他着魔，仿佛是在梦里。当一个人想念的东西占据了脑中的每一条神经时，竟意识不到它的存在了。"找谁来引见我们呢？"她思忖着，"我必须得和他说话，和他跳舞。"

她嫉妒那些随随便便围着他调情，奉承他的女人们。纳贾尼克像是读懂了她的心思，说："尊敬的海伦娜小姐，您认识我们的亚雷茨基医生吗？请稍等片刻，如果您同意的话……"

他朝亚雷茨基小跑过去，在他耳边说了几句悄悄话，挽着他的手臂，亲切地将他引到海伦娜这边来。

其他的女士们半开玩笑地抗议说他这是在征用她们的骑士。有几个女人拿不准该做出什么反应，一路跟了过去。芳香温和的夜晚，美妙的音乐、花儿的香气、香水的气味、女士们手里的饮料，这一切形成一种轻浮的氛围。亚雷茨基向海伦娜躬身行礼，他闷骚的眼神似乎在暗示："对啊，是时候我俩在一起了。我一直都盼着这次会面呢！"他向她伸出手去。

接着就发生了一件神秘难解的事情，一件让人无法理喻的事情。海伦娜拿起亚雷茨基医生的手放到她的嘴上，亲吻了它。事情发生得太突然了，她都没有意识到自己在做什么。她奇怪地笑了起来。她母亲发出遏制不住的尖叫。女士们惊得说不出话来。纳贾尼克局长像是瘫了，他张大了嘴，合不上了。只有两个年轻的军官高声大笑，同时双手拍打着他们的条纹裤子。亚雷茨基医生自己也是脸色发白，不过他很快就恢复过来，说道："穆罕默德不去就山，山就来就穆罕默德[1]……既然我忘了亲吻海伦娜小姐的手，小姐就来吻我的手。"说着，他拿起海伦娜的手，连着吻了三次，两次吻在手套上，一次吻在裸露的手腕上。女人们这才开始吃吃地笑起来，说着闲话。这个插曲瞬间传遍了整个舞厅，客人们觉得简直不可思议。人人都忍不住好奇，嗅到一丝丝丑闻的气息。接下来的几个月，镇上可有八卦聊了。那些守候在门外的男仆、车夫和女佣们也很快知道了这件事。他们的眼睛瞪得大大的。她疯了吗？她对他痴迷得疯狂了吗？是不是有谁给她施了魔法啊？乐师们像是因为某种轻浮行为又恢复了活力。两个乐队带

---

[1] 这里亚雷茨基颠倒了一句西方谚语："山不来就穆罕默德，穆罕默德便去就山"。

着新的活力开始演奏。小提琴吟唱起来，低音提琴嗡嗡响起，大提琴声音尖利，喇叭呜咽，鼓声雷动。舞者的脚步变得轻快起来，因为另一个人的跌倒而开心。放荡的情绪感染了每个人。此前，一对对舞者还都克制着，这会儿已经跳到了走廊上、院子里，公开拥抱起来。既然海伦娜都可以当着众人的面亲吻亚雷茨基医生的手，那还有什么必要恪守礼仪呢？

十分钟后，寡妇和海伦娜离开了舞会。母亲一手抓着她的裙裾，另一只手拉着海伦娜。海伦娜不是在行走，而是轻飘飘地被拖曳着。车夫们窃笑着，指指戳戳，低声说着含沙射影的话。寡妇的车夫快步上前，帮助两位女士坐进车里。寡妇抬不起脚，车夫不得不扶着她的臀部把她推上去。海伦娜进了马车就瘫倒了。车夫爬上马车，啪的一声甩响鞭子，众人尖叫起来，又是嘘声又是嘲骂。平日里早就上床睡觉的小孩子们这会儿跟大人们混在一起，追着马车跑，疯狂尖叫着，朝马车扔石子儿和马粪。舞会上有人听见寡妇斥责海伦娜："可怜的孩子，你现在该怎么办哪？挖个坟，自己躺下去？"

她们母女走后，女人们越发热情地把亚雷茨基先生团团围住。她们喋喋不休，微笑着，向他抛媚眼，就好像她们都是海伦娜的死敌似的，尽情享受着她丢人现眼的耻辱。她们想从亚雷茨基嘴里套出一个字，一个表情，顺嘴说的一句话，哪怕是一个笑话，好让她们日后可以四处传播。亚雷茨基医生脸色苍白，看上去烦躁不安。他既不搭话也不道歉，就从一大群包围着他的女人中挤了出去。他离开了舞厅，走的不是大门，而是侧门。他住的地方离俱乐部很近，他是步行过来的，现在朝家里走去。他一不留神撞到一个人身上，那人说医生不是在走路而是在跑。

最后，亚雷茨基医生一个人回到办公室，大声叫道："好啦，都说了什么废话啊？"

他没有点燃煤油灯，摸黑坐在长沙发上。他来到这个镇上后，一连串的胜利让他很是享受，但今天的征服却让他高兴不起来。显然，海伦娜疯狂地爱上了他，可能有什么结果呢？她可不是个热情的主妇，顶多是个老姑娘。他可不想找个老婆来约束自己，成为父亲，生儿育女，不想要这些荒唐经历。他自己有钱，且风流韵事不断。就在这张长沙发上，他经历的那些风流冒险，如果有人要说什么，他可以用病理学谎言做幌子。很久以前，他就已经得出结论，家庭生活不过是个骗局，让傻瓜们陷入困境，因为欺骗之于女人就像暴力之于男人一样必不可少。海伦娜不大可能会欺骗他，可是她于他而言又有什么用呢？他吸引女人们，因为他是单身。男人要是结了婚，女人们就会把他当麻风病患者。"我不会理睬这件事，"亚雷茨基医生决定，"他们会嚼舌头，然后会忘了这事。流言蜚语终究持续不了多久。"

他回到卧室躺下，却没有睡意。他还听得见舞会的音乐声：《波尔卡舞曲》《玛祖卡舞曲》《军队进行曲》。远处的笑声和激烈的声音朝他飘过来。温暖的微风带着小草、树叶的香气和窗下花儿的香气。蟋蟀唧唧唱，青蛙呱呱叫。黑夜里挤满了各种生物，叫声此起彼伏。狗在狂吠，猫在叫春。邻家的小孩在婴儿床上醒来。之前被遮蔽的月亮现在出来了，奇迹般地悬挂在空中。四周是璀璨的星星。"她看上我什么了？她的爱为什么如此强烈？"亚雷茨基医生沉思着，"不过是古老的生殖欲望。"医生把自己视为叔本华的追随者。没有人像那位悲观厌世的哲学家那样了解真相。亚雷茨基医生的书架上放着叔本华的作品集，皮革做的封皮，烫金装饰。是的，不过是繁殖的盲目意志，想要使痛苦永恒，延续永恒的人类悲剧。可目的是什么呢？既然已经意识到它的盲目，为何还要屈服于这盲目的意志？人被赋予的那点儿智力让他能够揭露本能及其作用。

医生意识到自己根本无法入眠。他往常失眠时吃的安眠药也没有了。他穿上衣服，突然觉得想散散步。这或许可以帮助他入眠。

5

拉比书房的窗户

亚雷茨基医生漫无目的地走着。这有什么关系吗？他感觉前所未有的警觉和机敏。他的双脚多少年来从没这么轻快过。他注意到尽管今天的胜利只是令他尴尬，但他的神经系统的反应倒还是和之前取得胜利时一样。他的身体变得轻快，仿佛海伦娜在他手上的亲吻减少了地心引力的作用。他的呼吸更加深沉，感觉更加敏锐。"我现在要是去打猎，"他想着，"我赤手空拳就能抓住一只牡鹿。我要抓住它的犄角，折断它的脊背。"他感觉有种想要开枪的冲动，可是他的左轮手枪留在家里了。他想去敲响一扇窗户，吓唬吓唬一个犹太人，但终究克制着没动。毕竟，一个医生不能像个放肆的男孩那样干。

亚雷茨基医生渐渐严肃起来。他回想起几年前的一个下午，他把一张纸撕成许多小纸条，每一张小纸条上写着一个县城驻地镇的名字，他从帽子里抽出一张纸条，上面写着这个镇的名字。要是他抽到的是另一个镇呢？他的生活轨迹会有什么不一样？所以，发生在他身上的一切全是偶然的结果。但是，偶然又是什么？如果一切都是预定的，那就没有什么偶然之说。那么，如果说因果关系不过是某种理性，那便的确不存在什么偶然。这个念头迅速加深。假如叔本华是对的，那么康德所谓的"物自体"便是意志了。可是，这如何解释意志是盲目的呢？如果世界意志产生了叔本华的才智，为什么世界意志本身不能赋予智力呢？"我得查阅一下《作为意志和表象的世界》，"亚雷茨基医生决定，"书里一定有答案的。我竟然可耻地忘了我读过的东西。"

他意识到自己是在街上，在拉比家的附近。拉比书房的一扇百叶窗开着。炉子旁边的一张桌子上，蜡烛在铜烛台上闪烁。桌上堆满了书和手稿。那位可敬的拉比，白髯飘飘，高高的前额上戴着一顶小帽，敞开的宽松长袍里面是一件黄灰色带流苏的衣服。他全神贯注地伏在书上，手里端着一杯茶。他的一边是茶壶，另一边是一把鸡毛做的扇子，显然是用来扇炉子的。一切都是那么自然。年迈的拉比俯身在一册神学著作上，但亚雷茨基望着他，十分惊讶。拉比这么晚了还没睡，还是已经起床了？那本书里有什么这么吸引他？拉比像是从这个世界里退了出来。亚雷茨基医生认识这位老人，曾帮他治疗过黏膜炎和痔疮。他对待拉比比对待其他病人要尊重许多。他不会说"说，啊——"，也不会问"头痛，嗯？"镇上的犹太人把他们的拉比奉若神明，谈到过他的博学。他大大的灰眼睛，高高的额头，整个外表都透露着知识、理解力和品质，还有其他东西，令人想起这个神秘难解的异邦文化。很可惜拉比既不懂波兰语，也不懂俄语。亚雷茨基虽说年轻时学了一点儿意第绪语，但还不足以和拉比聊天。老人现在显得越发超凡脱俗，与黑夜融为一体，像一位古代的圣贤，既是圣徒又是哲学家——一位说希伯来语的苏格拉底或是第欧根尼。他的身影延伸到了天花板上。"怎么会有这么大的前额？"亚雷茨基很奇怪。他记得其他的犹太人告诉过他，拉比是个加昂[1]，一个

---

1 加昂（gaon），对古代有重大影响的犹太教学者的尊称。

天才。可是，是什么样的天才呢？仅仅是与既定的教义保持一致吗？他如何能够与这个充满悲伤的世界和解？"我愿意出一百个卢布了解这个老人读的是什么！"亚雷茨基对自己说，"有一点是肯定的：他甚至都不知道今晚有场舞会。他们和我们比邻而居，但在精神上，他们却在巴勒斯坦的某个地方，在西奈山，或者天知道的什么地方。他甚至可能都没有意识到现在是十九世纪。显然拉比不知道自己身处欧洲。他的存在超越了时空……"

亚雷茨基想起了曾在一本杂志上读到的东西。犹太人并不记录历史，他们没有年代观念。他们似乎本能地知道时空不过是幻觉。如果是这样的话，那他们也许能够突破纯粹理性的范畴，认识物自体——现象背后的东西？

亚雷茨基想要和拉比交流的冲动越发强烈。伸手叩击窗户的一刹那，他停了下来。他知道自己无法与老人交谈。谁知道呢？也许正是他们想要保持距离的欲望使他们没有学会对方的语言。犹太教可以用一个词来归纳：孤立。就算没有被驱赶进格托，犹太人也会自愿走进格托。就算没有人逼着佩戴黄色的大卫之星[1]，他们也会穿上令邻居们感到奇怪的服装。

---

[1] 在某些国家的某些时期，要求犹太人住在格托（隔离区），甚至被强制在外衣上缝上黄色的大卫之星，以示与主流宗教的区别，这是一种公开的羞辱。

不过，那些确实学会了其他语言，与基督徒混在一起的犹太人却令人讨厌。

6

爱的场景

他刚打算走开，却被一个情景吸引住了。后面一间屋子的门打开了，进来一个老妇人。她个子瘦小，弓着背，穿着宽大的家居服和破旧的便鞋。她不是在走路，而是一路拖着步子，低着的头上包着手帕，脸上的皱纹犹如卷心菜叶，昏花的老眼吊着眼袋。她慢慢挪到桌子边，默默拿起鸡毛扇子扇着茶壶下的炉子。亚雷茨基医生对她很熟悉。她是拉比的妻子。奇怪的是，拉比都没和她搭话，眼睛一直盯着书。但是当他一边读着书，一边听着妻子的挪动时，他的脸色变得柔和起来。他扬起眉毛，天花板上的影子跟着抖动起来。亚雷茨基医生站在那儿，迈不开腿。他确信自己见证了爱的场景，夫妻之间一个古老而虔诚的爱的仪式。她半夜起来给拉比茶壶的炉子添煤加热，而他，拉比，不敢打断自己神圣的阅读，但意识到她的亲近，向她投注默默的感激。这一切是多么的不同！多么的具有东方意味——"他们在欧洲生活了多久，谁也不知道。他们的曾曾曾祖父们出生在这里，可他们的行为举止就仿佛他们昨天刚从耶路撒冷被驱逐出来。这怎么可能？这样的行为举止是代代相传的吗？还是说这是一种深深的信仰的表达？他们怎么就那么确定那几卷古书里刻写的一切就是绝对真理？

"那么，我呢？我又如何保证这世界就是盲目意志？为了辩论起见，假定'物自体'不是盲目意志，而是看得见的意志。那整个宇宙的概念就变了。因为，如果宇宙的力量能够看见，那它们就能看见一切：每个人，每条蠕虫，每个原子，每个念头。那么，表面上看，我完全偶然地挑选的一张纸条其实根本就不是偶然的，而是计划的一部分，是一份我在这里要经历的一切的裁决。如果是这样的话，那么一切都有目的：每一只昆虫，每一片叶子，母亲子宫里的每一个胚胎。照这么说，海伦娜今晚的行为也不是什么空虚无聊的任性行为，而是洞悉一切的意志计划中的一部分。但是，这计划究竟是什么呢？我是不是命中注定要做父亲？"

亚雷茨基医生突然发现，就在他做着哲学思考的时候，有人拉低了窗帘——他肯定被人注意到了。他感到羞耻。犹太人定会传小话说他在人家窗外流连。

他急忙走开，差不多是跑着的。他的思绪也一同飞奔起来。他想起最初来镇上的时候，拉比的胡子是金色的，不是白色，而拉比的妻子呢？她那时还有一大堆孩子要养。都这么多年过去了吗？一个人从年轻到衰老的变化就这么快？他，亚雷茨基多大了？他是不是也很快要两鬓斑白了？生命能延续多久？如果最近在一份医学杂志上读到的文章说得没错,那他就只剩下十四年的生命了。但十四年有多久?过去的十四年岁月如梦一般飞逝而去。他都不知道时间去了哪里。

亚雷茨基内心深处有某种东西开始反抗。"这就是我的命运吗?这就是我的目的吗?再过十四年我就会变成病人,然后像匹驿马般倒地而亡?我怎能服从这样的命运?不,还不如给太阳穴喂一颗子弹!可是,假如世界意志不是盲目的,这就有了无数的可能性。那洞悉一切的意志——是上帝。这就意味着,拉比并非盲目迷信者。他有自己的哲学。他相信一个看得见的宇宙,而不是一个盲目的世界。其他的是传统,是传说。显然造物的力量试图令其创造物的形状和行为复杂多样。

"如果这是真的,那我该怎么办?回到教堂吗?还是变成一个犹太人?不再勾引我的病人?如果宇宙洞悉一切,它也可以实施惩罚……不,我必须把这些乱七八糟的东西赶出我的脑子。从这里开始,离宗教实证主义只差一步——可是,我干吗要跑?这是去哪儿?"亚雷茨基医生立刻发现自己到了寡妇家的庄园,仿佛是被双脚带过来的。"我在干什么?我在寻找什么?一定有人看见我了!我疯了吧?"可就在他提醒自己的时候,他还是一步步走上了通往庭院的大门。附近没有守门人,大门没锁,他毫不犹豫地推开门走了进去。"要是有狗来袭击我怎么办?它们会把我当成小偷。"他就像个醉鬼,轻率而恣意放荡,意识到自己的处境也无法让他清醒。他悄悄走着，就像一个袭击果园的男孩子。不知道自己在找什么。

那些狗怎么这么安静？它们睡着了？这儿的一切无人照料……出现了一座房子，窗户黑黢黢的。"她不在这儿！"他心里的什么东西在说。他沿着那条通向房子背后、花园和田地的小路走过去。很久以前，亚雷茨基医生上庄园来过一次，给一个生病的农场工人治病。月亮还挂在天上，但黎明前的寂静已然弥漫。青蛙、蟋蟀们安静下来。树木石化般静止不动。世界屏住了呼吸，等待着破晓。亚雷茨基医生感觉身体里的一切都停止了，他像个幽灵似的移动着。他是醒着的，却在梦游。他经过了谷仓、棚屋、一堆干草。突然，他听见了呻吟声，就在那一瞬间，一个浅坑浮现出来。他来不及惊讶：坑里躺着海伦娜。

后来，才弄清楚一切。海伦娜真的照她母亲的话做了，给自己挖了个坟墓。大家都睡着之后，海伦娜拿了把铲子，到果园里他父亲上吊自杀的地方挖了个坟墓，然后自己躺到里面，喝下了半瓶碘酒。这时候，人们已经沉沉睡去，连狗们都回到了狗窝里。

亚雷茨基医生把手指伸进海伦娜的喉管里，迫使她呕吐出来。他叫醒了她的母亲和仆人，灌了半罐牛奶到海伦娜喉咙里。寡妇拥抱了亚雷茨基医生，想要亲吻他。庭院里吵吵嚷嚷，狗在叫，人在哭。海伦娜的舌头被毒药烧坏了，她的头发沾满了泥土；她赤着脚，穿着睡袍。亚雷茨基医生把她抱到卧室里，放到床上。

寡妇想要隐瞒这件事，可镇上的人知道了一切。亚雷茨基医生向海伦娜求婚，当着寡妇和仆人的面，他亲吻了海伦娜紧闭的双唇。她睁开眼睛，拿起亚雷茨基的手放到嘴边，就在同一天，第二次亲吻了它。

7

接受还是拒绝

全镇都在为一场盛大的婚礼做着准备。在庄园里，裁缝们在缝制海伦娜的嫁衣，女裁缝们给她的内衣绣花。镇上的商人从卢布林和华沙运来了无数的东西充实新娘的妆奁。管弦乐队在给乐器调音，军人俱乐部专门为这对订婚人安排了一场舞会。然而，亚雷茨基医生却心神不宁。他感觉自己站在了灾难的边缘。每天凌晨一点钟的时候他都会醒来，感觉有人在向他耳朵里吹气。他会颤抖着坐起来，满身大汗，心情沉重。"我在干什么？"他会问自己，"我怎么会自投罗网？我干吗要突然结婚？"

那天晚上，他发现海伦娜中毒的那一刻对她产生的激情消失了，留下的只有恐惧。他清醒地知道婚姻生活是个陷阱。"我是不是迷失心智了？"他问道，"我是不是被种蛊了？可世上根本就不存在什么巫术！"

亚雷茨基医生回想起自己透过拉比家的窗户看到的情景。"会不会是拉比夫妇间的那幕场景扰乱了我的心智，夺走了我的信念、我的决心？要这样的话，我简直太缺乏个性了！"他大声叫了起来。

他起了床，像个梦游者似的从这间屋子晃到那间屋子。他想到各种各样的补救办法：趁现在还有时间，赶紧跑路；要不给自己脑袋赏颗子弹……或者给海伦娜写封信取消婚约。他忘不了叔本华对女人的描述：一个有着细腰、高胸、丰臀的性器，那是盲目意志为自身目的形成的——让永恒的痛苦与沉闷长存。"不！我不能这么做！"他叫了起来，"我不能像匹瞎眼的马似的跌进沟里！对，我是做了承诺，可那是什么承诺？荣誉是什么东西？"亚雷茨基熟悉叔本华关于决斗的文章，知道他对于荣誉的全部看法。那就是废物、垃圾、骑士时代的遗物，荒唐不经，不合时宜！"对这该死的事情的诅咒！"亚雷茨基自言自语道。

一番纠结挣扎之后，亚雷茨基医生决定逃离。他跟这个被上帝抛弃的洞穴有何联系？他无亲无故，这房子又不是他自己的，家里的家具不值几个铜板。他的钱藏在一个秘密的地方。他可以在半夜里套上那辆布列茨卡敞篷四轮大马车，装上衣服，带上书籍和医疗器具，走人。有什么法典规定男人就必须把这人间喜剧演到底？没人强迫他向一个妻子宣誓效忠，没人强迫他生儿育女，把他的种子与那些像奴隶似的服从于盲目意志的人的种子混在一起。庆祝婚礼，等待葬礼的到来，渐渐变老，变残，被压垮，被遗忘。没错，他对海伦娜充满同情，他同意叔本华的观点——怜悯是道德的基础，可是他和海伦娜会生出什么样的后代呢？对他们来说更糟糕。他们的痛苦会永不消失。该怎么办？最幸运的孩子就是不曾出生的那一个？

没有多少时间了，他得尽快行动。女佣又聋又哑，而且还睡得很沉。马车夫晚上都跟邻近村子的一个相好住在一起。唯一的障碍是那条狗。它会叫起来，吵得不可开交。"我得给它点东西！"亚雷茨基决定。他柜子里有各种毒药。它是再活十二年还是九年有什么关系呢？死亡是不可避免的。死亡无处不在——在女人生产的床上、在小孩的摇篮里，它尾随着生命，如影随形。那些熟悉死亡的人就是在婴儿的尿布里也能闻出裹尸布的臭气。

亚雷茨基医生最后下定决心时已经太迟了。天空已经发白。果园的草叶上起了露珠，但他就坐在草上。他不相信会感冒。他斜靠着一棵苹果树，呼吸着黎明的芬芳，感觉自己差不多被近两个星期来折磨内心的痛苦纠结给毁了。睡眠不足、内心挣扎、食欲不振令他精疲力竭。他感到身体空虚，脑子像填满了沙子。他是亚雷茨基医生，可他根本就不是什么亚雷茨基。他抵抗着神秘的外来力量，听着它们两军对垒，进行最后一战，不到最后一秒无法决定胜负。但是，那些说"不"的力量显然更强大。它们像掌管军队一样管理着论辩，将这些论点送到最具战略性的地方，淹没了肯定的那一派，用逻辑、嘲骂与亵渎打击它，勒死它。

亚雷茨基医生抬头仰望星空，星星闪烁在黎明微亮的天空，带着神圣的光辉和超越尘世的快乐。天体看上去像在庆祝节日。可是，真的如此吗？——不，这不过是假象。如果其他星球上也有生命，那也会是如地球上一样的贪婪与暴力格局。从火星或是月球的方向看过来，我们的地球也一样的闪烁，灿烂。从远处看，就连镇上的屠宰场也像是一座神殿。

他朝天吐了一口唾沫，结果唾沫星子全落到他自己的膝盖上了。

8

过去的影子

第二天夜里，亚雷茨基医生逃跑了。三个月后，海伦娜离开家，到圣厄休拉修道院发誓成为修女。她一袭黑袍，带着一只黑色的箱子，像是带着口棺材。寡妇没过多久就死了，说是心脏病发作。她的管家必定是个贼，因为留下的庄园欠了一大笔债，很快就败落了。农民们瓜分了一些财产，房子被遗弃了。大家都知道没人住的房子很快就会破败。屋顶长满了青苔和鸟巢，墙上长了霉和毒菌，一只猫头鹰栖息在烟囱上，在夜里呱呱叫着，像是在哀悼着古老的悲伤。

时光荏苒。如今镇上新来了一位医生和一位拉比。新来的拉比虽不像老拉比那么贤明,但他执着,勤勉。晚祷过后,他就立刻上床睡觉。半夜里,他会在书房里钻研圣书。他也写《塔木德》评注。

十四年过去了。一天半夜,拉比从书上抬起眼睛,看见有人往他窗户里看。那人皮肤黝黑,黑眼睛,高高的前额,漆黑的胡须。起初,拉比以为妻子忘了关窗户,某个基督徒在暗中监视他。但他很快意识到窗子是关着的,窗子的窗格上,与台灯、桌子、炉子一起,映着一张脸。拉比吓坏了,想要大声呼救,却在喉咙里哽着,叫不出来。过了一会儿,他站起来,膝盖打着战,回到卧室找他妻子去了。

既然从最虔诚的角度看也有存疑,拉比便认定他看见的只是幻觉,这件事他没有告诉任何人。天亮后,他找来文士,检查了门柱经卷,那天夜里,他在桌上放了一卷《光明篇》[1]和一个装了祈祷披巾的护经匣,当作幸运符。他决心不再中断祈祷,也不再抬头看窗户了。他全神贯注于自己的写作,全然忘记了恐惧。他突然抬起头,又看见了窗户上的那张脸,亦真亦幻,似有若无。

---

[1]《光明篇》(Zohar),犹太神秘主义经典。哈西德教徒视之为与《圣经》《塔木德》同样重要的圣典。

拉比大叫一声，昏了过去。听见他的身体倒地的声音，妻子发出一声哀号。

他们叫醒了拉比，他不再否认，也不可能再否认看见的一切。他派会堂执事去请社区的长老们，悄悄讲述了他的遭遇。在漫长的讨论和推测之后，他们决定三个人彻夜陪着拉比观察。

第一天夜里，三个监护人坐了一夜，直到日出，什么也没有发现。拉比感觉到别人怀疑他是不是有幻觉，在编故事，他起誓说他看见的要么是幽灵要么是恶魔。第二天夜里，三个男人又来守夜。鸡叫的时候，也没人出现。有两个人在条凳上躺下，睡了。只留下一个人，翻着一册《密西拿》。突然，他叫着跳了起来。正在研究经文的拉比吓得打翻了墨水瓶。他自己什么也没看见，但另一个人带着发抖的声音说，在窗户里看见了那个影子，而且，他认出来，那是亚雷茨基医生的脸。

另外两个人吓呆了。为什么偏偏是亚雷茨基医生的鬼魂在这里显现呢？这个流氓的灵魂在拉比的窗前流连什么呢？

尽管长老们发誓要保密，但很快这事在镇上就传遍了。拉比再也无法继续研习圣书了，他始终需要有人陪着，每一次亚雷茨基医生都会在新的证人面前显现。有时候，他会现身，不到一秒钟就消失，有时他会停留一两秒钟。他上半身的衣服经常能看见：一件薄薄的上衣，敞开的衣领，腰上缠着一根腰带。他出现在窗户里，像是相框里的一幅画，全神贯注，沉思默想，眼睛睁得大大的，盯着某一点。

过了一段时间，亚雷茨基医生开始在别的地方出现。一天晚上，一个农民醒来，去看他的马，那马拴在屋外草地上吃草。他发现一个人影俯身在草丛上，双手提着什么重物的样子。那农民以为那男的是个贼或是吉卜赛人，他挥了挥鞭子，朝他走去，可就在那一刻，对方消失了，就像是大地把他吞噬了。根据那个农民的描述，那显然是亚雷茨基医生的幽灵。他貌似要提起的看不见的东西必定是海伦娜，因为有个老女人发誓说，那儿就是海伦娜吞药后挖坑的地方。亚雷茨基医生也是从那儿把海伦娜抱回房子里的。

又过了一段时间，现在的医生（他搬进了亚雷茨基医生的旧宅）半夜里正准备驱车去一个垂死的病人家。他的马车夫到马厩里去把马车拉出来，发现有人坐在果园的一颗苹果树下，他头靠在树干上，双腿蜷曲着，身边有一条奇怪的狗。他看上去像是睡着了。车夫有些糊涂了。这人不像是个睡在露天的流浪汉，倒像是个绅士。"他八成是喝醉了！"车夫自言自语道。他走过去叫醒他，但顷刻间，那人影消散了，狗的痕迹也没有了。马车夫吓得直打嗝，而且一打就是三天。等这个打击渐渐平息了，他才敢跟人讲述看到的一切。

镇上的人分成了两派。信仰坚定的人说亚雷茨基的灵魂经历了地狱的所有折磨，竟找不到安身之地；世俗的人们坚持说，既然没有灵魂这样的东西，那整个事件就不过是歇斯底里和迷信。教士写了一封信到圣厄休拉修道院，那边回信说，海伦娜过世了。显然，亚雷茨基医生也已经不在人世了，因为活人的灵魂不会在夜晚四处飘荡。就是在信仰者们中间也有一件争论不休的事情：为什么亚雷茨基医生的灵魂会在拉比的书房窗户上徘徊？为什么一个基督教的叛教者要寻找拉比的书房？

很快有人说在那垮塌的庄园的窗户里，夜晚能看见灯光。一个经过废墟的干瘪老太婆发誓说，她听见了轻柔的声音，像是母亲在给婴儿哼着摇篮曲，那老太婆听出来是海伦娜的声音。另一个女人也肯定了这点，还补充说，在月夜下，能看见海伦娜屋里的墙上，有一个婴儿床的影子……

过了一阵子，废墟被拆除了，在原地修了一个谷仓。拉比的房子也重建了。医生在他房子的旁边加了一间侧厅，吩咐人把苹果树给砍了。天地共谋，把存在过的一切连根拔起，化为尘埃。只有那清醒时做梦的梦想者，召回往昔的幻影，编织着空虚的网。

希达和库兹巴*

1

希达和她的儿子，小男生库兹巴，坐在地下九码的地方，上面有两块巨大的岩石相对，岩石下还有一条暗河。希达的身体是由蜘蛛网构成的，她的头发垂到脚踝，脚长得像鸡爪子，她还有一对蝙蝠的翅膀。库兹巴长得挺像妈妈，只不过多了一对驴耳朵和蜡质的角。库兹巴生病了，发着高烧。每过半小时，妈妈就会给他喂药，那药是用恶魔的粪混着铜水、水沟的污泥和一只红色乌鸦的粪便制成的。希达俯身在儿子上方，用她长长的舌头舔着

---

* 本篇英语由伊丽莎白·波莱（Elizabeth Pollet）翻译。

他的肚脐。库兹巴因为生病,睡着时也焦躁不安。他突然间醒来。

"我害怕,妈妈。"他说。

"怕什么,亲爱的?"

"怕光。怕人类。"

希达发抖了,朝儿子吐了口唾沫,以驱赶邪魔。

"你在说什么,孩子?我们在这里很安全,远离光,远离人类。这儿暗黑如埃及[1],感谢上帝,这里安静得如同墓地。有九码厚的坚固岩石保护我们啦。"

"可他们说人可以打破岩石。"

"那都是老娘们儿的鬼话!"他妈妈反驳说,"人的力量只在表面。高处住的是天使,地下住的是我们。人的命运就是像虱子似的在地面爬行。"

"那人类究竟是什么?妈妈,告诉我。"

"他们是什么?他们是上帝造物时剩下的废物、垃圾。罪在壶里酿造,人类就是那泡沫。人类是上帝犯下的错。"

"全能的上帝怎么会犯错误呢?"库兹巴问道。

"这是个秘密,我的孩子,"希达回答说,"当上帝创造宇宙的最后一样东西——地球的时候,他对我们的女主人莉莉丝的爱

---

[1] 这里借喻《圣经·出埃及记》中上帝给埃及降下的第九个灾祸:"摩西向天伸杖,埃及遍地就乌黑了三天。"

情比任何时候都强烈。有那么一刹那，他走神了，就在那一刹那，他造了人——一个混合了肉体、爱情、粪便和欲望的邪恶东西。"

"人类！"希达吐了口唾沫，"他皮肤是白的，可里面是红的。他号叫着，就像有多强壮似的，可事实上，他既虚弱也不可靠。朝他扔块石头，他就会骨折；抽他一鞭子，他就会流血。热了，他就融化；冷了，他会冻着。他胸腔里有个风箱，不停地伸缩。他左边还有一个小小的气囊得一刻不停地抽搐跳动。他用泥里、沙里长出的霉菌似的东西填饱肚皮。他得不停地吃那霉菌，那东西经过他的身体后，必须排泄出来。他的出生靠着上千次意外事故，所以他才这么下流卑鄙，脾气暴躁。"

"那人类都干些什么呢，妈妈？"

"罪恶。"希达回答儿子说，"只有罪恶。不过这让他们终日忙碌，不来打搅我们。为什么呢，他们中的有些人甚至不承认我们的存在。他们认为生命只能在地球表面繁衍。就像所有的傻瓜一样，他们还自以为聪明。"

"想想吧！他们学的是捣烂的纸浆上用污迹斑斑的墨水汁涂抹的智慧，他们的想法出自他们脖子上那个瘦骨嶙峋的头里一堆黏糊糊的东西。他们的双腿太软弱，都没办法像动物那样奔跑。但他们有一样东西最大：傲慢。万能的造物主要不是有足够的耐心，老早就把这伙乌合之众给摧毁了。"

库兹巴专心致志地听着母亲的话,却并没有感到安心。他激动地盯着母亲。

"我怕他们,妈妈,我怕。"

"别怕,库兹巴。他们不会来这儿的。"

库兹巴颤抖着说:"我在梦里见着他们了。"

"别抖,我亲爱的小魔鬼,"希达爱抚着儿子,"梦都是愚蠢的。这些梦也来自由混乱统治的地面。"

2

库兹巴沉沉睡去,突然,他哭喊起来。母亲叫醒了他。

"怎么啦,我的孩子?"

"我害怕。"

"又来了?"

"我梦见了一个人。"

"他长什么样,我的孩子?"

"非常凶狠。他发出的叫声差点把我震聋了。他的光要亮瞎我的眼。要不是你叫醒了我,我会被吓死的。"

"安静,我的孩子。我给你念个咒语。"

希达喃喃念道:

深渊的主啊,
诅咒那邪恶的地表。
沉寂的主啊,
摧毁那喧嚣。

拯救我们,伟大的父啊,
远离光芒,远离语言,
远离人类的欺骗。
拯救我们,主上帝!

过了一会儿,安静了。库兹巴开始打盹儿。希达把她的独子放进摇篮,有节奏地摇动着。她想起了自己的丈夫赫米兹,他不在家。他去了基提和他亭[1]的犹太神学院,那儿离地面有几千码深,接近地心。他在那里研习沉寂,因为沉寂有多个层次。希达知道,无论多么寂静,都可以有更寂静的。寂静犹如水果,核中有核,种子中还有种子。有最后的寂静,那最后的一点小到空无一物,然而,它又强大到足以从无中创造出世界。这最后的一点是一切本质的本质,其他的一切都是外在的,除了皮肤、果皮、表面之外空无一物。找到这最后一点,这最深的沉寂的那个人,

---

[1] 基提(Chittim)、他亭(Tachtim)都是希伯来《圣经》中的地名。

不知时空、死亡与欲望。男女永远结合在一起，意志与行为相统一。这最后的沉寂就是上帝。但上帝本人却还在向更深的自身渗透。他下沉到自己的深渊。他的本性就像一个无底的洞穴。他一直在探寻着自己的深渊。

库兹巴睡着了。希达也靠着一个石枕睡着了。她梦想着库兹巴将来长大了，长成了一个大魔鬼。他会结婚，生子，而她，希达，会照料她的儿媳妇和孙子孙女。宝宝会开始叫奶奶，她会捧着他们的脑袋除虱子，给孙女扎小辫儿，帮孙子擤鼻涕，带他们去犹太儿童小学，喂他们吃饭，哄他们睡觉。然后，这些孙儿会长大，被引到黑色的婚礼华盖下，跟最受人尊重的地位崇高的恶魔的子孙们结婚。

她的丈夫赫米兹会成为阴间的拉比，他分发护身符，念咒语。他会教小妖们读有关以巴路山[1]咒语的章节，那些咒语是巴兰[2]要对以色列人所施的诅咒；他会教他们假先知的预言和伊甸园中最初的那条蛇的诱惑语言；他会教他们堕落天使的诡计、那些建造巴别塔的人们混乱的语言；他会指导他们从事大洪水时代的男人们干的那些变态勾当，以及耶罗波安和亚哈国王、耶洗别与瓦实提

---

1 以巴路山（Mount Ebal），《圣经》中迦南境内，今约旦河西岸的一座山。以色列人在以巴路山上宣读背弃上帝的诫命、侍奉别神将会招致的诅咒。
2 巴兰（Balaam），《圣经》人物，预言家，善祝福与诅咒，因利欲熏心违背上帝的意志陷害以色列人，最后被杀死。

的虚荣浮华[1]。然后，赫米兹就会成为恶魔之王。他会坐上伟大女性[2]之无底深渊的宝座，那儿离地面一千英里，谁也听不见人类的声音和他们的疯狂行为。

就在这时候，希达的白日梦被打破了。一阵震耳欲聋的轰鸣响起。希达一跃而起。洞穴里充满了噼里啪啦的响声，就像有成千只大锤在敲打，所有的东西都在摇晃。库兹巴醒了，尖叫着。

"妈妈，妈妈，"小男孩哭叫着，"跑，跑。"

"救命啊，魔鬼！救命啊！"希达叫了起来。

她把库兹巴抱在怀里，准备逃生。可是往哪儿逃呢？四面八方都是轰隆声、噼啪声。岩石碎裂，沙石飞舞。那些通往地底下有钱的恶魔家的狭窄洞穴已经给堵住了。尘土飞扬，飞沙走石，全打在他们母子身上。突然间，一道亮光，一种在阴间叫不出名字的东西朝他们靠近，那可怕的、刺目的东西亮瞎了他们的眼。这时，一个巨大的、螺旋形的机器伸进了他们面前的那块岩石的突出部分。希达退向后面的墙壁，可就在那一刹那，墙壁也碎成了千万块。第二道光亮出现了，另一个巨大的螺丝旋扭着，带着一股奇特的摧枯拉朽的威力冲了进来，带着一种超越了善恶的残

---

[1] 这四人均为《圣经》人物：耶罗波安（Jeroboam），以色列王国第一个国王，《列王纪》谴责其为巴力神和其他偶像崇拜进入以色列重新打开大门；亚哈（Ahab），以色列王国第七任君王，因引入巴力神的崇拜招致先知的反对；耶洗别（Jezebel），以色列国王亚哈之妻，鼓励巴力邪教崇拜；瓦实提（Vashti），波斯王亚哈随鲁的王后，因不遵命赴宴而被废。
[2] 这里指女魔头莉莉丝。

忍,要碾碎一切。

库兹巴恐惧地叫了一声,晕了过去。他倒在希达的臂弯里,像死过去了一般。希达看见石头中的裂缝,爬了进去。她怕得要命,缩成一团。她看见的景象比她从祖母、曾祖母那儿听来的恐怖故事还要恐怖得多。钻头最后钻了一次,接着归于沉寂。石头不再落下,在烟雾和尘土中,人出现了——高高的,长着两条腿,肮脏,恶臭,黑得像沥青似的脸上长着一口白牙,眼里放出邪恶、怨恨与傲慢的目光。他们说着脏话,纵声大笑,手舞足蹈的,互相伸着爪子。然后,他们喝着有毒的饮料,那气味儿令希达发晕。她想叫醒库兹巴但又怕他醒来后会尖叫,说不定看见这些怪物后会被吓死。希达现在唯一能做的事情就是祈祷。她向撒旦祈祷,向魔王阿斯摩太、女魔头莉莉丝祈祷,向所有保持着创造力的天使祈祷。救救我们,她从躲藏的岩石裂缝中呼叫,救救我们,就算不是为了我,看在我那位博学的丈夫面上,看在我无辜的孩子,还有我那些可敬的祖先的面子上,救救我们吧。希达跪在岩石缝中,祷告着,哭泣着,很久很久。等她再次睁开眼睛的时候,那些丑陋的形象已经不见了,喧嚣声也已经平息下来。剩下的是垃圾、恶臭和一个发光的球体,球体高悬在她的头顶,就像是欣嫩子谷的烈火。这时她才把儿子叫醒。

"库兹巴,库兹巴,醒醒!"希达对儿子叫道,"我们现在很危险!"

库兹巴睁开眼睛。

"那是什么？啊，妈妈。是光！"

男孩颤抖着，尖叫着。希达安抚他好久，亲吻他，爱抚他。但是他们再也不能待在那儿了。他们必须得找到一个避难所。可是去哪儿呢？下到赫米兹那儿的路给掐断了。希达现在只是一个活寡妇，库兹巴成了没爹的孩子。只有一条路可走。希达曾听说过一句话：如果你无法下降，那就上升。母子俩开始往上爬。在上面，也会有洞穴，有沼泽、坟墓和幽暗的岩石裂缝。她听说，那儿也有浓密的森林、空旷的沙漠。人类的贪婪还没有覆盖整个地表。那儿也生活着魔鬼、小妖、幽灵和大地精。没错，这些妖魔都是流亡者，从阴间放逐到那儿。不过，放逐总比奴役强吧。

希达知道最后的胜利属于黑暗。在此之前，被抛弃、被驱逐的恶魔们必须耐心等待。但是，宇宙之光熄灭的那一刻终会到来。到那时，所有的星星都将湮灭，一切陷入沉寂，所有的表面被切断。上帝与撒旦合二为一。有关人类及其恶行的记忆终将湮没无闻，变成上帝在永恒的黑夜中一时分心，编织的一个噩梦。

漫画*

鲍里斯·马戈里斯博士坐在书房里读他的手稿。书房四面的墙上全是书，地板上、沙发上堆着报纸、杂志和废弃的信封。此外，还有两个废纸筐，里面塞满了纸，博士吩咐过，在他最后查看一遍之前，谁也不许扔。页边还没有裁开的书、他和别人的手稿、没有开封的信，成了这套公寓的诅咒。它们成了灰尘收集器，上面爬满了虫子。屋里弥漫着油墨、封蜡、雪茄的味道，一股刺鼻、发霉的味道。马戈里斯博士一天到晚为打扫房间的事儿跟他

---

* 本篇英语由舒拉米斯·沙尔内（Shulamith Charney）和塞西尔·赫姆利（Cecil Hemley）翻译。

妻子玛蒂尔达争吵。烟灰缸里堆满了烟头，还有吃剩的食物。玛蒂尔达让他减肥。饥饿时时刻刻折磨着博士。他时不时地啃点儿鸡蛋饼干、芝麻蜜饼和巧克力，他还喜欢来点儿白兰地。他把烟灰弄得到处都是，已经受到警告了，但窗台上、扶手椅上照样积着烟灰。博士不许他们开窗，因为风会把他的纸吹走。没有他的允许，什么都不能丢，马戈里斯博士绝不允许。他会凝视着放在他浓密的眼睫毛下的一张纸，恳求道："别，我就想让它在这儿多留一会儿。"

"那得多久？"玛蒂尔达会问，"直到救世主弥赛亚降临的那一刻？"

"是啊，多久呢？"马戈里斯博士会吸一下鼻子自问。当你已经六十九岁，而且心脏还不好的时候，你就不能再无限期地拖延了。他有太多的责任——时间太短了。学者们不断地从英国、美国甚至从那个疯子希特勒掌权的德国给住在华沙的他写信。因为马戈里斯博士时不时地在一份学术杂志上发表批评文章，作者们就给他寄书，请他写书评。他曾经订阅过几份哲学杂志，但后来好长时间都没有再续订了，可是那些期刊还是源源不断地寄来，里面还附有要他付钱的单子。跟他同时代的学者大多已经过世了，就连他自己，有一阵子也差不多被人遗忘了。但是，新的一代又发现了他，现在各种各样的赞誉信、求助信涌进来。就在他自己已经决定听天由命，不再指望自己的著作（已经写了二十五年）

出版的时候，瑞士一位出版商和他联系上了。还给了他五百法郎的预付金。可是现在，出版商在等着手稿，马戈里斯博士却发现他的著作充满错讹、歧义，甚至矛盾。他怀疑自己的哲学——对形而上学的回归，究竟有什么价值。到了六十九岁这个年纪，他已经不再渴望看到自己的名字印成铅字。如果自己不能建立一个连贯的体系，还不如保持沉默。

现在马戈里斯博士坐在那儿，矮个子，宽肩膀，头朝前低着，头上的白发犹如泡沫。他下巴上的山羊胡子向上翘着，花白的八字胡撇向两边，被一直抽到烟屁股的雪茄熏着。他的两颊松弛，浓密的眉毛和囊袋似的眼袋之间是一双漆黑的眼睛，眼神敏锐、犀利，却也透着温和善良。视网膜上布满了褐色的角状斑点；眼睛里白内障已经开始形成，过不了多久，博士就得做切除手术。博士的鼻孔里钻出了一撮鼻毛，耳朵里还冒出了一绺黑毛。每天早晨，玛蒂尔达都提醒他披晨衣，趿便鞋，可他一起床就穿上黑色西服、高筒靴，戴上硬领，打上黑色的领带。他既不听老婆的，也不听医生的。他把医生开的药倒进下水道，把药片扔了；他不停地抽烟，吃各种各样的甜食和油腻腻的食品。这会儿，他坐在那儿，愁眉苦脸地看着书。他一边拉扯着胡子，一边抽着鼻子咕哝着。

"垃圾，废话。毫无价值。"

玛蒂尔达出现在门口，她个子矮小，身材浑圆，像个木桶；

她披着一件丝质的和服，趿着一双鞋头开口的拖鞋，露出扭曲的脚指头。马戈里斯博士每次看见她，都觉得吃惊。这就是自己三十二年前深爱的，从另一个男人手里抢过来的女人？她越长越矮，越来越胖，她的肚子像男人似的突了出来；脖子几乎看不见，大大的方脑袋就像直接搁在肩上；她的鼻子扁平，厚厚的嘴唇和面颊令他想起斗牛犬；稀疏的头发遮不住头皮了。最糟糕的是，她开始长胡子了。她用剪刀剪，剃刀剃，用火燎，可胡子还是越长越多。她脸上布满了根状的东西，上面长出些多刺的形容不出颜色的东西来，皱纹上的胭脂像石膏似的往下掉。她的眼睛凝视着，有几分男性的严肃劲儿。马戈里斯博士想起了叔本华的一句话：女人的外表与心智就像小孩。她要是在理智上成熟了，她就得变成一张男人的脸了。

"你想干吗，嗯？"马戈里斯博士问道。

"开窗户。这儿的空气太臭了。"

"那又怎样，让它臭好了。"

"你的稿子写得怎么样了？伯尔尼那边可等着呢。"

"让他们等着好了。"

"他们得等多久？这样的机会可不是天天都有的。"

马戈里斯博士放下手中的笔。他转过半边身子对着玛蒂尔达吐了口烟。他深吸一口，吐出一点还在焖烧的烟丝。

"我要把那五百法郎退回去，玛蒂尔达。"

玛蒂尔达挪开身子。

"把钱退回去？你疯了吧？"

"没用的。我不会出版连我自己都不喜欢的东西。就算其他人要把我撕成碎片也没关系。我必须得让自己相信这作品有价值才行。"

"这些年你不是一直都说它是一部天才之作吗？"

"我可没这么说。我希望它有点儿价值，可在老家，人们常说：希望和现实有天壤之别。"马戈里斯博士摸索着另一支香烟。

"我一个子儿也不退。"玛蒂尔达叫了起来。

"好啦。你想让我晚节不保，变成个小偷？"

"那就给他们把手稿寄过去。这是你做过的最好的一件事。你脑子发疯了是不是？再说了，你自己怎么能评判自己？"

"那谁能评判？你？"

"对，就是我。别人一年出一本书。你就像个孵蛋的母鸡，趴在你那该死的烂手稿上……你吊儿郎当的，把一切弄得一团糟……我没钱，我已经把那钱给花了……你少在那儿修修补补的，就会更好。我开始觉得你有点儿老年痴呆了。"

"也许——也许我还真是的。"

"那钱我没有了。"

"好啦，好啦。就这样吧。"马戈里斯博士咕哝着，半对着玛蒂尔达，半对着自己。这些天来，他一直准备着告诉她自己的决定,但一直害怕出现一种场景。现在最糟糕的情形过去了。他得想出个法子找到这五百法郎。实在找不到,他就到银行去贷款。莫里斯·特雷比切尔会给他签支票的。至于他所谓的不朽的声名,那是不会有了。他最后的这些年(在柏林以及在华沙的这些年)浪费在了讲座啦,文章啦,犹太复国主义会议这些事情上了。不过,就算这部著作问世了,有那么几个教授说它好,又怎么样呢?如今,哲学已经演变成了人类的幻觉史。休谟给了它致命的一击,埋葬了它。康德试图使它复活,但以失败告终。这个德国人的追随者们不过给他做注而已。马戈里斯用被烟叶熏黄的手指摸索着火柴。他的烟瘾无法自控。他再次转身对着门口。

"还在这儿,嗯?"

"我正要告诉你,明天我就把手稿寄出去,管你愿意不愿意。"

"这么说,你是在下命令了?不行,今天就把它跟垃圾一块儿扔出去。"

"你不敢。我们老了怎么办?去讨饭?"

马戈里斯博士咧嘴笑了。

"我们已经老了。你以为我们还会活得像玛士撒拉[1]那么久?"

"我还不想死呢。"

"好啦,好啦。关上门,让我清静会儿。我的事儿你别搅和。"

---

1 玛士撒拉(Methuselah),《圣经》里提到的最长寿的人类,活了九百六十九岁。

他听见门砰的一声关上了，他找到了火柴，点燃一支烟，深深地吸了一口苦涩的香烟，又读了三行他不喜欢的句子。最后这句话如果不是他的笔迹，他简直认不出来，他甚至会觉得这是别人写的。这就是陈词滥调。句法也是错的。这些话跟这里要讨论的问题毫无关系。马戈里斯博士坐在那儿，张着嘴。会不会是某个附鬼干的？他摇摇头，仿佛有什么超自然的东西搅和在里头。他想起了《传道书》里的一句话："我儿，还有一层，你当受劝诫：著书多，没有穷尽。"很显然，就是在那个年代[1]，狗屁文章也已经不少了。他想起来自己书架上还有一瓶法国白兰地。

"我觉得可以呷一口。在这当口，喝一点儿不可能有什么害处。"

日子一天天过去了，马戈里斯博士还是下不了决心。他在手稿上花的精力越多，就越感到困惑。这里面是有些不错的观点，可是结构很糟糕，而且，书中有一个大毛病。他想要删掉，但是这样一来，段落之间又缺乏连贯性。这本书需要推倒重写，但是他已经没有这样的精力了。最近，他的手开始发抖，手中的笔会滑落，留下污点；他会漏掉字母和单词。他甚至还发现了拼写错误，他显然已经忘了德语。他间或会发现自己竟然在用意第绪俗语。更有甚者，他养成了一坐下就开始打盹儿的习惯。到了夜

---

[1] 这里的"那个年代"指《圣经·传道书》的成书年代，即公元前1000年前后。

里，他躺在床上，整宿睡不着，脑子异常的清醒。他想象自己在做演讲，说着奇怪的双关语，想象自己在和冯特、库诺·费舍尔以及鲍赫教授[1]等名人辩论。但是一到白天，他很快就疲倦了，双肩耷拉着，低头打盹儿，他会梦见自己在瑞士，身无分文，饥寒交迫，无家可归，正被当局驱逐出境。"也许，玛蒂尔达是对的，我已经老了。"马戈里斯博士对自己说，"脑子就像是一部机器，它已经坏了。可能唯物主义者还真说对了。"堕落的想法在心里滑过。在这个一切都乱七八糟的世界，费尔巴哈也可能成为救世主弥赛亚。

那天夜里，马戈里斯博士出门去参加一个会，是关于编撰一部希伯来语百科全书的，几年前在柏林的时候就已经开始了。现如今希特勒成了总理，编辑部就搬到了华沙。而真相是，整个事情十分的荒唐：既没有经费也找不到编著者，而且，希伯来语里也没有适合现代百科全书的术语[2]。但是编辑部并没有放弃这个计划。他们找到了一位愿意出赞助费的有钱人，几个逃难者也因为这件事找到了饭碗。嗯，也就是骗骗钱的勾当，马戈里斯博士对自己说……不过呢，花几个小时参加这样的聚会也没什么坏处

---

1 威廉·冯特（Wilhelm Wundt, 1832—1920），德国心理学家；库诺·费舍尔（Kuno Fischer, 1824—1907），德国哲学家；布鲁诺·鲍赫（Bruno Bauch, 1877—1942），德国新康德派哲学家。
2 20世纪初，欧洲犹太复国主义者开始复兴希伯来语不久，现代希伯来语的词汇还很不丰富。

啊。会议将在捐赠人家里举行,马戈里斯坐出租车过去的。他乘一部装有镶板的电梯上楼,一走进会场,他就被安排在了桌子的首席位置。主人家莫里斯·特雷比切尔是个矮个儿,秃头,红光满面,大腹便便。他先把博士介绍给他那位体型硕大的妻子,然后引见了他的女儿们。她们都金发碧眼,穿着低胸连衣裙。马戈里斯博士操着结结巴巴的波兰语跟他妻子和女儿们聊了一会儿。上了茶、果酱和利口酒,尽管马戈里斯博士已经吃过晚饭了,但这些佳肴勾起了他的食欲。他抽着富裕的主人给的哈瓦那雪茄,吃着,喝着,一边分析出版这么一本百科全书会遇到的难事儿。

"先不说其他的问题,希特勒本人不会待在贝希特斯加登[1]。有一天,他会上这儿来……"

"有一天你会收回你说的话的,马戈里斯博士。"特雷比切尔打断了他。

"斯宾格勒[2]说得没错。欧洲正在自杀。"

"我们挺过了哈曼[3]的迫害,我们也能挺过希特勒。"

"也许吧。犹太人将一切都建立在他们对幸存下去的信仰上。

---

[1] 贝希特斯加登(Berchtesgaden),德国东南部边境城市。
[2] 斯宾格勒(Oswald Spengler, 1880—1936),德国著名历史学家和历史哲学家,1918年出版《西方的没落》一书。
[3] 哈曼(Haman),《圣经·以斯帖记》里波斯王亚哈随鲁的大臣,企图将波斯境内的犹太人全部消灭。

可是,这一信仰的基础是什么?嗨,咱们还是接着往下走,出版这部百科全书吧。它又不会伤害任何小孩子。"

在场的人,有人说意第绪语,有人说的是类似于德语的话[1]。一个蓄着短短的白胡子,戴金丝边眼镜的人说着带塞法迪口音的希伯来语。还有一位从柏林逃出来的教授,左眼戴着单片眼镜,俨然一副普鲁士贵族派头。他看上去比马戈里斯博士见过的那些普鲁士人还要顽固,令人联想起东方犹太人[2]。马戈里斯博士不太专心地听着。这些精明的家伙个个都有自己的野心和喜好。他们都想得那几个兹罗提[3],还有编撰这部百科全书带来的那么一点点声望。那位大善人竟然要求这部书以他的名字命名:特雷比切尔百科全书,但他不过是捐了微不足道的一部分钱而已。微生物,马戈里斯博士想着,微生物而已。一团物质,微不足道的灵魂。就像那祈祷书上说的,整件事情不过瞬间而已。唉,可是房租得付啊。缺钱的时候,生活就会很糟。那创造人类的力量在制造苦难上倒是毫不吝啬……已经很晚了,莫里斯·特雷比切尔开始打哈欠。跟往常一样,会议的决定就是再开一次会。客人们要离开了,一个挨一个地亲吻女主人戴着沉重手镯的手。电梯太挤了,马戈

---

[1] 这里所谓"类似于德语的话"是指一些犹太人想说标准的德语但又没能摆脱意第绪语的影响。
[2] 东方犹太人(Ost-Juden),指移民到德国和奥地利的东欧犹太人。
[3] 兹罗提(zloty),波兰币。

里斯博士努力把他的肚皮塞进去。等他们到达院子的时候，发现大门已经关上了。大楼的守门人冲他们大吼大叫，一条狗也跟着叫起来。马戈里斯四处寻找出租车，但一辆也没发现。柏林来的那个教授变得不耐烦了。

"哎呀，"他说，"华沙简直就是个亚洲小镇。"

终于有一辆出租车停在了他面前，他坐车走了。马戈里斯博士等了好久，最后放弃了，去找有轨电车。他感觉身体肿胀，在光线昏暗的街上几乎看不清东西，一边走一边用拐杖敲打着前面，像个盲人似的。起初，他觉得自己是在走下坡路，后来又觉得人行道是斜着的。他想找个路人问问方向，可那人不搭理他。玛蒂尔达要骂我了，他想着。她总是跟他大谈早睡的必要性。他开始思索跟她有关的事情。过去那些年，她从不干涉他的事。她有自己的家，有她自己的衣服，有她常去喝矿泉水的疗养地。他曾试图跟她聊哲学，但她拒绝倾听，也不读他让看的书评。她回避一切与智力有关的东西。现在他没有了抱负，她却对他充满了野心。她读他早期的作品，他们受邀出去的时候，她总是称呼他为教授，赞美他，甚至试图解释他的哲学。她重复他说的笑话，诽谤他的对手，举手投足之间都是他的做派。他为她的无知、她夸张的忠诚感到羞愧。但这些并不妨碍她在家里用最粗鲁的话骂他。就像那句波兰谚语说的：老来伤悲。不，老年不过是年轻的拙劣模仿。

最后，马戈里斯博士终于找到了有轨电车，坐着回家了。他得耐心地等着守门人来开门。他气喘吁吁，在黑暗的楼梯上爬着，停下来歇一会儿。他的心怦怦直跳，每隔一会儿心脏就会漏跳一次。他的膝盖有一种被牵拉的感觉，好像自己在爬山。他听得见自己鼻孔出的粗气。他擦掉眉毛上的汗水，打开门，踮着脚进屋，怕吵醒了玛蒂尔达。他在起居室脱了衣服，只剩下内裤。镜子映照着他的躯体：胸部盖满了白毛，肚皮突出，两条腿出奇短，脚指甲焦黄。感谢上帝，我们没有赤身裸体四处晃荡，马戈里斯博士沉思着。没有哪种动物像人类这么丑……他走进卧室，在半明半暗中发现玛蒂尔达的床上空无一人。这把他吓坏了，他打开灯。

"这究竟是怎么回事？"马戈里斯博士大声问道，"她不会把自己扔出窗户了吧？"他回到大厅，发现书房的灯是亮着的。这么晚了，她在那儿做什么呢？他走到门边，推开门。玛蒂尔达坐在那儿，身上穿着他的晨衣、他的便鞋，靠在桌上睡着了。手稿在她面前摊开着。烟灰缸里戳着一截还在冒烟的雪茄。一堆废纸中间立着一瓶法国干邑和一个玻璃杯。他从没发现她的胡子竟那么长，那么浓密，好像就在他离开的这几个小时，那些胡子竟疯长起来。她的头几乎秃了。她打鼾的声音很大。她睡觉的时候，眉头紧锁，多毛的男性化的鼻子突出着，鼻孔里长着一小撮一小撮的鼻毛。她竟然神奇地变得和他挺相像——就像他刚刚在镜子里看到的自己的形象。一男一女共享一个枕头的时间太长了，连他们的头都长得相像了，马戈里斯博士想起了那个谚语，自言自语道。但是，不对，还不止这些呢。还有一种生物拟态，就像那些模仿树木、灌木的动物，或是那些嘴巴长得像香蕉的鸟儿。但是老了还这么模仿有什么目的呢？这对物种有什么好处？他觉得既同情又厌恶。显然，她想自己确认这部书真的值得出版。她紧闭的眼睑上印着失望，是死者脸上有时会有的那种幻灭的表情。他开始唤她，想把她叫醒。

"玛蒂尔达，玛蒂尔达。"

她动了一下，醒了，站了起来。夫妻俩互相对望着，沉默而惊讶，带着那种一生的亲密无间之后的陌生感。马戈里斯博士想骂她，但他不能。这不是她的错。这显然是正在消失的女性气质的最后阶段。

"睡觉去吧，"他说，"太晚了，你这傻瓜。"

玛蒂尔达身子晃了晃，指着书稿说："这是部伟大的作品，一部天才之作。"

那个乞丐是这么说的[*]

1

夏季炎热的一天,一匹马拉着一辆大货车吃力地驶进雅诺夫市场。车上五颜六色的破衣烂衫和床褥堆得高高的,塞满了瓶瓶罐罐、锅碗瓢盆,两个后轮之间的车轴上挂着灯笼。车顶上还晃晃悠悠地放着一个花盆,还有个装着一只黄色小鸟的鸟笼。车夫面色黝黑,留着漆黑的胡子,戴着皮质的鸭舌帽,外套的款式有点古怪。第一眼看上去,人们会把他当成普通的俄国人,但是跟他一起的那个女人却戴着常见的犹太妇女的头巾。他们终究还是

---

[*] 本篇英语由哥特鲁德·荷西勒(Gertrude Hirschler)翻译。

犹太人。镇上的犹太人马上从周围的小商店里跑出来迎接新来者。那陌生人站在市场街的中央,手里拿着马鞭子。

"你们的镇——镇长在——在哪儿?"他问道。他说话时的"儿"音带着大波兰[1]的口音,又尖又硬。

"你找镇长干什么呢?"

"我想做个扫烟囱工人。"新来的说道。

"犹太人干吗要去扫烟囱呢?"

"我在军队服役了二十五年。我有雇佣证书。"

"镇上已经有扫烟囱的人了。"

"可是那乞丐说这儿没有。"那人坚持道。

"什么乞丐?"

"嗯,就是上我们镇上来的那个。"

事情好像是这样,这个人——他叫摩西——在另外一个小镇上做过扫烟囱工人,那小镇就在维斯瓦河的另一边,离普鲁士边界不远。一天,有个四处要饭的乞丐来到那个镇子,提到雅诺夫镇需要一个扫烟囱工人。摩西和老婆立刻动身,他们收拾家里所有的东西,装到马车上,就出发到雅诺夫来了。

年轻人笑着打量着他们俩,互相点着头,意味深长地交换着眼神。那些上了年纪的店主们耸了耸肩膀。

---

[1] 大波兰(Great Poland),指波兰中西部的一个历史地区,首府为波兹南。

"你干吗不先写封信？"他们问摩西。

"我不会写——写字儿。"他答道。

"那你可以找个人帮你写封信问问啊。乞丐们张口就编瞎话。"

"可是那乞丐说……"

再怎么说，怎么辩论也是瞎掰。不管你问什么，那人就一个答案："那个乞丐是这么说的。"有人觉得他老婆是不是脑子好使一些，可她也一样，就那一句回答："那个乞丐是这么说的。"镇上的人围得越来越多，这奇特的故事一传十，十传百。围观的人开始互相耳语，他们摇着头，说着粗鲁的笑话。他们当中有个人是面粉商，他叫了起来：

"瞧瞧，竟会相信一个穷要饭的！"

"说不定啊，那乞丐就是化了装的先知以利亚[1]。"另一个人嘲笑着说。

孩子们从犹太小学放学出来，学着那新来的人。"那个乞丐是这么说的。"他们嘲弄地大叫着学舌道。年轻的姑娘们咯咯笑着，年长的女人们则绞着双手，哀叹这些从大波兰来的贫穷傻子的命运。烟囱清扫工摩西到镇上的抽水机那儿灌了一罐水，给他的马喝，又在马的下巴上系了一袋燕麦。在打着黄铜的马项圈上直挺

---

[1] 以利亚（Elijah），古代以色列先知，虔诚的犹太教徒相信以利亚依然活跃在他为之献身的人民中间。

挺地戳出两根坚硬的松枝。车轴涂成了蓝色。人们很快发现了跟着他们俩一起来的旅行者,除了马和那只鸟,还有一群奇特的随从:鹅、鸭子、小鸡和一只长着红鸡冠的黑公鸡,都装在一个大笼子里。

这段时间,雅诺夫没有空闲的住处,所以,这两个陌生人就被临时安置在了救济院。一个马车夫把他们的马牵到了自己的马厩里,还有个人买走了那些家禽。摩西的老婆敏德尔很快就和救济院厨房那群叫花子的婆娘们打得火热。她在救济院的厨房熬些粥。摩西自己呢,就去读经堂背诵一些《诗篇》章节。雅诺夫开始流行起一句新的俏皮话:"可那个乞丐是这么说的。"学堂的学生们没完没了地问摩西,还忍不住地偷笑。

"跟我们说说,"他们会问,"他究竟长什么样,那个乞丐?"

"就跟其他的乞丐一样啊。"摩西会回答说。

"他胡子长什么样的?"

"黄的。"

"你不知道长黄胡子的男人是骗子吗?"

"我怎么会知道?"摩西答道,"我是个简单的人。那个乞丐是这么说的,我就信他咯。"

"那他要是说拉比的太太会下蛋,你也信?"

摩西没有回答。他五十好几了,可还没长白头发。他的脸晒得黑黑的,像个吉卜赛人。他腰背挺直,肩宽胸阔。他给小学教师看了两枚勋章,那是他为沙皇服役期间因为骑术和射术精湛获得的。他还讲了自己当兵的经历。他是被强迫征召入伍的男孩子当中的一个。父亲过去是铁匠。他,摩西,还是犹太小学的学生时就被沙皇军队里一个抓小孩儿的给带走了。可他,摩西,拒不吃不合教规的食物[1],直到饿得昏死过去。村里的教士想让他皈依基督教,但他带着母亲给他的门柱经卷和贴身穿的仪式长袍,提醒他要时时刻刻想到自己的上帝。是,他们用鞭子抽他,用打湿了的开关电他,可他就是不放弃自己的信仰。他始终是个犹太人。他们折磨他的时候,他就喊叫:"以色列啊,你要听!耶和华我们的神是独一的主。"

摩西也讲到,许多年后,有一次他站岗的时候睡着了,他的枪从手里滑落。他要是被捉住站岗时打盹儿,就会被送到西伯利亚。可是,你瞧,他死去的祖父出现在他梦中,把他给叫醒了。他还有一次死里逃生的经历:在横渡一条结冰的河时,他站在了一块大浮冰上。还有一次是遭到一头野牛的袭击,可他想办法抓住那畜生的犄角,现在他手腕上还留着伤疤呢。沙皇的退伍兵们都爱吹大牛,可人们都相信摩西说的话,从他说话的样儿来看,就知道他不可能编故事。

摩西和他老婆搬来后不久,镇上就给他们找到了一间屋子

---

1 犹太教徒要遵守严格的饮食规定,许多食物不能吃,不按教规做出的食物也不能吃。

- 153 -

和一间马棚。就在这时候，雅诺夫有一个挑水工死了，摩西得了一具木质牛轭，成了运水工。他的妻子敏德尔每星期四在揉面槽里揉面包。除此之外，她还拔羽毛，用来给新娘子做羽绒垫。慢慢地，这对新来的习惯了雅诺夫的生活。可是，摩西的心里一直有个问题困扰着他。那个乞丐干吗要骗他呢？他，摩西，不是还把自己的床让给了客人——那个乞丐，自己在地板上辗转反侧过了一夜吗？不是自夸，他不是还在星期天早上，给了他的客人一块面包和一块奶酪，让他带走？那，为什么那个乞丐还要作弄他呢？摩西常和老婆讨论这难解之谜，但是她也不知道该怎么回答。他一提起这事儿，她就说：

"摩西，听我一句劝，别再想这事儿了。"

"可是……如果这不是真的，那个乞丐干吗这么说呢？"他不依不饶地问。

摩西知道流浪的乞丐们哪里都会出现。每个安息日他都去会堂看那些聚集在门口的流浪者当中有没有那个乞丐，可是，一年又一年过去了，那个乞丐从未出现。难道说那家伙怕摩西会报复他？或者是，摩西想着，上帝惩罚他，让他死在路上啦？到后来，奇怪的是，摩西已经不再生气了。他下定决心，要再碰见这人，他都不会碰他一下，他只会抓着他的脖子说：

"你干吗作弄我，你这个卑鄙的畜生？"

有几个马车夫劝摩西把他的马卖掉。雅诺夫人吃水的井就在附近，所以，运水工其实用不着马。他们说，为什么还要白养一匹马呢？可是摩西不愿和他的老马分离。他和妻子都喜欢动物。上帝没有赐给他们儿女，但一群活物——流浪的猫、狗，再也飞不起来的鸟儿——融入了这个家庭。他老婆买了一条活鲤鱼准备安息日吃，但是她没有把它洗干净剁了，而是让它在洗衣盆里游上个几星期，直到它自己自然死亡。尽管一个乞丐滥用了他们的善心，但他们夫妇俩并没有把委屈发泄到其他弱者身上。摩西的老婆把粗燕麦带到救济院；每个星期五的晚上，摩西都会带一个陌生人回家，做安息日的客人。他跟每个客人讲发生在他身上的那个故事，到末了，都会问："那个乞丐为什么这么说呢？"

2

一个冬日的夜晚，摩西坐在椅子上，脚浸在桶里泡着。他老婆把小鸟笼的门打开，一只小黄鸟在屋子里飞着。他们教了它一些小把戏。比如，摩西把几粒小米放在手指缝中间，小鸟就会来啄食；要不就是把一粒谷物放在双唇之间，小鸟飞过来用小嘴啄走，顺便跟主人交换一个亲吻。

炉子很暖和，紧闭的门隔离了屋外的严寒。女人坐在角落，补着袜子。突然，摩西的脑袋抵到胸口，他睡着了，而且立刻就做起梦来。他梦见救济院烟囱里冒出的煤烟着火了，明亮的火焰从烟囱里冒出来,将木瓦房顶上的积雪融化了。摩西一下子惊醒了。

"敏德尔,"他朝老婆叫了一声,"救济院着火了。"

"你怎么知道?"

"我在梦里看见了。"

"梦是作弄人的。"

"不对,是真的。"摩西说着。

他老婆徒劳地劝他说外面严寒刺骨,他刚泡了脚,就这么出去的话——可千万别啊——他会着凉的。可是没用。摩西急急忙忙穿上靴子,套上皮毛外套和羊皮帽子。他的壁橱里还放着扫烟囱的笤帚、绳子和铁坠子。他出门的时候,把这些家什也带着。他穿过卢布林街和会堂街,来到救济院。他发现这里的一切跟他梦里梦见的一模一样。烟囱里冒着炽烈的火苗,附近的雪已经融化了。摩西拼命地喊叫,可是救济院里的人们听不见他的喊声。事实上,就算他们这会儿醒过来了,也很难得救,因为他们都是些老弱病残,而且这儿没有梯子。摩西企图爬墙上去。他抓住一根大冰柱子,但那冰柱子一下就断裂了。然后,他又抓着了一块木瓦,但他还没来得及爬上去,木瓦也从房檐上落了下来。这时候,一部分屋顶已经着火了。情急之下,摩西抓住缠着铁坠子的扫帚,对着烟囱狠命地一抛。令人惊奇的是,就这么一下,它就缠到烟囱上了。绳子垂了下来,摩西抓住绳子,像个杂技演员似的，荡上了屋顶。上面没有水，他迅速铲起雪，团成雪球，把它们扔进烟囱里，一边还不停地大声吼叫着。但是，没人听见他的喊声。救济院离镇子有点儿远，加上狂风呼啸，而雅诺夫镇上的人们都睡得很沉。

摩西没有回家，他老婆穿上靴子和棉衣，到救济院去看看是什么东西绊住了他。梦境是真的：他站在那儿，在屋顶上。火是灭了，可烟囱还在冒着烟。惨白的月光照在这诡异的场景上。这时候，救济院里的老人们有一些醒过来了，他们跑出来，带了铲子和铁锹。他们拥在一起，都说要不是摩西，这房子已经烧成灰烬了，他们全都得死在里面。风是朝着镇子的方向吹的，火还会蔓延到会堂、公共浴室、读经堂，对了，甚至还会把市场中心的房子给烧了。到那时，不但房子要被烧成空壳，恐怕还会有更多的人被冻死。

到第二天，送水工摩西的事迹传遍了全镇。镇长派了一个委员会来检查所有的烟囱，发现镇上的扫烟囱工人这几个月来都没干活。人们在他屋里找到了他，喝得烂醉，嘴里叼着稻草，还在从木桶里吸着伏特加。他被赶走了，摩西顶替他成了雅诺夫镇正式的扫烟囱工人。

一件神奇事情就这样应验了。

几天后，当摩西来到救济院，那些被收容的人们把他团团围住，感激他，给他各种祝福。他注意到其中有个人容貌很是熟悉。

那人的胡须黄白间杂。他躺在麻布袋上，盖着破布，脸上突出的双眼带着黄疸病人的颜色。摩西突然停下来，惊奇地想着：我以前见过他吗？我敢发誓我见过他。接着，他惊喜地拍了一下手。哎呀！这不就是那个乞丐吗？那个多年前告诉他雅诺夫需要一个扫烟囱工人的人吗？摩西一下子泪如泉涌。

对，就是那个乞丐。他老早就忘了自己说过的话了，但他的确还记得那一年，那一天，他在大波兰的一个村子里过的安息日。他甚至还记得他在那儿，跟某个扫烟囱工人过的安息日。

这一番问话，调查的结果是什么呢？天哪，对摩西来说再清楚不过了，整个一连串的事件都是由上天指引的。多年前，这个乞丐受命去找一个将来某一天会救他，也救整个雅诺夫镇居民性命的人。那么，很显然，这个乞丐就是上帝的工具。再说，他的话全都应验了。当然了，不是他说话的时候，而是很久以后，如今摩西真的成了雅诺夫官方授命的扫烟囱工人。摩西想得越久，就越觉得看见了整个事件中上帝那只神圣的手。这超出了他的掌控能力。想想吧！天国里神圣的天使们想到了扫烟囱工人摩西，派信使给他带去预言，就像祖先亚伯拉罕的故事里讲的那样！

摩西充满了敬畏与谦卑。若不是救济院的地板太脏，他一定会扑到地上，匍匐在地，感谢上帝。他的喉咙里传出一阵呜咽，胡须上沾满了泪水。等他恢复了平静，他双手扶起那乞丐衰弱的身体，把他扛回了自己家。他给他洗澡，给他穿上干净的衬衫，让他睡自己的床。敏德尔立刻跑到火炉边做汤。而这些年来,镇上那些取笑摩西、叫他"可那个乞丐是这么说的"的人们把这事放在了心上,不许孩子们再这么叫了。

3

　　那乞丐在摩西的床上睡了三个多月,而摩西就睡地板。慢慢地,那可怜的人恢复了力气,又想上路了,可摩西和他老婆说什么也不让他走。那乞丐没有老婆,也没孩子,他实在是太老了,也太虚弱了,不能再流浪了。他留下来跟这对夫妇在一起。他定期去读经堂祷告,背诵《诗篇》。他的视力下降,几乎看不见了。其他的旅行者们讲述了一个又一个故事,有关贵族的、商人的和拉比的故事,但这个乞丐总是沉默不语。他读完了《诗篇》,就会立刻再从头开始。他记得《密西拿》的所有章节。那些读《塔木德》的学生们来找他,问他,许多年前,他为什么会告诉摩西说雅诺夫没有扫烟囱的工人,他总是扬起眉毛,耸耸肩,回答说:

　　"我真的不知道。"

　　"那你从哪儿来?"他们会问。

　　他会给出答案,但总是吐字不清。人们想他是聋了,可他坐在读经堂最远的角落里都能听见领唱者的祷告。敏德尔照顾他,拿鸡肉、燕麦粥招待他,可是一天天过去了,他吃得越来越少。

他会漫不经心地舀起一勺汤,送到嘴边,却忘了送进嘴里。摩西带到雅诺夫的那只小鸟早死了,但他老婆又从吉卜赛人那儿买了一只鸟。鸟笼从来不关,可是那鸟飞出来,只会停在乞丐的肩头,一待就是几个小时。

又过了一段时间,乞丐又生病了。摩西和他老婆派人找医生,医生不遗余力,想了好多治疗的法子,但是,很明显,这人没有多少日子了。逾越节的那个月,他去世了,星期五的时候下葬。丧葬协会在那些常住人口的墓地旁边给了他一块地。半数的雅诺夫人加入了送葬的队伍。摩西两口子从墓地回到家,发现家里的鸟不见了。它再也没有回来。在雅诺夫,有传言说,那个死去的老乞丐是传说中的三十六个义人之一。这些义人在世时身份卑微,靠着他们的美德使这个世界免于毁灭。

乞丐死后不久的一天夜里,摩西和他老婆睡不着觉。他们开始说到各种事情,一直聊到日出。那天早上,摩西在读经堂宣布他和他老婆要出资为社区做一卷新的手抄《托拉》经卷[1]。

雅诺夫的文士抄这部经卷抄了三年。在这段时间,摩西和敏德尔谈起他们的经卷时,就像说到自己的女儿一般。敏德尔平日省吃俭用,可是为了经卷,她买了丝绸和天鹅绒的边角余

---

[1]《托拉》指《圣经》前五卷,是犹太教《圣经》最神圣的部分。手抄《托拉》经卷是一项艰巨而又浩大的工程,要用昂贵的羊皮纸,文士抄写时一个标点符号都不能错。

料，买了金线，雇了穷人家的女孩子把这些东西缝到刺绣的小斗篷里。摩西上卢布林去定制卷轴、一个带铃铛的王冠、一个护胸甲和一个银质的指针，这些都是用来装饰经卷的。小斗篷和卷轴上都刻着那个乞丐的名字——哈衣姆之子，亚伯拉罕。

捐献经卷的那一天，摩西为雅诺夫的穷人们准备了一顿节日宴。黄昏前，客人们聚集在会堂的院子里。经卷的最后一页没有最终完工。晚祷之后，社区有身份的人们每人捐钱获得了一个特权：每个人以他们自己的名义在这最后一页上写一个字母。等羊皮纸上的墨水干透，这最后的一页被缝了上去。游行开始了。婚礼华盖撑开了，是由会众当中最受人尊敬的四个人撑起来的。华盖下，拉比走过来，手里捧着新的经卷。闪闪发光的王冠上小小的铃铛发出清脆悦耳的声音。男人和孩子们唱着歌，女孩们举着辫状的蜡烛。蜡烛点燃了。摩西和他的老婆身着节日的盛装，熠熠生辉。摩西，这个淳朴的男人，把两枚俄国勋章别在翻领上。一些更有学问的参会者觉着不对头，想直截了当地叫他把勋章取下来，但是拉比不许他们在大庭广众之下让摩西难堪。

就是会众里最老的长者也从没见识过如此隆重的奉献宴席。两个乐队不停地演奏。那天夜里天气温和，月光分外明亮，天空像是覆盖神圣约柜的一张镶满星星的帘子。且不说男人们，连妇女和姑娘们也都跳起了舞蹈。一个年轻男子在高跷上轻快地跳着，一个小丑为男女主人公——摩西和敏德尔——唱起了小夜曲。摩西和敏德尔准备了足够的葡萄酒和姜汁饼。乐队演奏起真正的婚礼进行曲、《剪刀舞曲》《愤怒舞曲》和《晨舞舞曲》。这就像是一场常规的婚礼喜宴。接着,摩西拉起自己燕尾服的燕尾,敏德尔拉起自己的裙子,他们跳起了哥萨克舞,前后左右地跳跃腾挪着。

摩西叫道:"那个乞丐就在上帝的旁边!"

而敏德尔则应和着:"而我们连他脚下的尘土都不值。"

摩西和敏德尔在这次庆典之后,又活了好些年。摩西死前为自己在乞丐的墓地旁边预定了一块安葬地。他要求把他拯救了救济院老人的那把笤帚、绳子和坠子跟他一块儿放进棺材里。

而敏德尔呢,每天她都会去读经堂揭开约柜的天鹅绒帘子,恭恭敬敬地在她自己深爱的经卷上轻吻一下。直到她生命的最后时刻,她都风雨无阻,在清晨履行这个仪式。在最后的遗嘱里,她要求葬在她丈夫和那个说出了真相的乞丐旁边。

死而复生*

你可能不相信,世上有些人可以死后被叫回来。我就认识这么个人,是我们图尔宾镇的一个有钱人。他得了不治之症,死了。医生说他心脏下面长了一块脂肪,这种事情发生在谁的身上都是很不幸的。他去了一趟温泉,去掉了那脂肪,但还是不管用。他叫阿尔特,他老婆叫希夫娜·利亚。他们俩至今都历历在目,就像站在我面前似的。

她全身皮包骨似的,瘦得像根棍子,黑得像把铁锹。他呢,

---

* 本篇英语由米拉·金斯伯格(Mirra Ginsburg)翻译。

又矮又肥，肚子滚圆，留着一圈短小的胡子。她是有钱人的老婆，可她总是穿着一双破破烂烂的笨重鞋子，用头巾裹着头，而且还总爱买便宜货。她若是知道哪个村子可以弄到一点儿便宜的玉米或是荞麦，她会一路走过去，跟那儿的农民杀价，直到人家最后差不多是白送给她。愿她能原谅我的冒犯——她出身卑微。他是个木材商，是一家锯木厂的合伙人。镇上半数的人从他那儿买木头。跟他老婆不同，他喜欢舒适的生活，打扮得像个伯爵，总是穿着短外套，锃亮的皮靴。他的胡须一根一根都数得清，因为人家那是精心洗刷和梳理过的。

他也喜欢美食。他那个老女人自己吃得十分俭省，可是对他，再精致的东西也不为过。因为他喜欢喝浓浓的肉汤，上面漂着一圈圈的肥油，她就欺负那屠夫，要肥肉，外带一根有骨髓的骨头，她解释说那是因为她丈夫的肉汤里面有金币。在我们那个年代，人们因为相爱而结婚，谁会想到离婚呢？不过这个希夫娜·利亚对她的阿尔特爱得也太狂热了，人们忍不住地偷笑。我老公这个，我老公那个；苍天，大地，阿尔特。他们俩没孩子，大家都知道，一个女人要是没有孩子，就会把自己所有的爱都给她丈夫。医生说是男人的问题，可是，这样的事情有谁说得准呢？

好吧，长话短说。这个男人生了病，看上去很糟糕。最大牌的医生都来看过了，还是不中用。他躺在床上，一天天地消沉。

他还是吃得很好。她喂他吃烤乳鸽、杏仁蛋白软糖,还有各种美味,但是他的力气在一点点消失。一天,我给他带了一本祈祷书,那是我爸爸——愿他安息——让我送给他的。他躺在沙发里,穿着绿色的便袍和白色的袜子,是个漂亮的男人。他看上去挺健康的,就是肚子胀得像个大鼓似的,他说话的时候,呼哧呼哧直喘气。他接过祈祷书,给了我一块饼干,顺便在我脸上捏了捏。

一两天之后,就听说阿尔特要死了。男人们聚在一起,丧葬协会的人等在门口。哎,听听发生了什么事吧。希夫娜·利亚一看见阿尔特只剩下最后一口气了,立马跑去找医生。可是等到她把医生拽回家的时候,丧葬协会的长者,雷瑟尔·伽德尔,正拿着一根羽毛放在她的阿尔特的鼻孔下面。他去了,他们正准备把他抬下床来——按习俗是这样的。希夫娜一看到这情景,顿时就发狂了。上帝救救我们,她的尖叫和哀哭镇子尽头都能听得见。"畜生,杀人犯,暴徒!从我家滚出去!他得活着!他得活着!"她抓了一把扫帚,四处挥舞,人人都觉得她一定是疯了。她跪在尸体旁:"别离开我!带上我!"她咆哮着,胡言乱语,一边哀号,一边摇晃着他,推搡着他,那声音比你在赎罪日听见的哭声还要大。

你知道尸体是不允许摇晃的,他们试图阻止她,可是她扑倒在死人身上,在他耳边尖叫着:"阿尔特,醒醒!阿尔特!阿尔特！"活人根本受不了这个——耳膜定会给震穿了。他们正准备把她拉开，这时候，尸体突然动弹了一下，发出一声深沉的叹息。她把他唤回来了。你应该知道，一个人刚死的时候，他的灵魂是不会马上升天的。它在鼻孔间飘游，渴望再次进入躯体，它已经习惯在里面了。如果有人尖叫，而且不停地叫，它就有可能受到惊吓，飞回去，但它很少停留，因为它不可能在一个被疾病毁坏的躯体里待着。不过，它偶尔也会这么做，要是真的发生了，那个人就给唤回来了。

哦，这是不允许的。一个人的大限到了，他就该死。此外，一个被唤回来的人就跟其他人不一样了。就像那老话说的，他在两个世界之间四处游荡。他既在这里又不在这里，他还不如进到坟墓里舒坦。这个男人照样吃吃喝喝，他甚至还和他妻子生活在一起。有一件事情例外：他没有影子。人们说在卢布林曾经有个人被唤回来了。十二年里，他整日坐在祈祷室里，从不说话，甚至连《诗篇》都不背诵。他最后死的时候，剩下的只有一堆骨头。这些年他一直在腐烂，他的肉体已经归于尘土，没剩下什么东西可埋葬了。

阿尔特的情况却不相同。他立刻就恢复过来了，说话，开玩笑，就跟什么事也没有发生过似的。他的肚皮瘪了，医生说他心脏下面的脂肪不见了。整个图尔宾镇都兴奋起来了，其他镇子的人也过来瞧他。有人说闲话，说丧葬协会的人把活人埋进土里。

如果阿尔特能唤回来，为什么其他人就不能呢？也许其他人也只是得了全身僵硬症而已？

希夫娜·利亚很快把人都赶走了，她不许别人进她的家，医生也不行。她把门锁上，窗帘拉上，自己俯身瞧着她的阿尔特。一位邻居报告说他已经坐起来了，能吃能喝，甚至已经在看他的账本了。

啊，我亲爱的朋友，还不到一个月，他就已经出现在市场上了，拄着他的手杖，捋着精心打理的胡子，脚下的靴子闪闪发光。乡亲们问候他，围着他，祝他身体健康，他回答说："怎么，你以为把我给甩掉了，啊？没那么快！我走之前，桥下的水还要流淌很久呢。"人们问："你呼吸停止后，什么感觉？"他说："我吃了利维坦[1]，蘸着芥末吃的。"他总爱说以前的俏皮话。据说拉比召他去，两个人把自己锁在裁判室里，不过没人知道他们俩说了些什么。

不管怎么说，他还是阿尔特，只不过，他现在得了个绰号：被唤回来的人。他很快回到他的木材生意上。掘墓者的同伙们拉长着脸走来走去，他们原本指望着在葬礼上能啃一块油水十足的肉骨头。起初，大家还有点儿怕阿尔特。但是有什么可怕的呢？他还是那个商人，他生病花了不少积蓄，但剩下的财富也不少。

---

[1] 利维坦（Leviathan），《圣经》中象征邪恶的一种海怪。

星期六他会上会堂祈祷，被叫上台去领读，颂感恩词。人们也期待他给救济院捐款，为乡亲们举办一场宴席，但阿尔特却装聋作哑。至于他老婆，希夫娜·利亚，她就像只开屏的孔雀，四处炫耀，目中无人。一件小事？——她让死人复活了！我们那个镇子可是相当大的。别的男人生病了，他们的老婆想把他们唤回来，可没有哪个女人有她那样的嘴巴。若是人人都可以被召回来，那死亡天使岂不得放下他的刀剑？

后来，事情有了变化。阿尔特的工厂有个合伙人，名叫韦因加腾·法力克。那年头，人们不习惯称呼姓氏，但法力克是个真正的贵族。有一天，法力克去找拉比，讲了件令人难过的事情：阿尔特，他的合伙人，成了个骗子。他从合伙的生意里偷钱，他用了各种招数，一心想把他法力克赶出这桩生意。拉比无法相信：一个人都已经经历了这样的磨难，他还能突然变成坏人？这不合情理啊。但是法力克不是个乱嚼舌头的人，他们于是派人去传阿尔特。他过来的时候，边唱边跳——白就是黑，黑就是白。他找出的那些老账单、账本一直追溯到国王索别斯基[1]时期。他还出示了一捆索赔单子。照他的说法，他的合伙人还欠他一小笔钱，而且，他还威胁说要诉诸法庭。

镇上的人们试图说服阿尔特："你们在一块儿做生意这么些

---

1 索别斯基（Jan Sobieski, 1629—1696），波兰立陶宛王国最后一个强有力的国王。

年了，怎么突然就出问题了？"可是，阿尔特已经变了一个人，他似乎就是要寻衅滋事。他提起诉讼，案子拖了很久，花了大笔的钱，法力克为此忧虑伤心至死。最后谁赢了，我已经不记得了，只记得那间锯木厂被债权人拿走了，法力克的遗孀身无分文。拉比斥责阿尔特说："你就是这样感谢上帝让你重新站起来，让你死而复生的？"阿尔特的回答堪比恶狗狂吠："这不是上帝做的。是希夫娜·利亚做的。"他甚至说："根本就没有来世。我已经死了。我告诉你，什么都没有，没有地狱，也没有天堂。"拉比觉得他已经迷失心智了，也许真是这样。但是，别着急，听听下面的故事。

他老婆，希夫娜·利亚，是最糟糕的邋遢女人——有人说她在哪儿站过，那地方就会冒出一堆脏东西来。阿尔特突然间要她穿戴整洁，把自己打扮起来。"老婆的位置，"他说，"不只是在被子下面。我要你跟我一块儿到卢布林街上散步。"全镇的人都传开了。希夫娜·利亚定了一件新的棉布裙子，到安息日下午，吃过了肖伦特餐[1]，阿尔特和他老婆希夫娜·利亚出门散步了，后面跟着裁缝的帮手们，还有鞋匠的学徒们。那可是一道风景，胳膊腿儿利索的全都跑出门来瞧来了。

---

1 肖伦特餐（cholent），指安息日中午吃的炖菜，里面有肉、土豆、豆子和大麦等。

阿尔特连胡须都修剪了[1]。他成了一个，怎么说呢，一个无神论者。如今这样的人到处都是，一个个傻瓜都穿着短夹克，下巴剃得光光的。可是，在我们那时候，我们只有一个无神论者——药剂师。人们开始说希夫娜·利亚用她尖厉的声音把阿尔特唤回的时候，一个陌生人的灵魂进入了他的身体。一个人死的时候，灵魂会飞过来，亲属的灵魂、其他人的灵魂，谁知道呢，还有邪恶的灵魂也准备占领这躯壳。雷布·阿里耶·维西尼兹尔，老拉比的一个学生，说阿尔特已经不再是阿尔特了。没错，那已经不再是原来的那个阿尔特了。他说话的方式不一样，笑的时候不一样，看人的时候也不一样。他的眼睛像鹰一样，他盯着女人看的时候，简直让人不寒而栗。他跟那些乐师、痞子们混在一起。

起初，他老婆对什么事都赞成，阿尔特说什么，做什么，她都说好。说句冒犯她的话，她就是头奶牛。可是，后来，镇上来了一个女人，是从华沙来的，她来看她的姐姐。她姐姐家没什么好夸耀的，丈夫是个理发师，赶集的日子，他就给农民们剃头，他还把人家给弄出血来。这样的人家什么都可能发生：他有个鸟笼子，里面装满了鸟儿，整天叽叽喳喳叫；他还养了一条狗。他自己的老婆从来不剃头。[2]这个从华沙来的妹妹是个离了婚的女人，

---

[1] 按照犹太教教规，人的身体发肤都是上帝造的，不可破坏，教徒不允许剃须或修剪胡须。
[2] 东欧犹太教习俗，犹太妇女结婚后必须剃去头发，用头巾或帽子包头。

没人知道她丈夫是谁。她来到我们中间，打扮得花枝招展，珠光宝气，可是谁会多看她一眼呢？扫帚也可以装扮起来。她给女人们看她脚上穿的长筒袜子，吊在——原谅我用这个词——她的内裤上。不难猜测，她是来钓男人的。你觉得谁会落入她的爪子呢？阿尔特。镇上的人听说阿尔特跟理发师的小姨子四处游荡时，他们无法相信。在那些年月，就连修桶匠和皮革匠都多多少少讲究点儿规矩体面。可是，阿尔特已经换了个人了，但愿这不是真的，他已经全无羞耻之心。他跟那个离了婚的女人在市场散步，人们从四面八方的窗户里看着，摇着头，厌恶地吐着唾沫。他跟她一块儿进客栈，完完全全就像个农民[1]带着他的女人。他们俩坐在那儿，在工作日里豪饮作乐。

希夫娜·利亚听说后，知道自己有麻烦了。她一路跑到客栈，可是她丈夫转脸对着她，用最恶毒的话咒骂她。那新来的，那个荡妇，也在一旁嘲笑她，奚落她。希夫娜·利亚想劝说他："在世人面前你还有没有点羞耻啊？""世人会亲吻我们坐的地方。"他说。希夫娜·利亚对着另一个人哭喊着："他是我的丈夫！""也是我的。"她回答。客栈老板想插嘴，可阿尔特和那婊子连他也一块儿骂。女人若是堕落了，比最坏的男人还要坏。她一张嘴把客栈老板也吓坏了。人们说她抓起一只大水罐，朝他扔了过去。图

---

[1] 波兰农民大多是基督徒，处在社会底层，没有受过教育。

尔宾不是华沙。镇上起了骚乱。拉比派了执事来传阿尔特上拉比那儿去，可阿尔特就是不去。接着，整个社区用了三封开除教籍的信来威胁他。这都没用。他在当权者那儿有关系，谁都不买账。

过了一两个星期，那个离婚的荡妇走了，大家想这事儿该平息了。那个星期还没过去呢，那个死而复生的人去找他老婆，编了个故事，说他有个机会可以在沃里尼亚买木材，特别便宜，他必须马上动身。他带上了所有的钱，告诉希夫娜·利亚说他还要把她的珠宝拿去典当。他买了一辆四轮四座的大马车和两匹马。人们怀疑他打什么歪主意，让他老婆防着点儿，可是她相信他，认为他本可以做个奇迹拉比[1]。她收拾起他的西服、内衣裤，给他烤鸡肉，准备路上吃的果酱。临走的时候，他递给她一个小盒子。"这里面，"他说，"有三张期票。今天之后的第八天，星期四，拿着这些期票到拉比那儿去。这钱是留给他的。"他编了个故事，她听进去了。然后，他就走了。

八天后的星期四，她打开盒子，发现了一张离婚文书。她尖叫一声，昏了过去。醒来后，她跑去找拉比，可是，拉比看了一眼文件，说道："没办法了。离婚文书可以挂在你门把手上，也可以从门缝塞进去。"你可以想象那一天图尔宾发生了什么。希

---

[1] 奇迹拉比（wonder rabbi），哈西德信徒相信那些精神上超群出众的拉比因为对上帝的极端虔诚会获得超自然的能力，他们能驱邪、伏魔、治病。

夫娜·利亚拉扯着她的脸颊，哭叫着："我为什么不让他去死啊？不管他在哪儿，愿他一头栽死！"他把她洗劫一空，连她的节日手帕都给拿走了。房子还在，可已经抵押给了那理发师。古时候，在这种无耻的背叛发生后，可以派人去抓回那私奔者。犹太人过去曾经有过权力和权威，会堂的院子里有一副颈手枷，可以把卑鄙的家伙绑上。可是在非犹太人官员[1]那里，犹太人连个屁都不是，他们根本不在乎。再说了，阿尔特早就行贿了。

  唉，希夫娜·利亚生病了，她爬到自己床上，不再起来。她什么也不吃，不停地用最难听的话咒骂他。接着，她突然捶着胸口，哀叹起来："都是我的错呀。我没好好讨好他。"她哭着，笑着，就像一个被恶灵附体的人。那个理发师，声称他现在才是这幢房子的合法主人，要把她赶出去，可是社区的人们不许他这么做，她留了下来，住在阁楼的一间屋子里。

  几个星期以后，她缓过劲来。她带着个小贩的包裹，像个男人似的出门去做农民的生意了。在买卖方面，她成了一把好手；媒人很快来找她，给她提了好几门亲事。她听都不听，她说的一切，你要是想听，都是她的阿尔特。"你等着，"她说道，"他会回到我身边的。那个女人不会要他的。她看中的是他的钱。她会把

---

[1] 在20世纪以前的东欧各国，犹太人没有公民权，也不能做官，没有裁决罪犯的权力。

他榨干了，让他身无分文。""这种流氓你还想他回来？"乡亲们会这么问她。"只要他回来。我会给他洗脚，喝他的洗脚水。"她回答说。她还有一个大箱子，她像个新娘似的积攒着亚麻和毛织品。"等他回来，这就是我的嫁妆。"她夸耀着，"我还要嫁给他。"现在你们把这叫作痴情，我们称这个为失心疯。

只要有人从大城市回来，她就会跑过去问人家："你们有没有见过我的阿尔特？"但是，谁也没见过他，有谣言说他已经成了个叛教者，有的说他娶了个女魔鬼。这种事情是发生过的。一年年过去了，人们开始想，怕是再也听不到阿尔特的消息了。

一个安息日的下午，希夫娜·利亚正在她的那张长凳床上打盹儿（像其他女人一样，她从未学过读圣书），这时候门开了，进来一个大兵。他拿出一张纸："你是希夫娜·利亚，那个无赖阿尔特的老婆？"她吓得面如死灰，她听不懂俄语，一个翻译给叫了进来。原来，阿尔特进了大牢，是犯了大罪，因为他被判了终身监禁。他给关在卢布林的监狱里。他想办法贿赂了这个正要回家休假的士兵，让他给希夫娜·利亚带一封信。阿尔特在监狱里上哪儿弄钱来贿赂？他必定是在被送进监狱的时候，把钱藏在了床的什么地方。那些读过信的人说，这封信能把石头给融化了。他对他的前妻写道："希夫娜·利亚，我对你犯了罪。救救我！救救我吧！我正在下地狱。这样的日子比死亡更可怕。"另一个女人，那个荡妇，理发师的小姨子，把他的一切都夺走了，他就剩下一件衬衫。说不定就是她把他给告发的。

全镇都激动起来。可是有谁能帮他呢？要知道这可不是罚他去读圣书那么简单。可是，希夫娜·利亚跑去找了镇上所有的大人物。"这不是他的错，"她哭喊着，"这是因为他生病了。"这头老奶牛，她到现在还没清醒过来。别人问她："那个好色鬼，你要他有什么用呀？"她不允许他的名字受到任何玷污。她变卖了手里的一切。甚至把逾越节的餐具也卖了。她四处借钱，想尽一切办法搞到她要的东西。然后，她只身一人去了卢布林。她一定把那儿搅得天翻地覆，因为她最终把他从监狱里弄出来了。

她和他一块儿回到了图尔宾。老老少少全都跑出来迎接他们。他从那盖着篷的货车里出来的时候，你都认不出他来了。他的胡须没了，只留下上嘴唇那一撮浓密的胡子。他穿着一件短短的有带子的长袖衣服，高靴子。这是个异邦人，不是阿尔特。走近了一看，你看得出那还是阿尔特：一样的步伐，一样趾高气扬的德行。他叫着每个男人的名字，打听细节。他说着俏皮话，说些让女人们脸红的话。人们问他："你的胡须呢？"他答道："我把它抵押给一个债主了。"他们问他："你一个犹太人怎么能干这种事情？"他回应说："你也好不到哪儿去。人人都是贼。"他当场揭穿每个人私下犯的错。很明显，他是让魔鬼给控制了。

希夫娜·利亚竭力替他开脱，想制止他。她像只老母鸡似的护着他。她忘了他们俩已经离了婚，还想把他带回家，可是拉比派人传话说他们俩不能住在同一个屋檐下。他还说,她甚至不该跟他坐在同一辆马车上。阿尔特可以嘲笑犹太教,可是律法依然是律法。女人们伸了一把手。这一对儿分开了十二天,这期间她按照规定进行沐浴,然后,他们俩被领到了婚礼的华盖下。新娘子必须去仪式澡堂沐浴——就算是娶回她自己的丈夫也必须如此。

唉,婚礼过后一个星期,他就开始偷东西。赶集的日子里,他就在手推车之间转悠,手伸到人家的口袋里。他到村里去偷马。他不再是圆滚滚的了,瘦得像条猎狗。他爬屋顶,撬锁,撞开马厩的门。他壮得像块铁,敏捷得像魔鬼。农民们聚在一起,带着狗和灯笼提防他。希夫娜·利亚羞愧得不敢露面,把窗户关得死死的。你可以想象这对夫妇之间会发生什么。阿尔特很快成了一帮无赖的头。他和他们在客栈豪饮作乐,他们唱着一首波兰歌,向他表达敬意。我至今还记得那歌词:"我们的阿尔特是个正派的家伙,他分发啤酒按夸脱。"

老话说得好:小偷终究要上绞刑架。

一天,阿尔特正跟他那帮狐朋狗友在一块儿喝酒,一群哥萨克骑兵挥着刺刀来到客栈。省长下了命令要把他关进铁笼子,投进监狱。阿尔特一看就知道自己大限已到。他拔出一把刀,他的那帮酒肉朋友全跑了,让他一个人单打独斗。客栈的老板后来说他打斗起来力气大得像魔鬼,他砍杀那些哥萨克骑兵就像砍一颗颗卷心菜。他掀翻了桌子,用木桶砸他们。他已经不年轻了,可那一刻他就好像要把他们都打败。不过，就像老话说的，独木难支。哥萨克骑兵们挥刀砍杀他，直到他流尽最后一滴血。有人把这个噩耗带给希夫娜·利亚，她发疯似的跑到他身边。他躺在那儿，她想再次把他唤回来。可是他对她说了句："够了！"希夫娜·利亚闭了嘴。犹太人从官方那儿赎回了他的尸体。

我没看见他死，但是，那些看见的人发誓说他看上去像从坟墓里挖出来的古老的干尸，一块块肉从身上掉下来。脸已经认不出来了，简直就是不成形的肉酱。据说给他清洗埋葬的时候，一只胳膊掉了下来，然后是一只脚。我不在那儿，但是人们为什么要说谎呢？被唤回来的人活着的时候也在腐烂。半夜里，他被装在一个麻布袋里埋葬在公墓的栅栏外面。他死后，一场瘟疫袭击了镇子，好多天真无邪的孩子死了。希夫娜·利亚，那个轻信受骗的女人，为他竖起了一块石头，去给他扫墓。我想说的是：不该把要死的人唤回来。如果她让他在自己命定的时间离开，他会留下一个好名声。谁知道今天还有多少被唤回来的人呢？我们的不幸都是他们带来的。

一条建议*

说说一个圣人！我们的力量跟他们的不一样。他们的看法我们理解不了！不过还是让我来告诉你我岳父的故事吧。

那时候，我还很年轻，差不多还是个男孩，我追随着库兹默尔的拉比。除了他还有谁更值得尊重呢？我的岳父住在拉杰弗，我寄宿在他家[1]。他是个有钱人，按照一套奢华的方式管理自己的家。比如说吧，看看吃饭的时候是什么排场。只有在我洗过手，

---

* 本篇英语由玛莎·格利克里奇（Martha Glicklich）和乔尔·布洛克尔（Joel Blocker）翻译。
1 传统东欧犹太社会流行富有的家庭把女儿嫁给贫穷的书生，男子婚后的几年可以寄宿在岳父家，直到获得拉比职位等谋生手段再独立生活。

念过祝福词之后,我岳母才会从炉子上把烤的面包卷端过来。这样,面包卷还是热乎乎的,新鲜的!她把时间掐得精确到秒。在我的汤里,她会放上煮得硬硬的鸡蛋。我不习惯这种奢侈的生活。在我自己家,面包两个星期前就烤好了,我习惯在面包片上涂抹大蒜,再用冰凉的井水把它送下去。

可是在我岳父家里,一切都很气派:黄铜的门闩、铜锅子。跨过门槛前,你得在一块草席上擦擦靴子。还有用菊苣冲泡咖啡的那些复杂程序!我岳母出身于与哈西德派对立的米特南丁派[1]家庭,对于米特南丁派犹太人而言,今世的快乐也是有意义的。

我岳父是个诚实的犹太人,一个《塔木德》学者,也是一名木材商,也算得上是一个数学家。他过去在森林里还有自己的一间小屋,他上那儿的时候,会带上一支枪、两条狗,以防劫匪。他懂对数。他拿榔头在树皮上敲敲,就说得出这棵树是不是里外都好。他还懂如何和基督徒乡绅下棋。他一有空闲时间便会读一章圣书。他衣服口袋里随身带着一本《心灵义务的正确指导》[2]。他的烟斗很长,带着琥珀做的烟嘴和银质的封皮。他的衣服内袋里放着他的祈祷披巾,他的护经匣是用银盒子装的。

---

[1] 米特南丁派(Misnagids),指近现代东欧犹太社会中与强调热情、奇迹的哈西德派相对立的另一派犹太人,强调理智、常识。
[2] 《心灵义务的正确指导》(Duty of the Heart),11世纪上半叶,西班牙著名的犹太伦理哲学家巴赫耶·伊本·帕库达所著,以《圣经》与《塔木德》为基础研究探讨人的内在精神生活。

他有两个毛病。首先，他是个狂热的米特南丁派教徒。一个怎样的米特南丁派教徒啊，他发起怒来像火焰似的！他把哈西德派教徒称作"异教徒"，还毫不知羞地恶言攻击圣徒般的巴尔·谢姆·托夫[1]本人。我第一次听到他说这些话的时候，吓得发抖。我想卷起铺盖走人，可是库兹默尔的拉比反对离婚。你娶的是你的妻子，而不是你的岳父。他告诉我，摩西的岳父叶忒罗[2]也不是哈西德教徒。我很是惊讶。叶忒罗后来成了圣人。可这未免有点本末倒置了……

我岳父的第二个毛病是脾气火爆。他能够战胜其他所有的道德弱点，但就是脾气暴躁这一点他控制不了。若是某个商人没有按时并全部偿还债务，他就会叫人家骗子，并且拒绝和他继续做生意。如果镇上的鞋匠给他做了一双鞋，那鞋子紧了一点，或是松了一点，他都会毫不留情地把人家训斥一顿。

一切都必须恰到好处。他脑子里已经有一个念头：犹太人的家必须像那些基督教乡绅的家那样整洁。他要求老婆让他检查家里的锅碗瓢盆，上面若是有一点污渍，他就会大发雷霆。坊间还流传着他的一个笑话：他在土豆擦丝器上发现了一个洞！他的家人都爱他，全镇的人都敬重他，可是人们对坏脾气的忍耐力能有

---

[1] 巴尔·谢姆·托夫（Baal Shem Tov），犹太教哈西德派的创始人。
[2] 叶忒罗（Jethro），《圣经》人物，先知摩西的岳父，是个非犹太人。

多大呢？人人都成了他的敌人。他的生意伙伴弃他而去。甚至连我岳母都受不了他了。

曾经有一次我问他借了一支笔，忘了马上还给他，他突然想起要写封信到卢布林，便开始找笔。我想起来笔在我手上，赶紧拿给他，但是他已经狂怒到了极点，直接打在我脸上。唉，要是自己的亲生父亲打自己的孩子，那是他的权利。可是岳父打女婿？闻所未闻！这事儿发生后，我岳母就气得生了病，我妻子伤心落泪。我自己倒还没那么难受。多大的事儿呢？可是我看见岳父暗自伤心，后悔不已，所以，我找到他。"岳父，"我说，"别放在心上。我原谅你了。"

通常他对我说话很少，因为他是个十分挑剔的人，而我则十分随意。我脱下外套，就再也想不起来放哪儿了；我要是得了几枚硬币，立马就会放错地方。虽说拉杰弗是个小村庄，可是我一旦走过市场，就再也找不到回家的路——房子看上去都一样，房里的女人们我从来不看。我迷路的时候，就会敲开一家村舍的门，问："我岳父是不是住在这里啊？"房里的人总是嗤嗤笑着。到最后，我发誓除了直接从家里到读经堂再回家，我决不再到别的地方散步了。到后来我才想到我岳父家附近立着一块界标：一棵根深叶茂的大树，得有两百年了。

总之，因为这样那样的原因，我和岳父总是争吵不断，他刻意避开我。但是，自从那次钢笔事件之后，他对我说："巴鲁赫，我该怎么做？"他说，"我是个脾气很臭的人。我知道发怒的罪和崇拜偶像的罪一般大。这些年来，我一直努力地控制情绪，可是却越来越糟。我正在走向地狱啊。俗世杂务也一样，很糟糕。我的对头们想要灭了我。我怕到末了家里会连吃的都没有。"

我回答他说："岳父，跟我一块儿去拜访库兹默尔的哈兹科尔拉比吧。"

他脸都气白了。"你疯了吗？"他大声喊道，"你明明知道我根本不相信奇迹拉比！"

我闭了嘴。首先，我不想他责骂我，他总是事后后悔不迭；其次，我不想他诽谤一个圣人。

想不到吧，晚祷过后，他走过来对我说："巴鲁赫，我们去库兹默尔。"我惊呆了。但是为什么要去……他既然决定要去，我们就立刻开始准备上路。因为那时是冬季，我们雇了一架雪橇。下了一场大雪，路上很不安全。森林里到处都是饿狼，一路上也不乏拦路抢劫的强盗，但是我们必须马上走。这就是我岳父的个性！我岳母觉得——但愿这不是真的——他一定是迷失心智了。他穿上他的毛皮外套、一双稻草套靴，并为这次旅行做了一次特别的祷告。我发现整桩事情就是一次大冒险。不是我要带我的岳父一起去库兹默尔的吗？现在如愿以偿了，还有谁会比我更开心呢？可是我吓得发抖，因为谁知道会发生什么事情！

一路上，我岳父一言不发。雪下个不停，我们走过的地方雪花漫天飞舞。哲学家们说每一片雪花都是独一无二的。可是雪本身就是一个主体。它来自天国,让我们感受着另一个世界的宁静。根据喀巴拉教义,白色是仁慈的颜色,而红色象征着律法。

这年头下雪是件小事儿,最多也就下个一两天。可是,在那些年月,往往要下整整一个月,都不带停的!随风飘飞的巨大雪片堆成了堆。房子被雪埋了,人人都得挖开路才能走出去。天地混沌一片。老人的胡须为什么会变白?这些事情都是相互关联的。到了晚上,我们听见野兽的嚎叫……又或者那只是风的吼声。

星期五的下午,我们到了库兹默尔。我岳父去拉比的书房问候他。他很快就获准进去了。因为正值隆冬,那天拉比的弟子没来几个。我在学习室等着,我的皮肤酸酸麻麻的。我岳父天生就是个牛脾气。他很有可能反驳哈兹科尔拉比。他在里面待了三刻钟,出来的时候,长着长胡子的脸十分苍白,浓眉下的那双眼睛像燃烧的炭火。

"今天要不是安息日,我立马就回家。"他说道。

"出什么事啦,岳父?"我问。

"你那个奇迹拉比是个傻子!不学无术的家伙!他要不是个老人,我就扯下他耳边的鬈发。"

我口里发苦,像含着胆汁,对整件事情后悔不迭。他竟然这样谈论库兹默尔的哈兹科尔拉比!

"岳父,"我问他,"拉比跟您说什么啦?"

"他叫我做个马屁精,"我岳父回答说,"叫我必须连着八天奉承遇见的每一个人,即使是最卑鄙无耻的人。你的拉比只要有一丁点儿理智,那他就该知道我痛恨逢迎拍马如同仇恨瘟疫。跟这种事情沾边都让我恶心。对我而言,溜须拍马比谋杀还要糟糕。"

"哎,岳父,"我说,"您以为拉比不知道拍马屁是很坏的吗?相信我,他知道自己在做什么。"

"他知道什么?一桩罪不能消灭另一桩罪。他对律法一无所知。"

我逃离了,彻底被压垮了。我还没有做沐浴仪式,所以我上仪式澡堂去了。我忘了说,我岳父从来不去仪式澡堂。我不知道这是为什么,我猜这就是米特南丁派的做派吧。也许他很自大,当着其他男人的面宽衣解带会有损他的尊严。等我从仪式澡堂出来,安息日的蜡烛已经点上了。哈兹科尔拉比通常会在天黑前早早地开始安息日蜡烛的祝福。他自己点蜡烛——是他,不是他妻子。他妻子会点燃她自己的蜡烛。不过那是另外一回事了……

我走进学习室,拉比穿着雪白的长袍,戴着白帽子。他的脸犹如太阳般闪着光。你能清醒地看到他在更高的世界。当他唱着"你们要称谢上帝,因他本为善,他的慈爱永远长存"时,四周的墙在摇晃。拉比一边祷告,一边拍着手,跺着脚。

到场的只有几个门徒,但他们都是精英分子,是有着圣迹的人,他们都是拉比的密友。他们吟唱着,我感觉他们的祷告能到达天堂。我从来没有,就是在库兹默尔也从没有过这样开始神圣安息日的经历。那种喜悦是如此的真切,你感觉能够触摸到它。他们的眼睛发着光。我的心是如此的轻盈,整个人都快飘起来了。我挨着一扇窗户祷告。大雪覆盖了一切,没有路,没有小道,没有农舍。蜡烛像是在雪中燃烧。天地一统。月亮和星星触到了屋顶。那个星期五的晚上,那些没在库兹默尔的人永远也不会知道这个世界竟然可以这样……我说的不是来世……

我瞥了一眼我岳父,他站在角落,头低着。跟往常一样,他一脸的严肃,但是,现在他看上去有些谦恭,简直变了一个人。祷告后,我们到拉比的桌上吃饭。

拉比穿上了白色的丝质长袍,上面钉着银纽扣,绣着花。因为他的习惯是在安息日晚餐前读书,所以他现在坐在他的书房里,背诵《密西拿》和《光明篇》的章节。年老的信徒们坐在长凳上,年轻人,包括我,站在旁边。

拉比走出书房时,他吟诵着诗句,"祝你平安""才德的妇人谁能得着呢?[1]"。接着,他对着葡萄酒念祝福词,对着安息日白面包做了祷告。他吃了一小口面包,比橄榄大不了多少。紧接着,他开始唱起了安息日餐桌的圣歌。但这何止是在吟唱!他的身体摇晃着,像一只鸽子似的柔声唱着,听上去就像天使的歌声。他与上帝的沟通是那么的完美,他的灵魂几乎要离开身体。每个人

---

1 出自《圣经·箴言》第三十一章第十节。

都能看见这个圣洁的人不在这儿,而是在那高高的天上。

有谁知道他到了多高的地方呢?该如何描述呢?就像《塔木德》里说的:"看不见这种快乐的人根本就看不见快乐。"他既在库兹默尔的拉比宅中,同时也在上帝的殿中,在鸟巢[1]中,在上帝荣耀的宝座旁。这样的狂喜是无法想象的。我忘了我的岳父,甚至忘记了自己。我不再是来自拉杰弗的巴鲁赫,而是没有躯壳的人,什么也不是。我们离开拉比家的餐桌时已经是凌晨一点钟了。这样的安息日仪式过去从未发生过,以后也不会再有,也许,要等到弥赛亚降临的时候才有吧。

但是我忘了一件重要的事情。拉比评论律法。他说的和跟我岳父会面时说的事情有关。"如果一个犹太人不够虔诚该怎么做?"拉比问道。他回答说:"让他做一个虔诚的人。全能者并不强求好的意图,行为才是重要的。重要的是你做了什么。也许你愤怒了?好吧,那就愤怒吧,但是同时说话温柔一点,友好一点。你害怕成为伪君子吗?假装做一点你不愿意做的事情又能怎样呢?你说谎是为了谁呢?为了你在天上的父。他的圣名,愿他保佑,知道意图,以及意图背后的意图,而这才是主要的。"

该怎么形容拉比的教导呢?珍珠从他的口中掉出来,每个字

---

1 喀巴拉神秘主义著作《光明篇》讲到过一只鸽子在天国弥赛亚的宫殿旁筑巢,因此鸟巢成为天国的别称。

犹如火烧，渗透到心底。不只是言语本身，还有他的举手投足，他的语调。拉比说，恶灵不可能被纯粹的意志所打败。大家都知道恶灵没有躯体，主要是通过言语的力量作恶。别把嘴巴借给他，这就是打败恶灵的方法。就拿比珥的儿子巴兰[1]来说吧。他想诅咒以色列的子民，但是他强迫自己祝福他们，因此，他的名字得以在《圣经》中被提及。如果一个人不想把舌头借给恶灵，他就必须保持沉默。

我干吗闲聊这些？我岳父参加了三顿安息日餐。到安息日那天夜里，他去拉比那儿告别，在他的书房里待了整整一个小时。

回家的路上，我说："怎么样，岳父？"他回答说："你的拉比是个伟人。"

回拉杰弗的路上充满了危险。虽说正值隆冬季节，维斯瓦河上的冰开裂了，冰块一路漂流而下，就像逾越节时那样。如此寒冷的时候，居然还有电闪雷鸣。毫无疑问，这都是撒旦干的！我们不得不在一家小旅馆待到星期二，旅馆里有好些米特南丁派犹太人。没人再继续向前走了。屋外，一场真正的暴风雪正在肆虐。烟囱里的啸鸣声能让你发抖。

---

[1] 巴兰，见第130页脚注2。摩押王巴勒聘他来，要他诅咒以色列人，但是他服从神的命令，反而祝福以色列人。

米特南丁派教徒都一样。这些人也不例外。他们开始取笑哈西德派教徒，但是我岳父不吭声。他们想挑唆他，可他拒不加入。他们责备他："这个怎么样？那个怎么样？"他用各种手段温和地推掉了。"是什么让你变成这样了？"他们问。如果他们知道，他是从哈兹科尔拉比那儿来，他们准得灭了他。

我还能告诉你什么呢？我岳父照着拉比开的方子做了。他不再对人厉声说话。他的眼睛在发火，但是他说的话很柔和。有时候他举起烟斗想要打某个人，他总能控制住自己，谦卑地说话。没过多久，拉杰弗的人们意识到我岳父变了一个人。他和他的对手们讲和了。他会叫住街上的小毛孩子，捏捏他的脸蛋。送水人若是进我们家房子的时候不小心洒了水，尽管我知道这简直要把我岳父逼疯，但他从不表现出来。"怎么样，雷布·雍特尔？"他会说，"你冷吗，嗯？"你会感觉到他是付出了巨大的努力才做到的。这正是其高贵所在。

渐渐地，他的火暴脾气完全消失了。他开始一年去拜访哈兹科尔拉比三次。他成了一个和蔼可亲的人，脾气好得让人难以置信。但这正是习惯使然，如果你打破了习惯，就会走向反面。一个人可以把最坏的罪变成善行。重要的是行动，而不是沉思。他甚至开始去仪式澡堂了。他渐渐老了，有了自己的门徒。这是在哈兹科尔拉比去世之后。我岳父常说："如果你不是个好犹太人，那就去做一个好犹太人。因为如果你做了，你就是了。否则，为什么人要努力去做呢？比如酒店里的酒鬼。他为什么就不能改变行为呢？"

拉比曾说过："为什么'不可贪恋'是'十诫'的最后一诫呢？因为人必须首先避免干坏事。那么，接下来，一个人不该想着干坏事。如果一个人不作为，就这么等着，直到所有的激情消失，那他永远也不可能获得圣洁。"

所有的事情都是如此。如果你不幸福，那就去做一个幸福的人。幸福迟早会来，信仰也是如此。如果你绝望了，那就做得像你相信似的，信仰便迟早会到来。

在救济院*

1

今天,救济院里弥漫着温暖的家的气氛。镇上的有钱人雷布·雷瑟尔·雷姆克孜下嫁他最小的女儿阿尔特丽。他给穷人办了一台宴席。除了可以放开肚子吃的鲤鱼,还有三角馄饨汤、白面包、胡萝卜炖牛肉,就着葡萄酒一股脑儿冲下去。每个乞丐还可以带点东西回家:一块蜂蜜蛋糕、一个鸡腿、一个苹果和一块油酥点心。个个都吃撑了。大多数人都吃多了。救济院监管也有份,他今天也特别大方。他往火炉里堆满了柴火。炉子的铁门里

---

* 本篇英语由米拉·金斯伯格(Mirra Ginsburg)翻译。

发出的热气太大了，乞丐荷德丽让人去把烟囱打开——她都出汗了。

宴席过后，大家都睡了。夜晚来得很快。那天晚上没有一个人做晚祷。但是，睡了几个小时之后，这个小小的家庭开始醒来了。第一个睁开眼睛的是雷布斯·斯刮奇。他在稻草底下藏了一只烤鸡。这会儿他要把它放到别处去，以防这漫长的冬夜里让人给偷走了，或是让耗子给偷吃了。

第二个醒来的是小偷乔纳。他在枕头底下塞了一条用卷心菜叶包着的鲤鱼，那是女佣史瑞丽送给他的。妓女贝茜在她的长筒袜子里藏了三块蛋白杏仁饼干，她也睡不着。咀嚼、撕咬的声音混合着睡者的鼾声、抽鼻子的声音。室外，下了一场雪，月光皎洁。过了一会儿，雷布斯·斯刮奇问道：

"乔纳，我的朋友，你是在吃啊还是睡在它上面呀？"

"大快朵颐不是罪。"小偷乔纳机智地反驳道。

"别理他，雷布·雷布斯，"妓女贝茜插嘴说，"小心他把骨头吞进去了。"

"你在那儿叽叽嘎嘎嚼什么呢？"雷布斯问道，"去年逾越节剩下的无酵饼吗？"

"一点儿蛋白杏仁饼干。"

"我就知道你藏着东西。谁给你的，啊？"

"是小石蓓丽。"

"给我一块……"

贝茜没搭理他。

小偷乔纳笑了起来："她可不是做亏本儿生意的人。"

"我把我的肚子痛给她。"

"你要是只有病痛，还是留着自己享用吧。"贝茜答道。

"我的疼痛太多了，匀点儿给你好了。"

"别咒我，雷布·雷布斯，我已经被咒得够多的了。"贝茜说。要在过去，她才懒得跟雷布斯说话呢，但今晚的食物、红酒和灼热的炉火温暖了所有人的心。大家暂时忘记了争吵。再有就是，夜晚太漫长了，他们再也睡不着了。

过了一会儿，又安静下来了。雷布斯听到了啃鸡骨头的声音和使劲吮吸鸡骨髓的声音。他问道：

"我想知道现在什么时候了。"

"我的手表拿去修理了。"小偷乔纳开玩笑地说。

"曾经有一段时间我不需要手表。白天我看着太阳就能知道时间；夜里，我看看星星，吸一口风就知道是几点。可是在这种臭气熏天的地方什么也感觉不出来。公鸡怎么还不叫？"

"为了这个婚礼，所有的公鸡都给宰了。"贝茜说。

"给我们讲个故事呗，雷布·雷布斯。"小偷乔纳说。

"讲什么故事？我把什么都告诉你了。老葛兹尔爱编故事，我可不喜欢编。编故事有什么好？我可以告诉你我原来叫波托茨基

- 193 -

伯爵，或者拉齐维乌[1]曾为了我给澡堂烧热水。那又有什么用？我有没有给你讲过那个矮子的事儿？"

"装在威士忌酒瓶里？跟魔术师在一起？"

"是的。"

"你给我们讲过了。"

"还有冰雹的故事？"

"冰雹也听过了。"

"公牛呢？"

"是讲你去做晚祷的路上，那公牛怎么攻击你的？"

"对。"

"你讲过了，那事儿也讲过了。"

"那，我还有什么可讲的呢？你是个小偷，你有好多故事可以讲。我一辈子都围着磨刀石转。"

"嗨，你，贝茜。你干吗什么也不告诉我们？"乔纳问道。

贝茜沉默不语。他们都不再指望她回应了。突然，她出声了："我能有什么可说的呢？"

"告诉我们你是怎么变成妓女的，还有后来的事情。"

"我一开腔，女人们就开始诅咒我。"

---

[1] 拉齐维乌（Radziwill），15世纪出身于立陶宛的上等贵族，拉齐维乌家族的档案在2009年被正式列入"世界记忆名录"。

"女人们都睡着了。"

"她们很快就会醒的。她们不让我活。上帝早就宽恕我了,可她们却不。我做的事情对她们有什么伤害呢?我不是这一带的人。我从没和她们的男人犯过罪。我躺在这儿,连一只苍蝇都没有伤害过,可她们的眼神简直要吃了我。她们往我脸上吐唾沫。不管是谁端来一盘汤或是一碗荞麦粥,她们就像蛇一样嘶嘶叫着:'别给她!别给她!'要依着她们,我老早就饿死了。可是好心的人可怜我。我要是有腿,就不会躺在这儿了。我会去长着黑胡椒的地方。"

"可你没有腿。"

"这就是我的命苦啊。我渴望着死神,可它就是不来。健康的人四处走动,而我只能躺在这儿,活生生地烂下去。还好他们把我放在这儿。那些女人们经常来掐我,她们把我捏得青一块紫一块的。她们朝我扔垃圾,把夜里的屎尿泼到我身上……"

"我们知道,这些我们都知道。"

"你们知道的连千分之一都不到。如果一个男人打了人,人人都看见了,会引起骚乱。女人们会偷偷地把你的心挖出来。现在她们的手够不到我,她们就用眼睛的毒针刺我。她们不能原谅我躺在这儿,躺在男人们中间。就算我躺着死了,脚朝着门,脑袋下面垫着稻草,她们还是会嫉妒我。"

"我还以为你要讲故事呢。"

"我能说什么?我打小时候起就倒霉。我妈——愿她在天上替我求情——在生我之前已经生了三个女儿。我爸当时想要个男孩。他去找拉比,拉比保证他会有一个男孩。稳婆告诉他是个女孩的时候,他根本不相信。他要求证明……我爸是个哈西德教徒,读经堂里有个习俗:要是有个男的,他老婆一个接一个地生女儿,他就会被鞭打。哈西德教徒们把我爸放在桌上拉直了四肢,用他们的腰带打他。他看都不想看我一眼,他都不叫我的名字,也从不打我,就好像我是个拖油瓶似的。我叫他'爸爸'的时候,他假装没听见。这是我的错吗?我妈常说:'你出生在一个邪恶的时刻。'我九岁的时候,离家出走了。"

"为什么要离家出走?"

"因为我宰了三只鸭子。"

"什么?你竟敢杀鸭子?"

"我从小就是个野孩子。我看见什么,都会模仿。一天我妈派我上索海特[1]那儿,让他宰一只母鸡。我看见他站在那儿,手里拿着刀在宰一只家禽,我挺喜欢的。我家的储藏室里锁着三只鸭子。我拿了一把小折刀,在石头上吐了口口水,把它磨锋利了,切断了三只鸭子的喉咙。门突然打开了,我爸走了进来。他脸都吓白

---

[1] 索海特(shochet),犹太仪式屠宰师,经过多年的训练,经考核、认证获得从业资格,按犹太教规定的礼定屠宰法屠宰可食用动物。

了，跑去找我妈，尖叫着：'要么她走，要么我走……'第二天，他们收拾起一个包裹，送我到卢布林去做用人。"

"可是你怎么就成妓女了呢？"

"你是怎么变成偷马贼的？还不是一点一点地。一个年轻人发誓要领着你走到婚礼的华盖下，然后吹着口哨叫你走。"

"谁是第一个？"

"一个教师的助手。"

"一个教师的助手？嗯？那后来呢？"

"他跑了，再没回来。你试试在这个世界上去找一个教师的助手。在他之后，又找了个裁缝的助手，之后是做帽子的。一个姑娘若是失去了贞操，她就成了所有人的猎物。谁只要愿意，都可以利用她。一顶婚礼的华盖不过是几米长的天鹅绒和四根柱子罢了，可是没有它，一个姑娘就连你指甲缝里的污泥都不如。"

"我们明白。你什么时候进的窑子？"

"我肚子被搞大以后。"

"发生了什么事呢？"

"还能发生什么？什么也没有。"

"孩子呢，它怎么了？"

"给留在教堂外的台阶上了。"

"一个孩子？"

"三个。"

"那后来呢？"

"没有后来。"

"这不是故事。"

"故事后来发生了。"

"发生什么了？"

"我不好意思当着雷布·雷布斯的面说这个。"

"什么？可他在睡觉。"

"他睡着了？"

"你没听见他打呼噜吗？"

"是呀。可是他刚才还在说话呢！"

"到他这个年纪，上一分钟还在说话，下一分钟就打盹儿了。一分钟后你说再见，一切就都结束了。跟我你就不必感到害羞了。"

"不会。"

"那咱们就听听。"

"我怕女人们会听。"

"她们睡得像死猪。悄悄地说，我不是聋子。"

"也有想讲的时候。那时候，我已经在华沙了。我跟一个鸨母在一起。她有我们三个姑娘，我是最漂亮的那个。别看我现在的模样。我现在是个破罐子。没有腿，头发掉光了，牙齿也落光了，我就是个衰老的稻草人。可我年轻的时候也是个美人。女王！他们那时就是这么叫我的。人们不敢看我的脸,那张脸像太阳般炫目。客人只要找过我,就不会要别人。另外两个姑娘通宵站在大门口,而我呢,只消坐在床上,他们会上门找我,当我是个医生似的。鸨母的舌头像鞭子,可她跟我说话的时候,软得像绸布似的。我有个未婚夫——别人这么叫的,叫扬克尔。他爱我爱得发狂。我要什么他就给我买什么。要是妈妈敢对我说出一句刻薄的话,他立刻从靴子里抽出刀子来。他也是个野蛮人。客人终究是客人。可是突然有一天他吃醋了。若是有人胆敢亲我一下,他就会抓住那人的衣领,把他顺着楼梯扔下去。妈妈若是敢叫'杀人啦',他就会大叫:'闭嘴,不然我敲掉你一嘴的牙。'他想娶我,可他是个短命鬼。他得了天花,浑身上下都是水痘。他们找了一辆救护车把他送到医院,在那儿,人人都给下了毒。"

"下毒?为什么?"

"不为什么。"

"那,后来呢?"

"他死了,给埋了。打那以后,我的运气就到头啦。另一个家伙接手了我,但那家伙心里只有钱。他的名字叫森德尔,流浪汉森德尔。他不在乎我,我也不在乎他。妈妈见我混得不好,开始欺负起我来。我不能逃,因为我只有黄色护照。我们这种人还能逃到哪里呢?只有逃到坟墓里去。妈妈开始折磨我,另外两个婊子让我活得很悲惨。一个女人必须得有个人来保护她,否则她就惨得像在坟墓里。

"我们每两个星期就可以放一天假。扬克尔活着的时候,他会带着我四处转悠。我们甚至还坐着敞篷四轮马车出去过。他给我买巧克力、橘子酱、土耳其来的芝麻蜜饼和甘草糖——只要是我想要的,他都有求必应。沃伊利那一带有一个旋转木马,我们常去那儿,坐在上面转呀转。可是扬克尔死后,就剩下我一个人了。妈妈住在尼扎街,我沿着德兹卡街走过去。你去过华沙吗?我没事可做,所以,我靠在路灯杆上,嗑着葵花子儿。我不是要去勾引谁。我穿着一件棉布裙子,披上一条披肩,像个诚实的姑娘。

"我站在那儿,想着我的生活。突然间一个高个子的年轻人朝我走来。他戴着一顶宽檐礼帽,披着长头发,长长的披风一直垂到人行道上。我吓坏了,叫了起来。他看上去很奇怪,脸色苍白,头发凌乱,像个自由思想者。那些日子,工人们在组织工会,朝沙皇扔炸弹。我以为他跟那些人是一伙的。我想跑,可他伸出一只长手把我抓住。'小姐,'他说,'别跑。我又不会吃人。''这位先生想干什么?'我问道。他说:'你不想挣点儿钱吗?''谁不想要钱呢?'我说道,'可我没时间呀。我得在一个小时内赶回那个老太婆的家。''用不了一个小时。'他说。他说得那么快,我起初什么都没听懂。他告诉我,他爱上了一个女孩,她正在折磨他,所以,他想让我跟他一起,假装他的未婚妻。'然后呢?'我问,'还有啊,我必须尽快回去。'他说:'我想考验她。''你怎么认识我的？'我问他。他说他住在街对面,他见我站在大门口。他似乎是在跟踪我。

"我很害怕,因为我不能在外面待太久。森德尔的拳头可是说落下就落下。不管什么,只要不合他的意,他就能把你给打死。可是我还没来得及说一个字呢,就已经坐到一辆四轮马车上了。'把你的披肩脱了。'他说。在纳刘吉街,有一个女帽商。他吩咐马车等着,下去为我选了一顶宽边的帽子,值三个卢布呢。我戴上帽子,我不知道自己在镜子里是什么样。他把我的披肩藏到他的斗篷下。我们一路驶向米德街,在那儿,他给我买了一个手袋。顾客们全都在讨价还价。他们还的价是老板出价的一半。但是他却没还价,人家要多少,他给多少。女店员们笑着望着他,互相捏一下掐一把地打趣儿。我妈常说:'派个傻子去市场,老板得乐死了。'一句话,我现在成了来自玛莎可夫斯基街的一位女士了。

"我们从米德街驶回方济各大道。马车夫已经开始抱怨了:这可超出了起步价的距离了。所以那人又从口袋里掏出半个卢布递给车夫。他像个贵族似的四处撒钱。

"接着我们到了一家皮货店。店里有个女孩子。里面一个顾客都没有。他让我走在前面,他在后面跟着。在华沙,我们称之为'女士优先'。店员是个很普通的女孩儿,我不知道他看上她什么了。女孩的眼睛黑黑的,很犀利,看得出来,是个很精明的人。她看了他一眼,顿时脸色变得煞白。他挽着我的手臂,把我领到柜台前。'利亚,亲爱的,'他说,'这是我的未婚妻。'我以为那姑娘怕是要当场中风了。如果可能的话,她能活吞了我。'你把你未婚妻带到这儿来做什么?'她问道,'你想让我恭喜她?''不是的,'他回答说,'不是这个原因。我想为她做双鞋子,我知道你父亲卖的皮革是最好的。给她最好的货。价钱没问题。'这姑娘要是不受打击,那她简直就是铁打的心了。'没有鞋匠你怎么买皮革?'她说,'你得知道鞋子的大小,加什么装饰。''你给她量量大小。'他说着让我坐在凳子上。他提起我的裙子,撕下一张纸条,给我量脚。他说:'利亚,亲爱的,你见过这样的脚吗?这是全华沙最娇小的脚了。'我的脚真的很小。他用他长长的手指挠着我的脚,我的脸都快绷不住了。那姑娘说:'别以为你能作弄我。你可以在别的地方买皮革。你就是上这儿来戏弄我的。所以我告诉你,谁要是妒忌,就让她一无所有。她也不是你的什么未婚妻,你不过是在大街上捡的。我知道你的伎俩。我不想和你做交易。从这儿滚出去,别再回来了。你要再敢出现,不管是跟她一起,还是你自己来,我就叫警察!'我那位绅士脸色苍白,一句话也说不出来。他放下我的脚。我坐在那儿,穿着一只鞋和一只袜子。接着,他喊叫起来:'对,你说得对,她是从大街上捡来的。可我对天发誓,我今天就要娶她!今晚,她就是我的妻子。我要把你彻底忘了。我要把你从心底剜去。我要用我的整个灵魂去爱她。就算她是个不幸的人,她也比你正派……'他就是这么说的。他开始用最恶毒的话骂她。他一手抓着我,尖叫着:

"'走,去见拉比,我的新娘!今晚我们就做夫妻了。'

"我糊里糊涂的,把一只鞋子也落在店里了。"

2

雷布斯·斯刮奇醒过来了。

"你在说话?说吧。后来发生什么了?"

"你听见了,是不是?"小偷乔纳问道,"你不是睡了吗?"

"我在打盹儿,不过我听见了。到我这个年纪,睡觉就不像以前咯。我梦见自己在市场,我也知道自己正躺在救济院里。我在这里,也在那里。我是雷布斯,我也是拉比。你怎么把鞋子给落下了,嗯?"

"我怕周围的人会围过来。"

"你穿着一只鞋子怎么走路?"

"我就站在那儿,那只鞋从店里追着我飞了出来。我跑过去接住它,一辆两轮马车差点把我给撞翻了。我那位优雅的绅士就在排水沟中间跪下来,给我把鞋穿上了,就像在剧院里演的那样。整条街的人都笑了。那辆四轮马车不见了。他拉着我,叫着：'这附近能找到一个拉比吗？'人们朝街对面的一幢房子指了指。然后，我的朋友们，我发现我没有运气。我们已经站在了台阶前了，我突然害怕了，我对他说：'你爱的是那个女孩，不是我。''我会爱你的，我会爱你的。'他回答说，'我是个受过训练的药剂师。我可以在彼得堡、莫斯科或者俄国的任何地方生活。我们离开这个城市，我要把她从我心里赶走。我会爱你，珍惜你。你会是我孩子的母亲。'我还记得他说的每一个字，就像发生在昨天。我不知道药剂师是干什么的。后来有人跟我解释说就是抓药的，一个受过教育的人。可是我说：'你知道我是干什么的吗？''我知道。'他叫了起来，'但是我不想知道。我会原谅你的一切……''可你甚至都不认识我。'我说。可他尖叫起来：'我不必了解你。你比她更纯洁……'我看着他：他嘴边泛着白沫，他的眼睛像疯子似的。我突然觉得难受。我挣脱他跑开了。我跑出大门，听见他在后面追着我，叫着：'你往哪里跑？你往哪里跑？回来！……'我跑了，就像要逃离一个谋杀者。我来到市场的肉铺前，在那儿把他给甩了。那地方挤得连根针都插不进。我冷静下来后才意识到我完了。我往哪里跑，苦命的我啊？回到那泥潭去。

"我回到家，他们看见我戴着时髦的帽子，拿着漂亮的手袋，顿时起了骚动。那个老女人问道：'披肩呢？'我的披肩没了。他把披肩给藏在了他的斗篷里。唉，这下成了没完没了的笑柄了。

他们也不相信我说的。森德尔来了。他们把这一切告诉他,他拿走了帽子和手袋,又补了我一拳。他在别的地方有个未婚妻,他把一切都给了她。我亲爱的朋友们,我再给你们讲点儿别的:那老太婆在我的工资里扣掉了披肩的钱,不然的话就叫我连体面的葬礼都没有。"

过了很久,大家都沉默不语。后来,雷布斯·斯刮奇问道:"你现在后悔了吧?"

"为什么不?我本不该像今天这样在这里烂掉。"

"他要是就住在街对面,你干吗不去找他?"小偷乔纳问道。

"那以后,他们一天也不让我歇着。我以为他会回来,可他没有。"

"可能他和皮革店的那女孩又和好了吧?"

"可能吧。"

"老话说得好:趁热打铁。"雷布斯·斯刮奇沉思着说。

"是啊。"

"不过嘛,不属于你的故事,终究不会是你的。不是你自己跑掉的吗?你的脚带着你跑。或者比如我吧,我最终不也是躺在这里,在一捆稻草上吗?跟你一样,要上房跳舞了。我以前不是很富有,但我也算得上是个有钱人。我有一座房子,一个小小的磨坊。我有老婆……可是啊,如果天上的人要一个男人摔倒,自然有法子办到。先是我老婆生病死了,接着,房子化为灰烬。谁也不知道是怎么开始的。三脚架下面的一点儿碎木片在阴燃,然后突然就是大火,就像是地狱之门打开了。甚至都没有起风。我的房子紧挨着箍桶匠哈衣姆的家,可就是没有一点儿火星落到他家。而我却毁了。有谁能理解是为什么?"

"没人能理解。"

"有人看见床上有一点火苗。它打着滚,翻起了筋斗。那都是恶魔那儿来的。"

"恶魔干吗要跟你斗?"

"我命里注定要拿起乞丐的布袋子……"

小偷乔纳掰着指关节,先掰一只手,再掰另一只。

"可是,这不是事实吗?那天晚上我上比席特村,我很清楚我本不该去的。那儿的农民听说过我。有人警告我说他们睡在马厩里。村里的老人沃伊切赫用个嘎嘎作响的玩意儿做了个岗哨。我根本就不需要做这单生意,就在几天前,我刚干了一票大的。赛德丽——愿她安息——恳求我说:'乔纳,别想着把全世界都抱走。我宁愿啃干面包也不愿意你做这个营生。'我们究竟需要什么呢?就我们两个人。那个马贩子热力格想雇我做个马车夫。我自己本可以做个马贩子的。有时候,你挣得多,有时候挣得少,可那都是干净钱。那天晚上我都要上床睡了。我关上窗,脱下靴子。突然,我又把它们穿上了,出门去了比席特村。我一路走着,心情沉重。我一路走走停停,想着返回去,可我再也没能走回去——他们用独轮车把我送了回去。"

"他们怎么干的？用棍子？"雷布斯问道。

"他们随手抄到什么用什么。全村的人打一个人……"

"说句实话——你能活着回来已经是奇迹了。在你之前，有一个叫以谢利·长鼻尼的，别人就这么叫他的，因为他鼻子挺长的。他上博耶罗斯去偷一匹马。那些农民伏击了他，把他活活烧死了。他剩下的就只有一堆灰烬。掘墓的兄弟们都没东西可埋。"

"我知道，我听说过这事儿。他可比我幸运多了。"

"你老婆什么时候死的？我不记得了。"

"六个月以后。"

"都是因为那事儿吧？"

"不，因为快乐。"

"唉，一切都是命中注定啊。上天把一切都给我们编写好了，直到最后一口气。就像我奶奶常说的：没人比全能者更强大。"

"都是谁写的？上帝吗？"

"反正不是你。"

"他上哪儿找那么多的纸？"

"你就别费脑筋担心这事儿了。"

"人自己也有责任。"

"不，他没有……"

救济院里安静下来。乞丐荷德丽在睡梦中呻吟，喃喃地吐出

些莫名其妙的话。一只蛐蛐儿叫了一声。雷布斯·斯刮奇重又开始打呼噜,鼻子里发出哨音。小偷乔纳问道:

"你还有蛋白杏仁饼干吗?我嘴巴里有点儿苦味……"

贝茜没搭腔。

克雷谢夫的毁灭*

1

雷布·布尼姆来到克雷谢夫

我是最初的那条蛇，魔鬼，撒旦。喀巴拉神秘主义叫我撒马尔，犹太人有时候直接称我为"那个"。

大家都知道我喜欢安排奇特的婚姻，特别高兴把老头子与年轻姑娘配对，把丑陋的寡妇配给正值盛年的年轻男人，把大美女配给瘸子，让会堂的领唱人娶个聋子女人，让哑巴跟吹牛大王结

---

* 本篇英语由伊莱恩·戈特利布（Elaine Gottlieb）和朱恩·露丝·弗洛姆（June Ruth Flaum）翻译。

婚。下面我就来给你讲讲我在桑河边上的克雷谢夫镇促成的一桩"有趣的"姻缘吧。这件事让我痛痛快快地虐待人类,让我有机会表演一个小小的绝活,迫使他们在"是"与"非"之间做出错误选择时放弃今生和来世。

克雷谢夫镇的大小就相当于最小的祷告书里一个最小的字母。镇的两边是茂密的松树林,第三边是桑河。附近村庄的农民比卢布林地区任何地方的农民都更穷,也更加与世隔绝。田地也是最贫瘠的。一年里的大部分时间,那些通往大城镇的道路都是积满水的大水沟。驾着马车赶路的人非常危险。熊啊,狼啊什么的,冬天就潜伏在附近,经常袭击那些迷路的奶牛或小牛,有时甚至会袭击人。所以,到最后,农民们根本无法摆脱他们悲惨的命运,我在他们身上灌输了一种炽热的信仰[1]。在这个国家的这部分地区,每隔一个村子就会有一个教堂,每十座房子就有一个神龛。圣母马利亚顶着褪了色的光环,怀里抱着耶稣——那个犹太木匠约瑟的儿子。严冬季节里上了年纪的人到她这儿来,在她面前跪下,还因此得了风湿病。五月来临,每天都有一队队饿得半死的人们用嘶哑的声音颂唱着,祈求雨水。熏香散发着苦味,患痨病的鼓手用尽全力的击鼓声把我吓跑了。可是,雨水还是没有来。即使下雨,也总是不及时。但这丝毫不会妨碍人们的信仰。这是从远

---

[1] 波兰农民是基督徒,但生活在最底层,比没有公民权的犹太人好不了多少。

古开始延续至今的传统。

克雷谢夫的犹太人和这些农民比起来要稍微明智一些，也更富足一些。他们的老婆们是店主，在短斤少两方面很是娴熟。村里的小贩知道怎么让那些农妇买各种小玩意儿，给自己赚回玉米、土豆、亚麻布、鸡、鸭、鹅——有时候还会有额外的东西。为了换一串珠子、一把装饰好的羽毛掸子、一块绣花的棉布，甚至只是陌生人嘴里的一句好话，女人们有什么舍不得的呢？所以呢，在那些长着亚麻色头发的小孩子当中出现一个长着鹰钩鼻、黑眼睛的卷发小鬼头也就不足为奇了。农民们都是些睡觉特别沉的人，可是魔鬼不会让他们年轻的女人们休息，而是领着她们到谷仓里，小贩们在草堆上等着。狗儿对着月亮吠叫，公鸡在打鸣，青蛙呱呱地叫，天上的星星看着下面，眨着眼睛，连上帝也在云层里打着盹儿。全能者老了，长生不老也不是件容易的事情啊。

不过，我们还是回去讲克雷谢夫的犹太人吧。

市场一年到头都是一块沼泽地，没别的原因，就因为女人们总把污水泼在这儿。那些房子都不是直立的，它们一半陷在土里，屋顶打着补丁；房子的窗户塞着破布，或是用牛膀胱盖着。穷人的家都没有楼板，有的甚至连烟囱都没有。在这样的房子里，炉子里的烟从屋顶的一个洞里跑出去。女人们十四五岁就结婚，因为生养太多，老得特别快。在克雷谢夫，坐在矮凳上的补鞋匠自己穿着破破烂烂的鞋子做生意。裁缝们没有可换的衣服，只能把收到的破皮衣翻到第三面。做刷子的一边用木头梳子梳理猪鬃，一边用沙哑的嗓子哼着仪式颂歌和婚礼进行曲。赶集过后，店主就无事可做了。他们就到读经堂晃荡，一边挠着痒痒，一边翻着《塔木德》的书页，要不就互相讲着妖魔鬼怪和狼人的可怕故事。显然，在这种小镇里，我实在没什么可做的。在这一带，很难找到一桩真正的罪行。这儿的居民既没有力量也没有冲动去犯罪。时不时地有做针线活的女人说说拉比的老婆，或是挑水工女儿的肚子被人弄大了之类的八卦，可这些都不是我感兴趣的。所以，我很少拜访克雷谢夫镇。

不过在我谈论的那个时期，镇上倒是有几个有钱人。在有钱人家里，什么事情都可能发生。所以，我每次朝那个方向看的时候，总是要看雷布·布尼姆·绍尔，这个社区最富有的男人家里发生了什么事。要详详细细地说清楚雷布·布尼姆怎么会在克雷谢夫定居，那得费点儿时间。他原本住在祖克瓦，那是伦贝格附近的一个小镇。因为做生意，他离开了那里。他的兴趣是木材生意，他花了很少的一点儿钱就从克雷谢夫的乡绅那儿买到了一大片林子。此外，他老婆希夫娜·塔玛尔出身显赫的家族，她祖父是著名的学者雷布·塞缪尔·艾德尔斯。希夫娜·塔玛尔长期咳嗽，都咯血了，伦贝格的医生建议她住在林区。不管怎么样，雷布·布尼姆带着所有的财产，还有一个长大成人的儿子和十岁的女儿丽丝，搬到了克雷谢夫。他在会堂街的尽头，远离所有其他住户的地方建了一座房子。几大货车的家具啦，餐具啦，衣服啦，书籍啦，还有一大堆的其他东西都给塞进了房子里。随行的还有一对用人，是一个老妇人和一个叫门德尔的年轻人，他是雷布·布尼姆的马车夫。新住户的到来让小镇又充满了生机。年轻男人们可以在雷布·布尼姆的树林里找到活儿，克雷谢夫的马车夫们有木头可拖了。雷布·布尼姆修葺了镇上的澡堂，还给救济院重新盖了一个屋顶。

雷布·布尼姆高大威武，骨架很大。他有着领唱人的嗓音，留着漆黑的、往两边翘的胡须。他算不上是个学者，几乎读不完一章《米德拉什》[1]，但是他做慈善很慷慨。他坐下来吃一顿饭，可以一口气吃下一条面包和一张有六个鸡蛋的煎蛋饼，就着一夸脱牛奶把它们送进肚子。星期五在澡堂，他会爬到最高的地方，让侍者拿着一捆树枝打他，直到蜡烛点起的时候。他进树林的时候，身上带着枪，还有两条凶猛的猎犬。据说他只要瞥一眼，就知道一棵树是好是坏。有必要的话，他可以连续工作十八个小时，走好多英里路。他妻子希夫娜·塔玛尔过去挺漂亮的，可是因为她不停地找大夫，又担心自己的身体，便过早地衰老了。她高高瘦瘦的，胸部平坦，脸很长，很苍白，长着鹰钩鼻。她薄薄的嘴唇总是紧闭着，灰色的眼睛好斗地看着这个世界。她月经来的时候

---

[1] 《米德拉什》(Midrash)，犹太教讲解《圣经》的布道书卷。

很痛苦，只能躺在床上，像得了大病似的。事实上她一直就是个病人，一会儿头痛，一会儿牙齿脓肿，要不就是腹部压痛。她跟雷布·布尼姆并不相配，但他不是个喜欢抱怨的人。他很可能以为，所有的女人都那样，因为他十五岁就结婚了。

至于他的儿子，倒没什么可说的。他就像他父亲——没什么学识，贪吃，游泳能手，是个很有进取心的商人。在父亲搬到克雷谢夫来之前，他就已经和布罗迪的一个姑娘结婚了，而且很快就沉浸在自己的生意中了。他很少来克雷谢夫。像他父亲一样，他不缺钱。父子俩生来就是生意人，他们似乎能把钱吸到自己身上来。普通人因为简单而免于不幸，因而能无灾无难地终其一生。从目前的情形看，雷布·布尼姆和他的家人也没有什么理由不会像其他普通人那样，平静地度过他们的有生之年。

2

女儿

可是雷布·布尼姆有个女儿，大家都知道，女人总是带来不幸。

丽丝既漂亮又有教养。十二岁的时候，她就已经和父亲一般高了。她长着金色的、近乎黄色的头发；她的皮肤又白又光滑，就像缎子似的；她的眼睛时而是蓝色的，时而是绿色的。她的行为举止则是混合的,半是波兰女士,半是虔诚的犹太女性。六岁的时候,父亲给她请了一位女教师来教她宗教和文法。后来,雷布·布尼姆送她去跟着一个正规的教师学习,从一开始,她就对书籍表现出浓厚的兴趣。她自学意第绪语《圣经》,沉浸在她母亲用意第绪语写的《摩西五经》[1]评注上。她也读了《鹿的遗产》《惩戒之棍》《良善的心》《正直的度量》等宗教书籍,还有她在家里发现的其他类似的书籍。之后,她自学了一点点希伯来语。父亲一再告诫她,女孩子不适合研习《托拉》,母亲也提醒她,小心变成个老姑娘,因为没人愿意娶一个有学问的老婆,可是这些警告对这个女孩没什么影响。她照样学习,读《心灵义务的正确指导》,读约瑟福斯[2]的书,她还了解了不少《塔木德》传说,以及坦拿与阿摩拉[3]的各种箴言。她毫不遏制自己对知识的渴求。只要有书贩子到克雷谢夫来,她都会把他叫到家里来,买下他书袋里所有的书。安息日晚餐过后,她的同龄人,克雷谢夫最体面的家庭的姑娘们会来拜访她。女孩子们会聊天,玩猜单双的游戏,玩猜谜游戏,就像一般的年轻姑娘那样玩得忘乎所以。丽丝

---

1 东欧犹太妇女一般不会希伯来语,只能读用东欧犹太人的日常语言意第绪语写成的《圣经》。《摩西五经》即《圣经》前五卷,又称《托拉》。
2 约瑟福斯(Josephus,约37—100),犹太教祭司家族的后裔,参与犹太人起义,后投降罗马。著有《犹太古事记》《犹太战争史》等。
3 坦拿(Tanaites),1至3世纪编撰《密西拿》和《塔木德》的学者。阿摩拉(Amorites),3至6世纪《塔木德》的编辑者。后来坦拿、阿摩拉就成为犹太人对有成就的古代犹太学者的尊称。

对朋友们总是非常友善，给她们端来安息日水果、坚果、饼干、蛋糕，但她不怎么说话。她关心的事儿比裙子、鞋子什么的要严肃得多了。但她依旧举止友好，丝毫没有傲慢之意。节假日，丽丝会上女性会堂去，尽管她这个年龄的女孩子通常是不必去做礼拜的。雷布·布尼姆十分疼爱她，不止一次悲哀地说："多可惜啊，她不是个男孩儿。她要是个男人该有多大的成就啊。"

希夫娜·塔玛尔却不这么想。

"你这样只会把姑娘给毁了，"她坚持说，"照这样下去，她将来连土豆都不会烤。"

克雷谢夫找不到一个有能力教授世俗科目的老师，社区唯一的教师雅克尔最多能写一行让人读得懂的意第绪语。雷布·布尼姆送女儿去跟着蚂蟥卡尔曼读书。卡尔曼在克雷谢夫颇受尊重。他知道怎么烫卷发，用蚂蟥吸血[1]，用一把普通的面包刀做手术。他有满满一箱子书，他从地里采草药，自己做药丸。他是个矮胖的男人，大腹便便，重得连走路都是跟跟跄跄的。他戴一顶长毛绒礼帽，穿着天鹅绒的长袖袍子、及膝的裤子和带鞋扣的鞋子，看上去就像当地的乡绅。克雷谢夫有游行的风俗，将新娘子送到仪式澡堂时，人们会在卡尔曼家的门廊前停一下，快活地向他唱小夜曲。镇上的人说："这样的人，一定要让他保持好心情。大家

---

1 在中世纪时，阿拉伯地区和欧洲曾盛行用水蛭（蚂蟥）吸血来治病。

的愿望是最好都不需要他。"

可是雷布·布尼姆的确需要卡尔曼。这个蚂蟥经常守候在希夫娜·塔玛尔身边,他不仅给母亲治病,也让女儿从他的书房借书。丽丝读完了他的全部藏书:有关医药的书卷、描写遥远国度和野蛮民族的游记书籍,还有贵族们的浪漫故事——他们狩猎、做爱的故事,他们举办的盛大舞会。还不止这些。卡尔曼的书房里还有关于巫师、奇特动物的故事,有关骑士、国王和王子的故事。是的,这些书里的每一行字丽丝都读过。

好啦,现在我该讲讲门德尔了。男仆门德尔,也就是马车夫门德尔。克雷谢夫没人知道门德尔究竟从哪儿来的。一种说法是,他是个私生子,被人遗弃在大街上。另一种说法是,他是一个叛教者的孩子。不管他的出身怎样,反正他是个无知的家伙,不仅在克雷谢夫,方圆数英里的地方他都挺出名儿的。他不识字,连自己的名字都不知道怎么拼写,也没人见他做过祷告,尽管他的确也有一套护经匣。星期五的晚上,男人们都到祈祷室祷告去了,只有门德尔一个人在市场晃荡。他帮着女仆们从井里打水,要不就在马厩里和马儿们厮混。门德尔刮了胡子,扔了他的流苏袍子[1],也不念祝福词。他把自己彻底地从犹太习俗中解放了出来。

---

[1] 犹太教男性会在衣服和祈祷披巾的四个角上缝上流苏。根据《摩西五经》中的训诫,佩戴流苏是为了提醒犹太人谨记他们的宗教义务。

他第一次出现在克雷谢夫的时候，有几个人对他感兴趣。有人主动来指导他。几个虔诚的女士警告他说，他这样最终会下到欣嫩子谷，被钉在钉床上。可是这个年轻人谁的话也不在乎。他只是噘起嘴唇，放肆地吹着口哨。要是有女人猛烈地攻击他，他会蛮横无理地咆哮着："哦，你这个上帝的哥萨克，你。反正，你去不了我的欣嫩子谷。"

他还会拿起随身带着的马鞭子，撩起女人的裙子。这立刻会引起骚乱和哄笑。那虔诚的女士就会发誓再也不和马车夫门德尔纠缠了。

他是个很异端的家伙，但这不影响他的漂亮。不，他是个十分漂亮的家伙：高大轻盈，双腿很直，窄窄的屁股，浓密的黑发有一点点卷曲，一点点扭结，上面总沾着些干茎、稻草之类的。他的眉毛浓密，在鼻子上方连成一片；他的眼睛漆黑，嘴唇厚实。至于穿着，他穿得像个异教徒似的，到处跑。他穿着马裤、靴子、短夹克，戴着一顶波兰礼帽，皮革做的帽舌被他推到后面，压得低低的，都快触到脖子了。他用树枝雕口哨，也会拉小提琴。他还有养鸽子的嗜好。他在雷布·布尼姆家的屋顶上建了一个鸽笼，有时你会看见他在屋顶上蹦跳着，用一根长长的树枝训练这些鸽子。虽说他也有自己的一间屋子和一张非常舒适的凳床，可他还是宁愿睡在草堆上。他心情好的时候，一觉能睡上十四个小时。有一次克雷谢夫起火了，火势大得大家都打算逃离镇子了。雷布·布尼姆家的人个个都来找门德尔，让他帮着收拾包裹，带着行李离开。可是哪儿也找不到门德尔。等到最后大火扑灭，喧嚣激动平息下来后，人们才发现他在院子里的一棵苹果树下鼾声大作，就像什么事儿也没有发生似的。

马车夫门德尔也不只是个瞌睡虫，他还喜欢追女人。不过他有一点倒还不错：他不会纠缠克雷谢夫的姑娘。他只是跟邻近村子的那些农家姑娘厮混。对那些女人来说，他的魅力简直无法抵挡。当地酒店里喝酒的那些家伙说，门德尔只要瞟一眼其中一个姑娘，立马就会把她给勾过来。据说不止一个姑娘去过他的阁楼。农民们自然不喜欢这家伙，他们警告门德尔，总有一天，他们要砍下他的脑袋。可他根本无视这些威胁。他在情欲中越陷越深。他跟着雷布·布尼姆去过的村子，没有一个村子没有他的"老婆们"和家庭。可以这么说，他一声口哨就有足够的魔力把某个姑娘召到他身边。不过门德尔却没有谈论过他征服女人的能力。他不喝酒，也不打架。他不跟克雷谢夫的那帮穷人——鞋匠啊，裁缝啊，桶匠啊，刷子匠啊这类人混在一起，他们也不把他当同类人。他甚至都不在乎钱。据说雷布·布尼姆就只管他的吃和住。但克雷谢夫的一个运畜车主提出要雇他，并且还要给他一份正儿八经的薪水时，他依旧忠于雷布·布尼姆一家。他显然不在乎当一个奴仆。他关心的只有他的马儿、他的靴子、他的鸽子，还有他的姑娘们。所以，镇上的人对他不抱希望。

"一个迷失的灵魂,"他们评价说,"一个犹太异教徒。"他们渐渐地习惯了他,宽恕了他。

3

订婚文书

丽丝十五岁的时候,人们开始猜测她会嫁给谁。希夫娜·塔玛尔病恹恹的,她跟雷布·布尼姆的关系也很紧张,所以,雷布·布尼姆决定跟女儿讨论这件事。一提到这个话题,丽丝就变得很害羞,回答说父亲觉得怎么好,她就怎么做。

"你有两种选择,"雷布·布尼姆在一次谈话中说,"一个是卢布林来的年轻人,他们家很有钱,但他不是个学者。另一个是华沙来的,是个真正的天才。不过我提醒你,他一个大子儿都没有。你说吧,闺女,决定权在你。你选哪个?"

"啊,钱啊,"丽丝轻蔑地说道,"钱有什么用?钱财可以失去,但知识不会。"说着,她垂下眼帘。

"那么,如果我理解得没错,你是喜欢华沙来的那个男孩子咯?"雷布·布尼姆一边说,一边捋着他那又长又黑的胡须。

"您最清楚了,父亲……"丽丝小声说道。

"还有一件事我得提醒你,"他接着说道,"那个有钱的人长得特别漂亮，个子高高的，金发。那个学者特别的矮，比你整整矮了一个头。"

丽丝抓着两条辫子，她的脸通红，很快又变得面色苍白。她咬着嘴唇。

"哎，你决定要哪个，女儿？"雷布·布尼姆问道，"你可别因为害羞不说话啊。"

丽丝变得结结巴巴的，她的双膝因为害羞而发抖。

"他在哪儿？"她问道，"我是说，他是做什么的？他在哪儿学习？"

"华沙的那个男孩？他是——愿上帝保佑我们——一个孤儿。他在罗斯米尔的耶希瓦学校学习。据说他能背诵整部《塔木德》，他也是个哲学家，一个喀巴拉研究者。我相信他已经在写迈蒙尼德[1]的评注了。"

"是。"丽丝含糊地应答着。

"这是不是说你要的是他？"

"只要您准许，父亲。"

然后，她双手捧着脸，跑出了屋子。雷布·布尼姆的目光追逐着她。她令他快乐：她的美丽、贞洁、智慧。她跟他比跟她母

---

[1] 迈蒙尼德（Maimonides，1135/1138—1204），中世纪最伟大的犹太哲学家，其代表作为《迷途指津》。

亲更亲近。尽管差不多已经长大成人，她还是会依偎着他，把手指插进他的胡须。星期五他去仪式澡堂前，她会给他把干净的衬衫准备好，在蜡烛点燃之前，他回家时，她会给他端上新出炉的面包和梅子汤。他从未听见她像其他女孩子那样高声大笑，她也从未在他面前打赤脚。安息日餐过后，他打盹儿时，她走起路来也轻手轻脚的，生怕吵醒了他。他生病的时候，她会把手放到他额头上，看看有没有发烧，还会给他带来各种药材，给他讲讲小道消息。雷布·布尼姆不止一次地嫉妒那个将来要娶她做老婆的年轻人。

后来有一天，克雷谢夫的人们得知那个可能做丽丝丈夫的人来到了镇上。那个年轻人自己驾着一辆马车来的，他住在奥泽拉比的家里。人们都很吃惊，他竟然是个骨瘦如柴的家伙，又小又瘦，留着凌乱的黑色鬈发，苍白的脸，尖尖的下巴上只有稀稀疏疏的几根胡须。长长的袍子一直垂到脚踝。他弓着背，走路很急，就像他不知道要去哪儿。年轻姑娘们挤在窗口，看着他经过。他到达读经堂的时候，男人们都来欢迎他，他也立刻聪明老道地开口细说。毫无疑问，这人天生就是城里人。

"啊，你们这里还真有大城市的味道。"年轻人说。

"没人称这里是华沙。"镇上一个男孩说道。

这个四海为家的年轻人笑了。

"一个地方跟另一个地方总是很像，"他指出，"只要在地球的表面,它们都一个样。"

说着,他开始随意地引用《巴比伦塔木德》和《耶路撒冷塔木德》[1],之后,他又用克雷谢夫镇之外的大世界发生的事情来取悦大伙儿。他自己跟拉齐维乌不熟,不过倒是见过他。他认识伪弥赛亚沙巴泰·泽维[2]的一个追随者。他还遇到过来自波斯古都苏萨[3]的一个犹太人和一个已经背教但暗地里偷偷研习《塔木德》的犹太人。好像这些还不够,他又开始拿最难猜的谜语来问那些围着他的人。他厌倦了这个游戏时,便拿黑希尔拉比的趣事逗乐。他还不知用什么办法透露出更多的信息:他会下棋;会运用黄道十二宫的十二个符号画壁画;会写希伯来的回文诗,能让你无论从前往后,还是从后往前读都是完全一样的意思。这还不算完,这个奇才,年纪轻轻的,就已经研究了哲学、喀巴拉,还是神秘数学的行家,甚至还能算出《密西拿》的"禁混种篇"中的分数来。不用说,他读过《光明篇》和《生命之树》[4],他了解《迷途指津》就像了解自己的名字一样。

他刚来克雷谢夫的时候衣衫褴褛,但是几天后,雷布·布尼

---

1 犹太教法典《塔木德》分《巴比伦塔木德》和《耶路撒冷塔木德》两种。
2 沙巴泰·泽维(Sabbatai Zevi,1626—1676),17世纪东欧犹太世界一场伪弥赛亚运动的领袖,他歪曲哈西德教义中"堕落是为了升华"——即与罪恶联系是彻底了解上帝的必要条件。其影响在犹太教内长期存在。
3 苏萨(Shushan),伊朗古城,遭巴比伦奴役的犹太人曾居住在这里,至今仍有伊朗犹太人的社区。
4 《光明篇》(Zohar)和《生命之树》(The Tree of Life)都是喀巴拉神秘主义的重要著作。

姆就给他配备了新的长袍、新鞋子、白袜子，还送给他一块金表。这个年轻人也开始梳理胡须，把鬓发卷起来。签署婚约文书前，丽丝没见着新郎，不过有人来报告说，他的学问多么了不得。她很高兴自己选的是他而不是卢布林的那个年轻男人。

订婚宴简直就像婚礼一般热闹。镇上半数的人都被邀请了。男人和女人们照例分开坐着，希勒米尔，这个准新郎做了极其聪明的演说，然后龙飞凤舞地签上了自己的名字。镇上几个最有学问的人试图和他讨论重要的问题，但他们在言辞和智慧方面远不是他的对手。庆典仪式期间，在晚宴开始之前，雷布·布尼姆打破了新郎和新娘婚前不能见面的习俗，让希勒米尔去了丽丝的房间，因为对律法的真正解释是：一个男人娶妻之前须与她见面。年轻人的长袍没有扣上扣子，露着丝质的背心和金表链。他脚蹬擦得锃亮的鞋子，头戴天鹅绒小帽，看上去像个通晓世故的人。他高高的前额冒着汗，脸颊绯红。他的一双黑眼睛局促不安又有点儿好奇地打量着周围，紧张得食指不停地缠着肩带上的一根流苏。丽丝一看见他就满脸通红。她之前听说他长得不怎么样，但在她眼里，他就是个帅哥。在场的女伴们也是这么看的。不知怎么的，希勒米尔变得好看多了。

"这就是你要娶的姑娘，"雷布·布尼姆说，"你没必要害羞。"

丽丝穿着一件黑色的丝质长裙，脖子上戴着一串专为这个订婚仪式准备的珍珠。她的头发在烛光下差不多成了红色，她左手手指上戴着一个刻着字母"M"字样的戒指。"M"是"祝福"（Mazeltov）一词的首字母。希勒米尔进门那一刻，她手里正拿着一块绣花手帕，可一看见他，手帕就从手里掉下来了。房里的一个女孩走过去，把手帕捡了起来。

"今晚真好。"希勒米尔对丽丝说道。

"美好的夏天。"新娘子和她的两个女伴答道。

"也许有点儿热。"希勒米尔评论道。

"是的，有点儿。"三个姑娘齐声答道。

"你觉得这是我的错吗？"希勒米尔问话的声音有些单调，"《塔木德》上说……"

可是希勒米尔还没来得及说下去，丽丝便打断了他。

"我很清楚《塔木德》怎么说的：驴子就是在塔慕兹月[1]也是冷的。"

"哈，一个《塔木德》学者！"希勒米尔惊奇地叫了起来，他的耳朵根子都红了。

谈话很快结束了，大家都拥到房间里来了。可是奥泽拉比不赞成新郎和新娘在婚礼前见面，他命令他们俩分开。这样，希勒米尔又一次被男人们包围，庆典一直续到黎明时分。

---

[1] 塔慕兹月（Tammuz），犹太历四月，相当于公历六至七月。

4

爱情

丽丝见到希勒米尔的那一刻，就深深地爱上了他。有时候她觉得他的脸在结婚前早就在自己的梦中出现过，有时候她又肯定他们前世已经结过婚了。真相就是，我，恶魔，为了进一步实施我的计划需要一份炽烈的爱情。

夜里，丽丝睡着时，我找到希勒米尔的灵魂，把它带到她那儿。他们俩谈话，亲吻，交换爱的信物。她一醒来就会想到他。她心里装着他的形象，对它说话，而她内心的这个影子也回应她的话。她向它袒露自己的灵魂，它安慰她，向她诉说她渴望听到的情话。她穿上衣服或是换上睡袍时，她幻想希勒米尔就在旁边。她感到害羞，也很高兴自己的皮肤白皙光滑。她有时会向这个幽灵提出那些从孩童时起就一直困扰着她的问题："希勒米尔，天空是什么？大地有多深？为什么夏天会热，冬天会冷？为什么到了晚上尸体会聚集在会堂做祷告？人怎么能看见恶魔？为什么在镜子里能看见自己的影像？"

她甚至想象希勒米尔一一回答了这些问题。她还向她心里的那个影子问了另外一个问题："希勒米尔，你真的爱我吗？"

希勒米尔向她保证说她的美无人能及。她白日做梦，梦见自己掉进了桑河里,希勒米尔救了她。她梦见自己被恶魔绑架了,他救了她。她的心里充满白日梦,爱情让她神魂颠倒了。

但是雷布·布尼姆一开始就把婚礼推迟到了五旬节后的那个安息日,所以丽丝不得不再等大半年。在烦躁无奈的等待中,她理解了可怜的雅各不得不再等七年才能娶到拉结的苦痛[1]。希勒米尔留在了拉比的家里,在光明节之前不能与丽丝见面。这个年轻的女孩儿经常站在窗口,想见他一面都难,因为从拉比家到读经堂不会经过雷布·布尼姆家。丽丝只能从那几个来看她的女孩子那儿得到有关他的消息。一个报告说他稍微长高了一点,另一个说他和其他年轻人一起在读经堂研习《塔木德》。另一个女孩注意到拉比的妻子显然对希勒米尔的饮食照顾不周,他都变瘦了。但是出于稳重,丽丝压抑着没有向朋友们详细打听。尽管如此,每次有人提到她爱人的名字,她就会脸红。为了让这个冬天过得快些,她开始为她未来的丈夫绣一个装护经匣的袋子和一块用来盖安息日面包的布。袋子是用黑色天鹅绒做的,她用金线在上面绣了一个大卫之星,还有希勒米尔的名字和日期。她还花了更大的功夫在那块桌布上绣了两块面包和一个酒杯。她用银线绣了"神圣安

---

[1] 《圣经·创世记》载,雅各为舅舅打工期间爱上了舅舅的二女儿拉结,但结婚时舅舅偷偷把大女儿利亚送进了雅各的房里。雅各要想迎娶他钟爱的拉结,不得不再为舅舅打工七年。

息日"[1]几个字,在桌布的四个角分别绣了牡鹿、狮子、豹子和鹰的头。她也没忘了把各种彩色珠子缀在缝合线上。她用穗子和流苏装饰四边。克雷谢夫的女孩们被她的手艺征服了,恳求让她们照她的花式做。

订婚改变了丽丝:她变得更美了。她的皮肤白皙细腻,她的双眼凝视着远处。她在家中无声地走动,如梦游者一般。有时她会没来由地微笑,有时在镜子前她一站就是几个小时,梳理着头发,对着镜子自言自语,像是被施了魔法。若是有乞丐上门,她会十分开心,非常亲切地施舍给他。每天饭后,她会到救济院去,给那些贫病交加的人们送去热汤和肉。那些不幸的人们会笑着祝福她:"愿上帝保佑你很快就能在自己的婚礼上喝到肉汤。"

丽丝总是在心里悄悄地说声"阿门"。

时间过得太慢,她常常在父亲的书房里浏览图书。她发现了一本叫作《婚礼习俗》的书,书里说新娘在婚礼前要净化自己,注意月经周期,并去仪式澡堂净身。书中也列举了婚礼的仪式,提到七个婚礼祝福的时间,劝诫丈夫和妻子要举止得体,尤其是妻子,要特别注意,里面的细节五花八门。丽丝发现这些东西特别有趣,她其实已经知道一些两性之间的知识,也看到过鸟儿及

---

[1] 据"摩西十诫"第四诫,犹太教奉每星期五晚至星期六的安息日为神圣的节日,有专门的安息日食物和盖安息日面包的布。

其他动物们的爱事。她开始认真思考在书上读到的东西,一连好些个晚上因为想得太多而彻夜无眠。她比以往更加羞怯,脸色绯红,极度兴奋。她的行为很是古怪,女仆们觉得她必定是被恶眼给种了蛊了,就念动咒语来医治她。每次一提到希勒米尔这个名字,也不管跟她有没有关系,她就脸红;只要有人朝她走过去,她就合上那本婚礼指南书——她一天到晚在读那本书。更要命的是,她变得焦虑,多疑,她很快就陷入了对婚期既盼望又害怕的境地。但是,希夫娜·塔玛尔一直在准备女儿的嫁妆。尽管与女儿不甚亲近,她当然也希望婚礼办得盛大隆重,让克雷谢夫的人们好多年都忘不掉这件事。

5

婚礼

婚礼的确十分隆重。卢布林来的裁缝给新娘子做了衣服。女裁缝们一连几个星期在雷布·布尼姆家给睡衣、女用内衣和女衬衫绣花、缝花边。丽丝的婚纱是用白色缎子做的,裙裾足足有四腕尺长。至于食物,厨子们烤的一块安息日面包差不多有一个人那么大,而且面包两头编了辫子状的花纹。克雷谢夫的人以前从未见过这样的面包。雷布·布尼姆真是不惜血本,他一声令下,羊、牛、鸡、鸭、鹅，还有被阉割的公鸡都给宰了来准备婚宴。也有从桑河捕捞的鱼和当地客栈老板提供的匈牙利蜂蜜酒和葡萄酒。婚礼那天，雷布·布尼姆要求克雷谢夫的穷人们都来赴宴，消息传出后，邻近村子的各类痞子也都跑到镇上来大吃大喝。桌椅板凳摆到了街上，乞丐们都吃到了安息日白面包、塞满肚子的鲤鱼、醋炖肉、姜饼和大杯的麦芽酒。乐师为流浪汉演奏，传统的婚礼小丑为他们表演。身着破衣烂衫的一大群人围成的一个个圆圈聚集在市场中心，舞蹈着，跳着欢快的吉格舞。人人都在唱着，吼叫着，声音震耳欲聋。到了晚上，参加婚礼的客人开始聚集到雷布·布尼姆家。妇女们穿着带珠子的上装，头上系着发带，穿着皮草，佩着各种珠宝。姑娘们穿上专为这场婚礼定制的丝质的连衣裙和尖头皮鞋。但是，裁缝和鞋匠根本无法完成所有订单，为此还引出了争斗。不止一个不幸的姑娘被迫留在家里，在丽丝的婚礼之夜窝在自家的火炉边号啕大哭。

  丽丝这天斋戒禁食，到祷告的时间，她忏悔了自己的罪。她就像是在赎罪日那天那样，捶打着胸口，因为她知道在自己的婚礼这天，所有的过失都可以得到宽恕。尽管她不是一个特别虔诚的人，有时候甚至对自己的信仰有过动摇，就像那些喜欢反思的人一样，然而在这一刻，她带着极大的热忱祈祷着。她也为那个在这一天结束时就会成为她丈夫的人祈祷。希夫娜·塔玛尔走进房间，看见她的女儿站在角落里，满含眼泪，双手握拳，捶打着胸口，她脱口而出："看看这姑娘！一个真正的圣徒！"她要丽丝别再哭了，否则待会儿站在婚礼华盖下面的时候，她的眼睛会显得又红又肿。

不过，相信我，让丽丝哭泣的可不是她的宗教热情。婚礼举行前的这么些日子我可没闲着。各种各样稀奇古怪的邪恶念头折磨着这姑娘。上一刻她害怕自己不是处女，下一刻她又会梦见自己正在失去少女贞洁，并因此痛哭流涕，害怕自己会受不了那痛苦。有时候她会感到羞耻，下一秒她又怕婚礼的晚上，自己会不会出汗太多，或者肚子痛、尿床，或者要遭受更不堪的羞辱。她也怀疑是不是有个对头给她施了蛊，她检查自己的衣服，寻找隐藏的结头。她想摆脱这些焦虑，但是她控制不了。"可能，"一次，她对自己说，"我只是在做梦，我根本就不是要结婚。又或者，我的丈夫就是个变成人形的魔鬼，婚礼不过是幻想的，那些客人都是些邪恶的鬼魂。"

这还只是她忍受的噩梦之一。她没有胃口，出现了便秘，虽然克雷谢夫所有的姑娘们都嫉妒她，可又有谁知道她经历的这些痛苦呢？

因为新郎官是个孤儿，他的岳父雷布·布尼姆就为他准备了全部服装。他给自己的女婿定制了两件狐狸皮的外套，一件是日常穿的，一件是安息日穿的；两件长袍，一件丝质的，一件缎子的；还做了一件棉布大衣、两件睡袍、几条裤子、一顶用臭鼬毛装饰的十三尖角的帽子，以及一条带三个装饰品的土耳其祈祷披肩。给新郎的礼物里还有一个刻着哭墙图案的银质香料盒、一个金色的香橼袋子、一把母贝柄的面包刀、一个象牙盖的香烟盒、一套绸面的《塔木德》和一本银封皮的祈祷书。在告别单身汉的宴席上，希勒米尔做了精彩的演说。首先，他提了十个看似十分简单的问题，然后他分别用一句话回答那些问题。但在这十个基本问题之后，他又反过来证明他提的这十个问题其实根本就算不上问题，他过去树立的学识渊博的形象荡然无存。他的听众们惊得哑口无言。

婚礼庆典我就不再啰唆了。不消说，拥挤的人群又唱又跳的，蹦来蹦去，就像通常的婚礼，尤其是镇上有钱人家嫁女的婚礼那样。几个裁缝、鞋匠想跟女佣们跳舞，却被赶跑了。几个客人喝醉了酒，跳起了吉格舞，一边叫着"安息日，安息日"。另外几个醉鬼唱着意第绪语歌谣："穷鬼能做什么餐，土豆罗宋汤……"乐师们拉着小提琴，喇叭吹得嘟嘟响，铙钹打得铿锵响，击着鼓，吹着长笛，拉着风笛。干瘪的老太婆们也拖着裙裾，帽子推到脑后，面对面，拍着手跳舞。她们的脸快要碰到一起时，立刻转头，跟发怒似的。旁边看的人笑得更欢了。希夫娜·塔玛尔照例抱怨着自己糟糕的身体（她的脚几乎不能从地板上抬起来），最后还是让一伙欢乐嬉戏的人推着表演了一支哥萨克舞和一支剪刀舞。就像通常的婚礼一样，我，大恶魔照例安排了嫉妒的吵闹、虚荣的显摆、吹牛浮夸和放纵的爆发。姑娘们跳水舞的时候掀起裙子，漏出脚踝，就像真的在蹚水似的，那些趴在窗口看热闹的登徒子们一边看着，一边情不自禁地意淫着。婚礼的小丑一门心思取悦大家，他为客人们唱了一首又一首爱情歌，就像是普珥节的小丑[1]那样，他一边朗诵《圣经》诗句，一边插科打诨，亵渎圣书。听到这些，姑娘和年轻的主妇们拍着手，兴奋地尖叫着。突然，一个女人尖利的叫声打断了狂欢。她的胸针掉了，急得晕了过去。大家四处搜寻，最后还是没有找到。过了一会儿，又起了更大的骚乱，原来一个女孩叫着说一个年轻人拿针刺她的大腿。喧闹过后，该跳贞洁舞了，随着舞蹈的进行，希夫娜·塔玛尔和伴娘领着丽丝到了一楼的洞房，房间用布帘和窗帘严严实实地遮蔽着，一丝光也透不进去。一路上，女人们给丽丝指导，教她该怎么做，让她见到新郎官时别害怕，因为上帝的第一条诫命就是要我们生养众多嘛。很快，雷布·布尼姆和另一个男人也领着新郎官来见新娘了。

不过呢，这一刻我不打算满足你们的好奇心，告诉你洞房里发生了什么，只消说说第二天早上希夫娜·塔玛尔走进洞房的情景就够了。她发现女儿藏在被子底下，羞得不敢跟她说话。希勒

---

[1] 普珥节（Purim），犹太传统狂欢节。其间要朗诵《圣经·以斯帖记》，旁边会有小丑捣乱，增加喜庆气氛。

米尔已经起床,去了他自己的房间。丽丝的母亲好一番哄骗之后,丽丝才允许她检查床单,那上面的确有血迹。

"恭喜啊,女儿,"希夫娜·塔玛尔惊叹起来,"你现在已经是妇人了,要和我们一起分享夏娃的诅咒[1]了。"

她一边哭泣着,一边张开双臂抱住丽丝的脖子,亲吻她。

6

奇特的行为

婚礼一结束,雷布·布尼姆就到林子里照看他的生意去了,希夫娜·塔玛尔则回到她的病床上,与药品为伴。读经堂的年轻人一直以为希勒米尔一旦结婚,就会成为耶希瓦学校的领头人,专心于社区事务,这对于一个奇才而且又是富人的女婿来说是很恰当的。但是,希勒米尔却没做这些事。他成了一个宅男。他似乎做不到早上按时去做晨祷,而且刚把最后一句"降临我们"念完,他就已经出了门,朝家里赶。晚祷之后,他也没想过要多待一会儿。镇上的女人们说希勒米尔晚饭过后就直接上床了。很明显,他卧室的绿色百叶窗大白天的还关着。雷布·布尼姆的女仆

---

[1]《圣经》记载夏娃因受蛇的引诱,与亚当偷吃禁果,女人当世世代代遭受生育的痛苦。

也在说，这对年轻夫妇行为太下流了。他们总在一起说着悄悄话，互相讲着秘密，一块儿念书，还互相叫着奇怪的绰号。他们还在同一个盘子里吃饭，就着同一个酒杯喝酒，像波兰的那些贵族青年那样手牵着手。有一次，女仆看见希勒米尔用一根腰带像套马似的把丽丝套起来，然后拿一根小枝条抽她。丽丝学着马儿的嘶声，迈着母马的步子配合他。女仆看见他们玩的另一个游戏是赢家去拉扯输家的耳垂，她发誓说这俩人玩这个无聊的游戏一直到他俩的耳朵都被扯得血红为止。

　　是的，这对夫妇很恩爱，他们的激情每天都在增加。他出门去祷告的时候，她就站在窗口望着他离开，就像他要出远门似的。等她回到厨房准备肉汤或是准备一盘燕麦的时候，希勒米尔会尾随着她，要不就马上叫住她，让她快点。安息日那天，丽丝在会堂连祷告都忘了做，光是站在格栅后面望着披着祈祷披肩的希勒米尔在东墙走动着，做着他的祷告。而他呢，也朝着妇女们这边望过来，瞥她一眼。他们俩的这些小动作也没少让那些毒舌妇们嚼舌头。不过，这倒一点儿也没困扰到雷布·布尼姆，他知道女儿女婿这么恩爱，甚是欣慰。他每次回家都会给他们带礼物。不过，希夫娜·塔玛尔却很不开心。她不赞成这种反常的行为，那些亲亲热热的咬耳朵，没完没了的亲吻、爱抚。在她父亲的家里，这样的行为从未有过，而且她也没见到一般人家有过这样的举止。她感到羞耻，开始责骂丽丝和希勒米尔。她受不了他们的行为。

"不，我可受不了，"她抱怨说，"一想到这个就让我恶心。"要不然她会突然叫起来："就是波兰贵族也不会这么当众出丑。"

但是，丽丝知道怎么还击她。

"雅各不也被允许表达他对拉结的爱吗？"博学的丽丝问她母亲，"所罗门王不也有一千后宫佳丽吗？"

"你竟敢拿自己跟这些圣人相比！"希夫娜·塔玛尔冲她喊叫，"你不配提他们的名字。"

实际上，希夫娜·塔玛尔自己年轻的时候，也不是什么循规蹈矩之人，但现在她却把女儿看得死死的，要她遵守所有的贞洁规矩，她甚至还陪着丽丝去仪式澡堂，确保丽丝按照规矩施行浸礼。星期五的晚上，母女俩经常吵架，因为丽丝很晚才点燃安息日蜡烛。婚礼过后，新娘子就把头发剃光了，戴上了传统的丝帕。但是希夫娜·塔玛尔发现丽丝的头发又长起来了，她又经常在镜子前坐下，梳理、编织着她的卷发。希夫娜·塔玛尔跟她的女婿说话也是唇枪舌剑的。她不满意他很少去读经堂，而是把时间消磨在果园和田间散步上。他明显显露出对食物的爱好，而且懒惰之极。他每天要吃烤牛香肠配油煎饼，他还让丽丝给他的牛奶里加蜂蜜。好像这还不够似的，他还让人把梅子炖汤、芝麻曲奇饼和葡萄干、樱桃汁送到他的卧室。夜里一回到房间，丽丝就会把房门锁了，希夫娜·塔玛尔听见这对小夫妻在说笑。有一次她觉得听见他们赤着脚在地板上跑,灰泥都从天花板上掉下来了,枝形吊灯也晃动起来。希夫娜·塔玛尔不得不派了一个女仆上楼去敲门,让这对年轻情侣安静点儿。

希夫娜·塔玛尔巴不得丽丝赶紧怀孕,经历生育的痛苦。她希望等丽丝当了妈妈,整天忙着哺育孩子,换尿布,孩子病了悉心照顾,这样她就会忘掉她的这些愚蠢行为。可是,几个月过去了,一点儿动静都没有。丽丝的脸色越发苍白,她的双眼里冒着奇特的火苗。克雷谢夫的人谣传说这对夫妇在一块研习喀巴拉[1]。

"太奇怪了,"人们相互咬着耳朵,"出了怪事儿。"

坐在门廊上补着袜子、纺着纱的老女人们没完没了地谈着这个有趣的话题。她们费力地竖着半聋的耳朵听着,义愤填膺地摇着脑袋。

7

房间里的秘密

现在我该揭开卧室里的秘密了。有些人是欲壑难填,而且,

---

[1] 喀巴拉神秘主义容易引人走火入魔。犹太教规定男子三十岁以后才可以学习,女子不允许接触喀巴拉。

他们还必须口若悬河,说着各种虚浮的话,让自己的心灵在激情中堕落。那些走上这条邪路的人终不免走向忧郁,进入四十九道不洁之门[1]。智者很早以前就已经指出,人人都知道为什么新娘站到婚礼华盖下,但是那用污言秽语脏了这一行为的人就失去了他在来世的位置。聪明的希勒米尔因为他的伟大学识以及他对哲学的兴趣,开始越来越深入地钻研"他与她"的关系。比如,他会在爱抚妻子时突然问道:"假如你选的是卢布林的那个人,而不是我,你觉得现在你会和他躺在一起吗?"这样的话起初令丽丝大为震惊,她会说:"可是我没有那么选啊。我选的是你。"可是,希勒米尔坚持要一个答案,他会不停地说,提出更加淫秽的问题直到丽丝最后不得不承认,如果她真的选了卢布林的那个人做她丈夫,她毫无疑问会躺在他的怀里,而不是跟希勒米尔躺在一起。就好像这还不够似的,他还会接着唠叨她,他要是死了,她会怎么办。"嗯,"他想知道,"你会再嫁吗?"丽丝坚持说,不,她不会对别的男人产生兴趣。希勒米尔会狡猾地反驳她,通过巧妙的诡辩瓦解她的信仰。

"看啊,你还这么年轻、漂亮。媒人会上门来,一遍遍给你提亲,你父亲也不会听你的话,让你一直单身。这样就会有另一个

---

[1] 四十九道不洁之门(Forty-nine Gates of Uncleanliness),哈西德传说,古代以色列人在埃及陷入了四十九道不洁之门。上帝在逾越节和住棚节之间的四十九天,把以色列从这四十九级不洁中提升。

婚礼的华盖，另一场庆典，你就会躺到另一张婚床上。"

丽丝徒劳地哀求他别再说这些了，她发现这个话题十分痛苦，而且毫无价值，因为未来是无法预测的。无论她怎么说，希勒米尔继续着他罪恶的谈话，这话题激起了他的激情，到最后她也变得享受起来。他们很快把大半夜的时间花在了悄声问答上，争论着谁也不知道答案的问题。这样，希勒米尔想知道她若是遇到沉船被抛弃在荒漠里，只有船长跟她在一起，她该怎么办；她要是跟非洲野人在一起，又能如何守身如玉；假如她被太监们抓住了，给带到苏丹的后宫，会怎样？假设她自己是以斯帖王后，给带到亚哈随鲁王[1]面前！而这还只是他想象的一小部分。她谴责他沉迷于这些无聊的事情，他就和她一起研习喀巴拉，学习男女之间亲近的秘密、婚姻的启示。他们在雷布·布尼姆的书房里发现了《生命之树》《天使拉结尔》和其他一些喀巴拉书籍，希勒米尔告诉丽丝在那天国里，雅各如何跟拉结、利亚、辟拉，还有悉帕交媾[2]，面对面的，屁股对着屁股的，还有神圣的天父和神圣的母亲如何交媾。那些书里有好多看上去亵渎神灵的语句。

这还不够，希勒米尔开始向丽丝揭露恶灵的力量。那些恶灵不只是魔鬼、幽灵、恶魔、小鬼、妖怪和鸟身女妖，他们还统治着

---

1 《圣经·以斯帖记》载，以斯帖（Esther）是波斯王亚哈随鲁的王后。
2 拉结、利亚、辟拉和悉帕是《圣经》中犹太人的族长雅各的几位妻妾。

上天，就像大卫王的儿子挪迦那样，是圣洁与肮脏的混合。他提出所谓的证据来证明邪恶的主人与流溢的世界[1]有关。希勒米尔话里的意思是上帝和撒旦实力相当，他们俩一直在较量，分不出胜负来。他的另一个论断是，根本就不存在所谓的罪，因为罪，就跟善行一样可大可小，如果将它高举，它就上升到高处。他向她保证说，一个男人与其毫无激情地做善事，还不如充满激情地犯罪。对与错，黑暗与光明，左与右，天堂与地狱，圣洁与堕落都是神性的形象。一个人无论下沉到哪里，他都在全能者的阴影下，因为除了他的光，无物存在。他讲这些的时候，花言巧语，巧舌如簧，他还举了那么多的例子来证明他的观点，到后来听他的话简直是一种享受。丽丝希望与他为伴，吸收这些启示的渴望越发强烈了。有时她觉得希勒米尔正在引诱她偏离正道，他的话把她吓坏了。她不再觉得自己是个女主人，她的灵魂像是被俘获了，她只能按照他的要求思考。可她没有抵御他的意志，她对自己说："不管发生什么，他令我去哪儿，我就去哪儿。"很快他就把她给控制了，她暗暗地顺从了他。他随意地统治着她。他要求她在自己面前脱得精光，像动物那样四肢着地，在地上爬，在他面前舞蹈，唱着他用半是希伯来语，半是意第绪语编的曲子，她都一一照办。

---

[1] 邪恶的主人，这里指撒旦。流溢的世界，喀巴拉神秘主义的重要概念，是含纳喀巴拉生命之树的四大世界的最高层的世界，也是纯神性的领域。

到这时候,已经很明显了,希勒米尔就是一个隐秘的沙巴泰·泽维的信徒。尽管沙巴泰这个伪弥赛亚已经死了很久,他的那些秘密信徒们却还四散在各地。他们在集市、市场会面,互相通过秘密的符号接头,因而能安全躲过那些要将他们开除教籍的犹太人的怒火。这个宗派里有好些拉比、教师、仪式屠宰师以及其他一些表面受人敬重的人。他们有些伪装成奇迹制造者,从一个镇子流浪到另一个镇子,发放护身符。在那些护身符里,他们写的不是上帝的圣名,而是不洁的狗啊,恶灵啊,女魔头莉莉丝,魔王阿斯摩太以及沙巴泰·泽维的名字。他们狡猾地设计这一切,只有他们一伙的才能鉴别出来。欺骗虔诚的人、制造浩劫给他们带来莫大的满足感。有一个沙巴泰·泽维的信徒到了一个地方,宣称自己是个术士,很快许多人来找他,带着便条,上面写着求助的内容,他们的问题和要求。这个虚假的奇迹制造者离开镇子之前开了个玩笑,把这些便条在市场散得到处都是,让镇上的无赖们捡到,让这些求助的人丢尽了脸。另一个邪教分子是个文士,他在护经匣里放的不是按照规定抄写在羊皮纸上的经文,而是粪便、羊屎蛋和一条让佩戴者亲吻文士屁股的建议。这个宗派的另外一些教徒则自虐,浸在冰水里,冬天在雪地上打滚,夏天捆上毒藤,从一个安息日禁食到下一个安息日。但是这些同样是堕落的行为。他们想方设法败坏《托拉》的原则和喀巴拉教义,他们以各自的方式向邪恶的力量致敬,而希勒米尔就是其中的一个。

8

希勒米尔与马车夫门德尔

有一天，丽丝的母亲希夫娜·塔玛尔去世了。七天的哀悼之后，雷布·布尼姆又回到自己的生意中，剩下丽丝和希勒米尔两个人。雷布·布尼姆在沃里尼亚的某个地方买了一大片林场，他在那儿养着马、牛，还雇了农民牵牛拉马为他工作，他走的时候，没有带上马车夫门德尔，这个年轻人就留在了克雷谢夫。这时候是夏天，希勒米尔和丽丝经常坐着马车穿过乡下，门德尔就为他们赶车。丽丝忙着的时候，两个男人就一块儿出去。松树清新的芳香让希勒米尔活力倍增。希勒米尔还喜欢在桑河里洗澡，他们会驱车到一个水比较浅的地方停下来让他下水享受，门德尔则在一旁守着他，因为希勒米尔最终会是整个庄园的主人。

这样，他们俩成了朋友。门德尔比希勒米尔几乎高了两个头。希勒米尔很仰慕马车夫接地气的本领。门德尔可以在水里仰泳或爬泳、踩水、徒手在溪水里抓鱼，还能爬上岸边最高的那棵树。希勒米尔连一头奶牛都怕，可门德尔呢，会赶一大群牛，也不怕公牛。他夸口说自己曾经在墓地待了整整一夜，说他打跑了那些袭击他的熊啊狼啊什么的。他还说自己战胜了一个来引诱他的响马。此外，他还会用横笛吹出各种曲调，能模仿乌鸦呱呱叫、啄木鸟啄树声、牛低吟、羊咩叫、小猫咪咪,以及蟋蟀的唧唧声。他的绝技把希勒米尔逗乐了,他很喜欢与门德尔为伴。门德尔向希勒米尔保证,要教他骑马。丽丝过去对门德尔不理不睬的,如今待他很是亲切,差他做各种事情,给他蜂蜜饼、甜的白兰地,她可是个亲切随和的年轻主妇。

有一次,两个男人在河里洗澡,希勒米尔注意到门德尔的体格,非常羡慕他的男性魅力:他的大长腿、窄窄的屁股、宽阔的胸膛,一身肌肉冒着力量。穿上衣服后,希勒米尔跟门德尔交谈。门德尔毫不掩饰地夸耀他跟那些农妇们的风流韵事,吹嘘他在附近村子勾引女人,跟她们生私生子。他还历数情妇们当中哪些出身贵族,哪些是镇上的女人,哪些是妓女。希勒米尔对此深信不疑。他问门德尔怕不怕将来遭报应,那年轻人回答说:"你对一具尸体还能做什么。"他不相信死后的生命。他继续说着异端的话。接着,他噘起嘴唇,吹起了尖利的口哨,灵活地爬上一棵树,敲下果子和鸟巢。他一边敲打,一边像狮子似的吼叫着,声音大得传出好几里地,在树林子里回响,就像是成千上万的邪恶精灵在回应他似的。

那天夜里,希勒米尔把白天发生的一切告诉了丽丝。他们把这件事越说越细,到最后两个人都兴奋起来。但是希勒米尔却没准备好满足妻子的欲望。他的热情大过他的能力,他们只好说些下流话来代替。希勒米尔突然脱口而出:"给我说实话,丽丝,我亲爱的,你会不会想和马车夫门德尔上床?"

"上帝拯救我们,这是什么邪恶的话?"她反驳道,"你发疯了吧?"

"嗯……他是个既强壮又英俊的年轻人,姑娘们都为他发疯……"

"你太无耻了!"丽丝叫道,"仔细脏了你的嘴!"

"我就爱污秽!"希勒米尔叫着,他的眼睛在发光,"我就这样一路走到邪恶主人的旁边!"

"希勒米尔,你让我害怕!"丽丝停顿了好久,才说,"你越陷越深了!"

"有什么事情不敢做的!"希勒米尔说着,膝盖颤抖着,"既然这一代人不可能彻底地纯洁,那就彻底地堕落吧!"

丽丝缩起身子,好长一段时间沉默不语。希勒米尔不清楚她究竟是睡着了,还是在思考。

"那么你是认真的了?"她探寻地问道,声音含混不清。

"对,认真的。"

"这不会让你发怒?"她问道。

"不……如果这能给你带来快乐,也会让我快乐。你可以事后再告诉我。"

"你这个邪教徒!"丽丝哭叫起来,"异教徒!"

"对,我就是!亚比雅的儿子以利沙[1]也是个异教徒!窥视葡萄园者必承担后果。"

"你引用《塔木德》上的话来应对一切事情——留心,希勒米尔!你要小心!你这是在玩火!"

"我爱火!我爱毁灭……我就想让全世界燃烧起来,让阿斯摩太来统治。"

"安静点儿!"丽丝喊叫道,"不然我要尖叫救命了。"

"你怕什么呢?傻姑娘?"希勒米尔安抚她,"想法又不是行为。我和你一起学习,向你展示《托拉》的秘密。你还是这么无知。你觉得上帝为什么命令何西阿娶一个妓女?[2]大卫王为什么要把拔示巴从赫梯人乌利亚[3]身边夺走,把亚比该从拿八[4]身边夺走?大卫王年老的时候为什么命人把书念的女子亚比煞[5]带到他身边?古代最贤明的人都犯通奸罪。罪就是清洗!啊,丽丝,亲爱的,我希望你能遵从心底的每一个念头。我只是为你的幸福着想……甚至就在我引导你走向深渊的时候!"

---

1 以利沙(Elisha),《圣经》中记载的公元前9世纪的先知,是先知以利亚的继承人。
2 《圣经·何西阿书》载,上帝命先知何西阿娶妓女歌篾为妻。
3 据《圣经·撒母耳记》记述,拔示巴是大卫王的下属军官,赫梯人乌利亚的妻子。大卫诱奸拔示巴使其怀孕,又借故杀死乌利亚,娶她为妻。上帝杀死了他们通奸而生的长子"以示惩罚"。他们后来所生的孩子就是著名的所罗门王。
4 亚比该(Abigail),大卫王的第二任妻子,原是富人拿八的妻子。拿八死后嫁给大卫。
5 大卫王年老体衰,近臣为他找来一个美貌的少女,来自书念这个地方的童女亚比煞给他暖被窝。见《圣经·列王纪上》。

他拥抱着她,爱抚、亲吻她。丽丝精疲力竭地躺着,被他的雄辩术给弄糊涂了。她身下的床在震动,四面的墙在摇晃,她好像就在一张罗网里摇摆着,而我黑暗之子则张开了网去接着她。

9

哈及的儿子亚多尼雅

奇怪的事情接踵而至。丽丝通常不怎么见到马车夫门德尔。他们过去的确也见面,但她很少注意到他。但自从那天希勒米尔跟她谈到门德尔,她似乎在哪儿都会遇见他。她走进厨房,发现他跟女仆在一块儿鬼混。遇见丽丝的时候,他会安静下来。很快她开始在哪里都见到他,在谷仓里、在马背上、在驱车去桑河的路上。他既不要马鞍也不用缰绳,像个哥萨克一样笔直地坐在马上。有一次,丽丝需要水,却找不到女仆,她便拿起水罐,自己到井边取水。马车夫门德尔一下子不知道从哪儿冒了出来,帮她汲水。一天晚上,丽丝在草地上散步(希勒米尔那天碰巧在读经堂),社区的那只老公山羊挡着她的路。丽丝想要从它旁边经过,可是她向右转,它却又来挡着她的路;等她向左转,它也跳到左边。同时,它还低下尖角,像要顶她似的。它突然后腿撑地起身,拿前腿抵着她。它的眼睛火红,着了魔似的燃烧着愤怒的火焰。

- 246 -

丽丝挣扎着想要摆脱，可是它比她的力气大多了，差点把她给掀翻了。她尖叫起来，就快晕过去了，这时突然响起一声尖锐的口哨和一阵噼噼啪啪的鞭子抽打声。马车夫门德尔出现在他们面前，看见他们缠斗，便拿起鞭子在公山羊的背上猛抽。打着厚厚结扣的皮带差点儿没把那畜生的脊背给打断。带着一声几乎窒息的咩叫，那山羊慌不择路地跑掉了。它的四条腿上长满了纠结卷曲的毛，看上去与其说是头山羊不如说是头野兽。丽丝吓得目瞪口呆。过了一会儿，她默默地盯着门德尔。接着，她摇摇头，像要从噩梦中醒来，说道："太感谢了！"

"这头愚蠢的山羊！"门德尔叫道，"它要再栽在我手里，我把它五脏六腑都给挖出来！"

"它想要什么？"丽丝问道。

"谁知道？有时候山羊会攻击人。可是它们总是攻击女人，从不攻击男人！"

"为什么呀？你在开玩笑吧？"

"没有，我说的是真的……我跟着主人去过一个村子，那儿有一头公山羊，经常等着那些从仪式澡堂回来的妇女，攻击她们。人家问拉比该怎么办，拉比就命令把那山羊给宰了……"

"真的吗？为什么一定要杀它呢？"

"这样它就再也不能顶女人了……"

丽丝再一次感谢他，觉得他的出现简直是个奇迹。那个年轻人穿着马裤和闪光的靴子,手拿鞭子,用一双狡黠中透着粗野的眼睛望着她。丽丝不知道自己该继续散步呢,还是回家,她很怕那只山羊,觉着它会报复。而那年轻人呢,似乎看透了她的心思,提出来护送、保护她。他像个卫兵似的走在她后面。过了一会儿,丽丝决定回家。她的面庞火辣辣的,她感觉到门德尔的目光盯着她,她双脚的脚踝碰到了一起,绊了一下,眼前金星直冒。

后来等希勒米尔回到家,丽丝想立刻把发生的一切告诉他,但她忍住了。直到晚上熄灯之后,她才告诉他。希勒米尔惊讶万分,他细细地盘问丽丝。他亲吻她,安抚她,这件事好像令他特别开心。他突然说道:"那头该死的公山羊想要你……"丽丝问:"一头羊怎么可能想要女人?"他解释说,像她这样的大美人,就连山羊也会发情。同时他也赞扬马车夫的忠心,说他的适时现身绝不是偶然,而是一种爱的表现。他会为她赴汤蹈火。丽丝正在想希勒米尔怎么会知道这些,他保证会向她透露一个秘密。他命令她照着古老的习俗,把她的一只手放到他的大腿下,要求她绝不把这事透露出去。

她恳求他解释。他开口道:"你和那马车夫都是灵魂转世,你们源于同一个精神源头。你,丽丝的前世是书念的女子亚比煞,而他的前世是哈及的儿子亚多尼雅[1]。他渴望得到你,便叫拔

---

[1] 亚多尼雅(Adonijah),大卫王的第四子,其母叫哈及。亚多尼雅请王后拔示巴向所罗门王求要父亲大卫晚年的侍妃亚比煞,为所罗门所杀。

示巴去向所罗门王请求，这样他便可以娶你为妻。可是按照律法，你本是大卫王的遗孀，亚多尼雅的愿望便是死罪，祭坛的角不会保护他[1]。他被带走，杀死了。可是，律法只适用于躯体，却管不住灵魂。所以，当一个灵魂渴望另一个灵魂的时候，天国的裁决就是，除非欲望得到满足，否则他们将永无宁日。书上写着，只有当所有的激情都圆满了，弥赛亚才会降临。所以，弥赛亚降临前的历代人将会陷入彻底的肮脏败坏中。某一灵魂的欲望若是在今生得不到满足，它就不断地转世轮回，你们两个人就是这种情况。你二人的灵魂已经赤身裸体流浪了近三千年了，还是无法从它们诞生的地方进入流溢的世界。撒旦的力量一直不允许你二人相遇，因为一旦相遇就会得到救赎。所以他是王子的时候，你就是女仆；你是公主的时候，他就是仆人。此外，你二人隔着千山万水。当他驶向你的时候，恶魔制造风暴，使船沉没。还有许许多多的阻碍，你们陷入深重的悲哀。如今你二人在同一屋檐下，但因为他是个无知的人，你便避开他。事实上，圣灵进入了你的身体，在黑暗中哭喊，渴望着结合。而你是个已婚的妇人，只有一种实现清洁的方式，那就是通奸。所以，雅各与两姐妹结合，犹大与他的儿媳妇他玛躺在一起，流便爬上了他父亲的

---

[1] 《圣经》中祭坛的几个角是逃犯的庇护所。抓住祭坛角的人可以获得庇护。

妾辟拉的床，何西阿娶了妓女做老婆[1]，而且其他的人也是这样。要知道，那山羊也不是普通的羊，那是个魔鬼，是撒旦自己的一个分身，当时若不是门德尔赶到，那畜生就会——老天难容——伤害了你。"

丽丝问他，希勒米尔是不是也是转世而来，他说，他自己是所罗门王，他返回地球来抵消他前世所犯的错误，因为他杀了亚多尼雅，犯了罪，他无法进入天国里他的大厦。丽丝问他错误被纠正之后会发生什么，他们是不是都得离开地球？希勒米尔回答说他和丽丝会在一起生活很久，但他没有提到门德尔的未来，暗示那个年轻人在世上的日子会很短。他以喀巴拉神秘主义者（对他而言，没有什么秘密可言）武断的、不容置疑的口气做出上述声明。

丽丝听到这些话，身子哆嗦了一下。她躺在那儿，发愣。丽丝熟悉《圣经》，过去常常对亚多尼雅，大卫王那个犯了错误的儿子充满同情。他渴望得到父亲的小妾，想要登上王位，最终却因自己的反叛掉了脑袋。每每读到《列王纪》的这一章，她不止一次地洒下同情的眼泪。她也同情书念的女子亚比煞，这个全以色列境内最美丽的少女，虽然与国王没有过夫妻之实，却被迫守寡

---

[1] 这里涉及《圣经》中的几对男女：犹太族长雅各娶了利亚和拉结两姐妹；雅各的第四子犹大因违背当时的婚俗，在两个儿子死后，不肯让儿媳与最小的儿子结合，被儿媳设计同房，生下一对双胞胎；雅各的长子流便与父亲的妾辟拉发生了性关系；上帝命先知何西阿娶了妓女为妻。

一生。她万万没想到,她,丽丝竟然就是书念的女子亚比煞,而亚多尼雅的灵魂竟住在门德尔的身体里。

她在想象中幻想着门德尔,她突然意识到门德尔真的很像亚多尼雅,她觉得这太离谱了。她现在明白了他的眼睛为什么那么黑,那么奇特,他的头发那么浓密,为什么他总躲着她,为什么他总是远离人群,为什么他凝视她的时候,带着那样的欲望。她开始想象自己可能还记得作为书念女子亚比煞的前尘往事,亚多尼雅赶着战车经过王宫的宫殿,前面跑着五十个男人。她虽然侍奉着所罗门王,却有一种想要献身给亚多尼雅的强烈冲动……希勒米尔的解释像是给她解开了一个深奥的谜,释放出她心里埋藏已久的一连串秘密。

那天夜里,这对夫妇没有睡觉。希勒米尔躺在她身边,他们悄悄交谈着直到天亮。丽丝提问,希勒米尔有理有据地回答她,因为我们这类人是出了名的口齿伶俐,而她天真无邪,什么都信。就算是个喀巴拉神秘主义者也有可能被哄骗得相信这些话竟然是活生生的上帝之语,相信先知以利亚竟然会在希勒米尔面前现身。希勒米尔被自己的话刺激得兴奋起来。他摇头晃脑,浑身抽搐,牙齿咯咯响,就像得了热病一样,他身下的床晃动着,汗水浸湿了身子。丽丝意识到自己命中注定要做什么,而希勒米尔那边她又不得不服从的时候,她伤心地恸哭起来,泪水打湿了枕头。希勒米尔安慰她,爱抚她,向她透露了喀巴拉最隐秘的秘密。天亮时,她躺在床上,恍恍惚惚,她力气殆尽,了无生气。就这样,一个虚假的喀巴拉神秘主义者的力量和沙巴泰·泽维信徒的堕落话语让一个端庄的妇女偏离了正道。

事实是,希勒米尔这个恶棍自己设计了这么个奇特的想法来满足他自己堕落的激情。他因为太多的思考变得越来越堕落,令他满足的东西会让普通人大吃苦头,过度纵欲令他变得无能。那些理解人性复杂的人知道,快乐与痛苦、丑陋与美丽、爱与恨、仁慈与残酷,以及其他相互冲突的情感常常是混合的,相互之间难分难解。所以,我不但可以让人偏离造物主的正道,而且还能毁了他们自己的身体,一切都是以某种想象的动机为名。

10

忏悔

那年的夏天,又干又热。玉米歉收,农民们在收割时,他们的歌声像在哭泣。玉米长势不良,半是枯萎。我从桑河对岸引来了蝗虫和鸟儿,农夫们辛苦种出的东西都让昆虫给吞噬了。好多奶牛干瘪了,大概是受了女巫的诅咒。在离克雷谢夫不远的鲁科夫村,有人看见一个女巫骑着铁环,挥舞着扫帚。她的前面跑着一个长着黑色卷发、浑身是毛、拖着尾巴的东西。面房的磨工们抱怨小妖把魔鬼的粪便撒到了面粉里。一个牧马人夜里在沼泽地附近照看他的马儿,看见天空盘旋着一个东西,戴着一顶荆棘的冠冕[1]。基督徒们说,这是他们的末日审判快要到来的征兆。

此时正值厄路尔月[2]。树叶得了枯萎病,从树上飘落,在风中打着旋,飞舞着。太阳的热度混合着冰冻之海上吹来的凛冽的风。迁徙到遥远国度的鸟儿们在会堂的屋顶上开会,叽叽喳喳,用鸟儿们的语言辩论着。傍晚,蝙蝠飞扑,姑娘们不敢出门,如果一只蝙蝠缠住了谁的头发,那人就活不过这一年。通常一年的这个季节,我的门徒幽灵们便开始了恶作剧。孩子们染上了麻疹、天花、痢疾、喉头炎、皮疹,母亲们尽管采取了通常的保护方法,测量坟墓,点燃纪念蜡烛,她们的孩子还是夭折了。在祈祷室,羊角号一天要吹响几次。众所周知,吹起羊角号,就是要把我赶跑,因为我听见号角响起,就会以为弥赛亚来了,上帝——当称颂他的名——就会来灭了我。可是我的耳朵还没有迟钝到分不清大肖法号[3]和克雷谢夫羊角号的声音。

所以你看,我保持着警觉,为克雷谢夫的人们安排了一件不会让他们轻易忘却的乐事。

那天是星期一的早晨做晨祷的时候。祈祷室里挤满了人。会

---

[1] 耶稣被钉上十字架前,被人戴上用荆棘做的王冠。
[2] 厄路尔月(Elul),犹太历十二月,公历八至九月。
[3] 大肖法号(Great Shofar),犹太历新年期间以及赎罪日结束时吹的羊角号。

堂执事正打算取出《托拉》经卷。他已经拉开了约柜[1]前的帘子，打开了约柜的门，这时候整个房间起了骚乱。祈祷的人们盯着那噪声传出的地方。希勒米尔撞开门，冲了进来。他的样子令人吃惊。他穿着破烂的斗篷，衬里给撕开了，衣服的翻领也扯下来了，就像是在哀悼期。他又像是在阿布月九日[2]那样，穿着袜子没穿鞋，而且他的腰带上缠着的不是腰带而是绳子。他的脸色苍白，胡须乱蓬蓬的，耳边的鬓发歪斜着。祷告者们简直不敢相信自己的眼睛。他很快走到铜水盆边，净了手。然后他走到读经的桌子边，用手敲打着桌子，颤抖着声音哭喊道："伙计们啊！我带来了邪恶的信息！……可怕的事情发生了。"祈祷室突然之间安静下来，纪念蜡烛的火苗噼啪爆裂着。这时候就像是暴风雨来临前的森林，沙沙声穿过人群。大家纷纷挤到诵经台前。祈祷书掉到地上，可没人弯腰捡起来。年轻人爬上了条凳和桌子，桌上摆着神圣的祈祷书，可没人把它们挪开。在妇女们的区域，起了一阵骚乱和混乱的脚步声。女人们朝格栅那儿挤过去，看看下面男人们那边发生什么事情了。

年老的拉比，雷布·奥泽那时候还活着，用铁腕统治着他的

---

1 约柜（Holy Ark），犹太会堂中置于圣坛上最神圣的地方的柜子，用皂荚木所制，里外包金，《托拉》经卷就放在里面。
2 阿布月（Ab，公历七至八月）九日，又称悲哀日，犹太教徒要禁食一整天，赤脚，头上撒灰，纪念耶路撒冷圣殿被毁，也纪念历代遭受迫害的犹太人。

会众。尽管他不希望中断祷告仪式,但这会儿还是从东墙边,他戴着祈祷披巾和护经匣祷告的地方朝这边转过身来,愤怒地吼道:"你想干什么?快说!"

"伙计们,我是个罪人!一个教唆别人犯罪的罪人。就像尼八的儿子耶罗波安!"希勒米尔大喊大叫,捶打着胸口,"你们当晓得我逼迫我的妻子犯了通奸罪。我要坦白一切!我要坦诚我的灵魂!"

他话说得平稳,但他的声音却有回声,就好像这大厅现在空无一人似的。会堂里女人们的区域里发出类似笑声的声响,接着又变成低低的哀号,就像在赎罪日前夜的晚祷时听见的哀哭声一样。男人们似乎石化了。不少人觉得希勒米尔定是失去理智了,其他人其实早就听到风言风语了。过了一会儿,雷布·奥泽——他其实老早就怀疑希勒米尔是沙巴泰·泽维的秘密追随者——颤抖着双手把祈祷披巾从头上取下,披在肩上。他那张布满白胡子和鬓发的老脸变得像僵尸一般蜡黄。

"你干了什么?"这个族长嘶哑的声音里充满了不祥之兆,"你妻子跟谁犯了通奸罪?"

"跟我岳父的马车夫,门德尔……都是我的罪……她本不想做的,可是我说服了她……"

"你?"雷布·奥泽差点就要朝希勒米尔扑上去了。

"是的,拉比——是我。"

雷布·奥泽伸出手臂去抓一小撮鼻烟,好像要以此增进他耗费的精神,可他的手颤抖着,鼻烟从手指间滑落。他的双膝颤抖,他强撑着没有倒下去。

"你为什么要这么做?"他有气无力地问道。

"我不知道,拉比……什么东西控制了我!"希勒米尔喊叫着,他瘦弱的身子像是在收缩,"我犯了大错……大错啊!"

"错误?"雷布·奥泽问道,抬起一只眼睛。看上去那一只眼睛里带着不属于这个世界的笑意。

"是的,一个错误!"希勒米尔说着,绝望而迷茫。

"哦,哎——犹太人啊,一团火喷涌而出,来自欣嫩子谷的火啊!"一个留着漆黑的胡须和长长的未曾修剪过的鬓发的男人突然叫了起来,"就因为他们,我们的孩子正在死去!天真无邪,还不知道什么是罪孽的婴儿啊!"

一提到孩子,妇女们那边响起了恸哭声。是那些母亲们想起了自己失去的幼儿。克雷谢夫是个小镇,消息很快传开了,跟着就是可怕的兴奋。男女混杂在了一起,护经匣掉了一地,祈祷披巾扯散了。等到大家安静下来,希勒米尔又开始坦白。他讲了自己还是孩子的时候,如何加入沙巴泰·泽维那个宗派的队伍里,他如何跟同门一起研习,他如何接受了过度堕落意味着更大的圣洁,邪恶者越是邪恶,离救赎的日子就越近的教育。

"伙计们啊,我是以色列的叛徒!"他哀哭着,"一个绝对邪恶的异教徒，一个拉皮条的人！我私底下亵渎了安息日，我就着牛奶吃肉[1]，忽视了祷告，亵渎了我的祈祷书，沉溺于各种不义之事……我强迫我的妻子通奸！我哄骗她相信那个流浪汉，马车夫门德尔，是哈及的儿子亚多尼雅，说她自己是书念女子亚比煞，还说他们两人只有通过交媾才能获得救赎……我甚至让她相信通过犯罪便能行善！我犯了罪，我没了信仰，我说话卑鄙下流，我行邪恶之事，我专横自大，传播邪恶。"

他尖声哭喊着，一下下地捶打着胸口。"朝我吐口水吧，犹太人……鞭打我吧！把我撕碎吧！审判我吧！"他叫道，"让我去死，以惩罚我的罪过吧。"

"犹太人啊，我不是克雷谢夫的拉比，而是所多玛的拉比！"雷布·奥泽喊叫起来，"所多玛和蛾摩拉[2]！"

"哦啊——撒旦在克雷谢夫舞蹈！"那个黑胡子的犹太人哀号着，双手拍打着脑袋，"毁灭者撒旦啊！"

那人说得没错。那一天和接下来的晚上，我统治了克雷谢夫。那一天无人祷告，也无人读经，没人吹响羊角号。沼泽里的青蛙呱呱叫着："不洁！不洁！不洁！"乌鸦预告着邪恶的信息。社区的那头公山羊发疯了，袭击了一个从仪式澡堂回家的女人。每家

---

1 犹太教饮食法规定，牛奶与肉不能同时吃。
2 所多玛和蛾摩拉，《圣经》中因其居民罪孽深重被上帝所灭的两座古城。

的烟囱里都有一个恶魔在盘旋，每个女人身上都有一个妖怪在说话。一群乌合之众朝她家跑去的时候，丽丝还躺在床上。他们用石块打碎了窗户，便冲进她的卧室。丽丝看见这帮人时，脸色白得像身下的床单。她请求让她穿上衣服，但他们撕碎了她的床单，把她身上的丝质睡衣扯成了碎布条，她就这样衣冠不整，赤着脚，身上挂着布条，光着头，被拖到了拉比的家。那个年轻人门德尔，到一个村子去了几天刚回来。他还没弄明白怎么回事就被一群屠宰场的小伙子抓住了，用绳子绑了，毒打一顿，给带到会堂前厅的社区监狱里了。因为希勒米尔是主动忏悔，他只是脸上挨了几拳就被放过了。但他主动要求趴在读经堂门槛上，让每个进出的人朝他吐口水，从他身上踩过，这是对通奸罪的第一种惩罚。

11

惩罚

那天深夜，雷布·奥泽坐在审判室里，和仪式屠宰师、托管人、镇上的七位长者以及其他一些受人尊敬的居民，一起听犯罪者的罪行。百叶窗关死了，门也锁上了，但好奇的人们还是聚在一起，会堂执事不停地出来把他们赶走。要想把希勒米尔和丽丝交代的那些令人羞耻的堕落行为详详细细地讲出来太费时间了，我只复述几个细节。大家都以为丽丝会痛哭流涕，声明自己无知受骗，或者就直接昏厥过去，但她却镇定自若。她清醒地回答拉比提出的每一个问题。她承认了自己与那个年轻人的奸情，拉比问她，这样一个优秀而聪慧的犹太女儿怎么会做出如此丑陋的行为，她回答说全是她的错，她犯了罪，愿意接受任何惩罚。"我知道我已经放弃了今生和来世，"她说，"我已经没有希望了。"她说话的时候平静得就当这一连串的事件就是寻常事件，这让在场的人大为惊讶。而后拉比问她是不是爱上了那个年轻人，或者她是受到强迫才犯的罪，她回答说她的行为都是自觉自愿的。

"或者是有邪恶的精灵蛊惑了你？"拉比暗示道，"还是你被施了魔咒了？或者是什么黑暗的力量迫使你的？你有可能处在恍惚状态中，忘了《托拉》的训诫，忘了自己是个正派的犹太女儿了？如果真是这样，千万别否认！"

但丽丝坚称自己不知道什么邪恶精灵、恶魔、魔法或幻觉之类的东西。

其他男人进一步询问，问她是不是在她的衣服上发现过结头，或是在头发里找到过发团，在镜子上发现黄色的斑点，在她身上发现过青一块紫一块的瘢痕，她宣称自己从未发现过这些。当希勒米尔坚持说他教唆她犯罪，说她心灵纯洁时，她低下头，既不承认也不否认。当拉比问她是否后悔自己犯下的罪过，她起初沉默不语，后来说："后悔有什么用？"而后又补充说："我希望按照律法来审判我——不必留情。"然后,她沉默不语,很难再让她吐出一个字来。

门德尔坦白说他睡了丽丝,主人的女儿,许多次;她去他的阁楼找他,在花园的花坛之间苟合,他也到她自己的卧室去过几次。尽管他挨了打,衣服被撕成了碎布条,他依然一副目中无人的样子,就像书里写的:"罪人站在欣嫩子谷的门前也不忏悔……"而且他还说着张狂粗野的话。一个颇受人敬重的居民问他:"你怎么能干这种事?"门德尔咆哮着:"为什么不能?她可比你老婆强多了。"

同时,他也谩骂这些审判他的人,骂他们是贼、贪吃鬼、放高利贷的,说他们卖东西缺斤短两。他还诋毁他们的老婆女儿。他告诉镇上的一个名人说,他老婆身后拖着脏东西,说另一个名人气味太臭,连他老婆都受不了,不愿跟他躺在一张床上。他说了好多这些人的坏话,气焰嚣张,极尽嘲讽谩骂。

拉比问他:"你就没有恐惧吗?你不指望永生了吗?"他答道,死人和死马没有分别。那些人被激怒到了极点,又开始抽打他。挤在外面的人听见他的咒骂,而丽丝则捂着脸,抽泣着。

希勒米尔因为主动坦白了他的罪孽,并准备立刻以苦行赎罪,得到了赦免,有些人甚至已经对他好言宽慰了。在法庭审理开始前,他又一次讲述了沙巴泰·泽维的门徒们如何在他还是孩子的时候,让他深陷迷网,他如何偷偷研读他们的书和手稿,从而相信一个人在污秽中陷得越深,就越靠近世界末日。拉比问他为什么没有选择其他的罪，而是通奸，是不是深陷罪恶的男人愈加希望自己的妻子被玷污？他回答说，这种罪给他带来快乐。丽丝离开门德尔的怀抱，回到他身边的时候，他们就会做爱，他会详细询问所有的细节，这给他带来的满足胜过他亲自参与。一个居民评论说这种行为是反常的，希勒米尔回答说事情就是这样，总是这样。他说到了丽丝和门德尔在一起很多次，并且开始拒绝他的时候，他才意识到他正在失去自己的爱妻，他的快乐变成了深深的悲哀。他后来企图让她改变，但是已经太晚了，她爱上了那个年轻人，渴望他，日日夜夜谈的都是他。希勒米尔还透露说，丽丝给门德尔送礼物，从她自己的嫁妆里拿钱给她的情郎，后者拿钱给自己买了一匹马、一副马鞍子和各种马饰。后来有一天，丽丝告诉他，门德尔劝她离婚，和他一起私奔到外国去。希勒米尔还透露了很多。他说这件事情发生之前，丽丝对他很忠诚，可是这件事情发生之后，她开始用各种谎言和欺骗为自己开脱，到最后，她不再告诉希勒米尔她和门德尔在一起的情况。这些话引发了辩论，甚至暴力。听到这些，在场的人都震惊了。难以想象，像克雷谢夫这样的小镇竟然隐藏着这样可耻的行为。社区的许多人害怕整个小镇会受到上帝的报复——但愿这不是真的——会有旱灾、鞑靼人的袭击或者洪水。拉比说他会立刻宣布大家一同禁食。

拉比担心镇上的人会袭击这些罪人，甚至引起流血冲突，就和镇上的长者一起把门德尔关进监狱，一直关到第二天。丽丝在丧葬协会女人们的监护下被领到救济院,为了她自身的安全,把她锁在一间单独的房子里。希勒米尔留在了拉比的家里。他拒绝睡床,而是趴在柴房的地板上。在咨询了镇上的长者后,拉比给出了他的裁决。第二天,罪人们要游街示众,以示对那些抛弃上帝的罪人的羞辱。然后希勒米尔与丽丝离婚,按照律法,现在禁止丽丝与他接近,而丽丝也不能与马车夫门德尔结婚。

第二天一大早,判决就下达了。男女老少开始在会堂的庭院里聚集。逃学的小孩子爬上读经堂的屋顶和会堂里妇女祷告区的阳台,好看得更真切。爱搞恶作剧的家伙搬来了折梯和高跷。会堂执事警告他们观看时要严肃,不可以嬉笑打骂,可那些人还是插科打诨不断。这段时间正是节日前最忙的季节,女裁缝们还是放下手上的活,幸灾乐祸地来看那个富人女儿的堕落。裁缝、补鞋匠、补桶匠、猪鬃梳匠成群结队,嘻嘻哈哈,互相推搡着,跟女人们调情。受人尊敬的姑娘们头上戴着打褶的披巾,就像参加葬礼那样。妇女们围着两条围裙,一条拴在前面,一条拴在后面,好像她们是来参加驱魔仪式的,又像是来参加利未婚仪式的。做生意的关了店门,做手艺的离开了他们的工作台,就连那些基督徒也来看犹太人惩罚他们的罪人。所有的眼睛都盯着那座古老的会堂,罪人们将从那里被领出来,遭受公开的羞辱。

橡木做的大门砰的一声打开了,围观的人群跟着发出一声轰响。屠宰师领着门德尔出来了,他双手被捆着,上衣扯得稀烂,

- 262 -

头上戴着一顶便帽的里子，前额留着一条瘀斑。未修面的下巴上出现了一层黑黑的胡茬。他傲慢地面对着众人，噘起双唇像是要吹口哨。屠宰师们把他的双手绑得紧紧的，因为他企图逃跑。人群里响起了嘘声。希勒米尔已经主动忏悔了，而且法庭的裁决也赦免了他，但他还是要求受跟他们两人一样的惩罚。他一出现，人群里就响起了口哨声、喊叫声和笑声。他变得简直认不出来了：他脸色惨白，没穿长袍，一件流苏袍子和破布条似的裤子挂着身上；他一边脸颊肿着；没穿鞋，袜子漏着洞，露出脚趾。人们把他放在门德尔旁边，他站在那儿，弓着腰，僵硬得像个稻草人。看到这里，许多妇女哭了起来，就像在哀悼死者。有些人抱怨镇上的长老们太过残酷，说要是雷布·布尼姆在的话，定不会允许这样的事情发生。

丽丝许久都没有出现。大伙儿巨大的好奇心引来好一阵拥挤。妇女们激动中把盖头帕给挤掉了。当丧葬协会的女人们护送着丽丝出现在门口的时候，人群似乎呆住了。每个喉咙里都发出了一声哭叫。丽丝的服装没变，但是她的头上顶着一个布丁盆，脖子上挂着一串大蒜和一只死鹅，她一只手里拿着一把扫帚，另一只手里拿着鹅毛掸子。她的腰上捆着一根草绳。显然，丧葬协会的女人们想方设法要让这个高贵而富有的家庭出身的女儿遭受最大程度的羞辱和贬斥。按照裁决，罪犯们要被领着走过镇上所有的街道，在每家房前停下，每个男女都可以朝他们吐口水，辱骂他们。游行的队伍从拉比家开始,一路朝着社区里最贫穷低贱的人家走去。许多人害怕丽丝会倒下,坏了他们的兴致,可是她显然下决心接受最痛苦的惩罚。

对克雷谢夫镇而言,这个厄路尔月的中旬就像是奥默节。宗教学校的小孩子们拿着松果、弓箭,从家里带了吃的,整天在外面疯跑,尖叫着,像山羊似的咩咩叫着。家庭主妇们炉子也不生了,读经堂里空无一人,就连救济院里那些生病的、受穷的人们也出来参加这个黑色的节日。

家里有孩子生病的,或是还在遵守七日哀悼仪式的女人们跑出来痛骂这些罪人。她们紧握双拳,哭喊着,哀号着,诅咒着。她们害怕马车夫门德尔,那家伙动不动就报复,她们也不真的恨希勒米尔,因为觉得他是脑子糊涂了,这些女人们把愤怒发泄在丽丝身上。尽管会堂执事警告过不能使用暴力,但有些女人还是在捏她,虐待她。一个妇女朝她泼了一桶污水,另一个拿鸡的内脏朝她扔去。她的身上泼满了各种黏黏糊糊的东西。因为丽丝讲了山羊的故事,并说它让她想起了门德尔,镇上爱搞笑的人就抓了这头公山羊,拖着它跟在游行的队伍后面。有的在吹口哨,有的唱着嘲讽的歌谣。丽丝被称作"娼妇""淫妇""荡妇""婊子""妓女""卖肉的""蠢驴""情妇""母狗",等等。拉小提琴的、击鼓的、敲钹的跟在队伍后面演奏着婚礼进行曲。一个年轻男人假装成婚礼的小丑,高声朗诵下流、粗俗的诗句。押送丽丝的女人们试图迁就她,

- 264 -

安慰她，因为这个游行就是给她赎罪的，赎了罪，她就可以重获体面了。但是她不做回应。没人看见她流过一滴眼泪，她也没有松开她手里的扫帚和鹅毛掸子。我觉得门德尔值得赞扬，他也没有反抗折磨他的人。他一路走着，沉默无语，对所有的虐待不做任何反应。而希勒米尔呢，从他的脸上很难看出他是在笑还是在哭。他跌跌撞撞地走着，不时地停下来，直到有人推他一把，才又往前走。他开始一瘸一拐地走。因为他只是让他人犯罪，自己并未实施，他们很快就让他从队伍里出来了。一个卫兵护送着他。那天夜里，门德尔回到了监狱。在拉比的家里，丽丝和希勒米尔离了婚。当丽丝举起双手，希勒米尔把离婚文书放到她手上时，女人们哀哭起来，男人们也饱含眼泪。然后，丽丝在丧葬协会妇女们的陪伴下被领回到她父亲的家里。

12

克雷谢夫的毁灭

那天夜里刮起了大风，就像老话说的，仿佛那七个女巫自己上吊了。事实上，只有一个年轻的女人上吊了，那就是丽丝。早上，那个年老的仆人走进她女主人的房间时，发现床上空无一人。她等着，想着丽丝可能自己有什么事情，可是过了好久丽丝也没有出现，女仆这才去找她。她很快在阁楼上发现了丽丝——她吊在一根绳子上，头上光着，赤着脚，穿着她的睡袍。她都已经变冷了。

全镇人惊呆了。那些头一天还朝丽丝扔石头，还义愤填膺，觉得对她的惩罚不够严厉的女人们，现在却恸哭着，说社区的长老们杀了一个正派的犹太女儿。男人们分成了两派。第一派认为丽丝已经为她的罪付出了代价，她的遗体可以葬在公墓里，她母亲的旁边，可以被认为是可敬的人；但另一派争辩说应该把她葬在公墓外，栅栏后面，就像其他自杀者那样。这一派的人坚持说从丽丝在审判室的所作所为来看，她死的时候是叛逆的，不思悔改的。拉比和社区的长老们属于后面这一派，他们最后胜了。她是夜里点着灯笼下葬的，葬在栅栏外面。女人们抽泣着，哽咽着。喧闹声吵醒了墓地树上的乌鸦，引得它们呱呱叫起来。几位长者请求丽丝的原谅。按照习俗，人们在她的眼睛上盖了陶瓷碎片，她的手指间放着一根棒子，这样弥赛亚降临的时候，她就可以用它挖一条从克雷谢夫到圣地的通道。因为她是个年轻女人，蚂蟥卡尔曼被召了来检查她是不是怀孕了，因为埋葬一个未出生的婴儿会倒霉。掘墓人说着葬礼词："磐石[1]啊，他的作为完全，他所行的无不公平，是诚实无伪的神，又公义，又正直。"一把把青草

---

[1] 磐石，指上帝。

拔起来，从肩头扔到身后。参加葬礼的人每人铲起一铲子泥土扔进墓穴。虽然希勒米尔不再是丽丝的丈夫，但他还是跟在担架后面，在她墓前念着哀祷文"卡迪什"。葬礼过后，他一头扑倒在坟堆上不起来，被人强拉走了。尽管，按照律法，他是不必守七天的哀悼的，但他回到岳父的家里，履行了所有规定的仪式。

哀悼期间，镇上几个人来和希勒米尔一起祷告，给他安慰，但他好像发誓永远保持沉默，没有任何回应。他穿着破衣烂衫，坐在脚凳上，脸色苍白，胡须和鬓发蓬乱不整，盯着《约伯记》[1]。一块装着油的陶瓷碎片里，一支蜡烛闪着光，一块破布浸在一杯水里——这是给死者的灵魂准备的，这样她可以自己浸在里面。年老的仆人端来吃的，可希勒米尔只蘸着盐吃了一小块不新鲜的面包。七天的哀悼过后，希勒米尔手拿棍子，背上包裹，出去流浪了。镇上的人尾随着他走了一段，想说服他留下来，或是等到雷布·布尼姆回家再说。但他不说话，只是摇摇头，继续往前走，后来那些劝说的人说累了，便转身回去了。人们后来再也没见着他。

这期间，雷布·布尼姆滞留在沃利尼的某个地方，埋头做他的生意，对他自己的不幸一无所知。犹太历新年前的几天，他让一个农夫赶着货车送他回到克雷谢夫镇。他给女儿女婿带了好多礼物。一天夜里，他在一家旅店留宿。他打听家里的情况，尽管

---

[1] 按规定，犹太教徒在哀悼死去的亲人期间，读《圣经·约伯记》中的一些段落。

人人都知道发生的事情,但没人有勇气告诉他。他们声称什么也没听到。而当雷布·布尼姆拿威士忌和蛋糕招待他们时,他们不情愿地吃着,喝着,举杯致敬,不敢看他的眼睛。他们的沉默寡言让雷布·布尼姆很是困惑。

早上雷布·布尼姆驱车回到克雷谢夫时,镇子像是被遗弃了似的。事实是居民们都躲着他。他驱车回到家,看见大中午的,门窗紧闭,他吓坏了。他叫丽丝、希勒米尔、门德尔,但无人应答。女仆也离开了这座房子,生着病躺在救济院里。最后,不知从哪里冒出一个老女人来,告诉了雷布·布尼姆这个可怕的消息。

"啊,再也没有丽丝了!"那老女人绞着手哭喊着。

"她什么时候死的?"雷布·布尼姆脸色苍白,眉头紧皱。

她说了那一天。

"希勒米尔在哪儿?"

"去流浪了!"女人说道,"七天的哀悼过后马上就走了……"

"真正的法官是值得称颂的!"雷布·布尼姆为死者念着祝福词。他又加了一句《约伯记》里的话:"我赤身出于母胎,也必赤身归回。"

他走进自己的房里,把西服的翻领撕了一个口子,脱下靴子,坐在地板上。老女人端来面包和一个煮得很老的鸡蛋,还按照律法的规定,带来一点灰。她慢慢解释说,他唯一的女儿不是正常死亡,而是上吊死的。她解释了她自杀的原因。但是,雷布·布尼姆并未被这消息击倒，因为他是个敬畏上帝的男人，无论来自上天的惩罚是什么，他都接受。就像经上说的："无论好事，坏事，人都得感恩。"他保持了他的信仰，对宇宙之主没有任何怨恨。

犹太历新年那天，雷布·布尼姆在祈祷室祷告，卖力地吟唱着他的祈祷词。之后他独自一人吃了节日餐。一个女仆给他端来羊头、加了蜂蜜的苹果和一个胡萝卜，他细细地咀嚼着，摇摆着身子，唱着餐桌颂歌。我，邪恶精灵，企图引诱这个极度悲伤的父亲偏离正道，用悲哀填补他的精神，因为这就是造物主派我到地上来的目的。但是，雷布·布尼姆无视我的存在，用《圣经·箴言》上的一句话完成了颂歌："不要照愚昧人的愚妄话回答他。"他不和我辩论，而是学习、祈祷，赎罪日之后，开始搭建住棚了[1]，全神贯注于《托拉》和圣洁的行为。都知道我的力量只能影响那些质疑上帝之道的人，对那些行为圣洁的人没有用。那些神圣的日子[2]就这样过去了。他也要求把马车夫门德尔从监狱里放出来，让他自寻出路。这样，雷布·布尼姆像个圣徒一样离开了镇子，就像经上写的那样："当一个圣人离开镇子，他的美丽、他的光彩、他的荣耀也随之而去。"

---

1 赎罪日五天之后为住棚节，这是犹太教三大朝圣节之一，纪念以色列人逃出埃及，进入迦南前的四十年中，在西奈旷野漂泊所经历的帐篷生活和上帝对以色列人的庇护。
2 这里指犹太历新年、赎罪日、住棚节等几个犹太教节日。

这些节日过后，雷布·布尼姆贱卖了他的房子和其他财产，离开了克雷谢夫，因为这个镇子有太多不幸的记忆。拉比和镇上所有的人都来送他上路。他留下一笔钱供读经堂、救济院和其他慈善之用。

马车夫门德尔在附近的村子里逗留了一段时间。克雷谢夫的小贩们说农民们都怕他，他经常和他们吵架。有人说他成了一个盗马贼，还有人说他成了拦路的强盗。也有谣传说他去了丽丝的墓前，沙地上有他的靴子印。还有其他关于他的故事。有人害怕他会对镇上的人实施报复，他们说得还真没错。一天夜里，起了大火。同时在几个地方起了火。尽管下着雨，火苗还是从一座房子蹿到另一座房子，克雷谢夫差不多四分之三的房子都给毁了。社区的公山羊也丧了命。目击者发誓说是马车夫门德尔点的火。那时因为天很冷，许多人无家可归，好多人病倒了，一场瘟疫接踵而至，男人、女人、儿童们一个接一个地死去，克雷谢夫真的毁灭了。到今天，这个镇子都还很小很穷，它再也没有恢复到过去的规模。这全都源于一个丈夫、一个妻子和一个马车夫犯下的一桩罪。虽然犹太人没有对自杀者的坟墓祷告的习惯，但那些来祭拜父母坟墓的年轻女人们常常扑倒在栅栏外的土包上，祈祷，不只是为他们自己，为他们的家庭，也为希夫娜·塔玛尔那堕落的女儿丽丝的灵魂。这个习俗一直延续至今。

辛格年表*

1904 年　7月14日，艾萨克·巴什维斯·辛格出生在波兰华沙附近的莱昂辛（Leoncin）小镇。父亲平查斯·迈纳切姆（Pinkhos Menakhem）是一位哈西德派拉比，母亲巴斯舍芭（Bathsheba）出生在一个犹太拉比世家，受过良好的教育，以博学聪慧闻名。辛格有一个姐姐、一个哥哥和一个弟弟，姐姐欣德·埃斯特（Hinde Esther）和哥哥伊斯雷尔·约书亚（Israel Joshua）后来都成为作家，弟弟摩西（Moishe）则继承父业。此外，家中还有两个孩子死于猩红热。

1907 年　随家人移居华沙附近的拉德兹明（Radzymin）小镇，父亲成为当地犹太学校的校长。辛格去犹太儿童宗教学校上学。

＊《辛格年表》非英文版原书所有，年表资料主要参考"美国文库"版《辛格短篇小说集》（Collected Stories）"年表"部分、珍妮·哈达（Janet Hadda）的《艾萨克·巴什维斯·辛格传》（Isaac Bashevis Singer:A Life）等。——编者注

1908年　随家人移居华沙克鲁奇玛尔纳街（Krochmalna Street）10号，该街道居民大多是生活贫苦的犹太人。父亲在那里主持一个拉比法庭，主要以解决街坊邻里的家庭和婚姻问题为生。童年的辛格除了阅读宗教书籍外，还喜欢阅读爱伦·坡和阿瑟·柯南·道尔的故事，以及一些流行的意第绪语小说。

1912年　姐姐欣德·埃斯特与一名钻石切割工在柏林结婚，之后移居安特卫普。

1914年　"一战"爆发后，哥哥约书亚为了逃避俄军的征兵，在一个雕刻家的工作室躲藏起来。姐姐一家逃难至伦敦。

1917年　"一战"期间，辛格一家的生活每况愈下，在万般无奈之下，辛格和弟弟随母亲来到母亲的故乡毕尔格雷（Bilgoray）小镇。小镇的一草一木、历史风俗给正值青春期的辛格带来了巨大的冲击。他后来的很多作品都以这个小镇为背景。在毕尔格雷的四年里，辛格除了研读《塔木德》外，还广泛地阅读了斯宾诺莎、斯特林堡、托尔斯泰、陀思妥耶夫斯基、福楼拜和莫泊桑等人的著作。他也学习波兰语、德语、世界语和现代希伯来语等多门语言，并用这些语言创作一些幽默短剧和诗歌。

1921年　辛格回到华沙，进入一所犹太拉比学院学习，但因感到乏味，又回到毕尔格雷，以教授希伯来语为生。其间，深入学习斯宾诺莎的《伦理学》，阅读康德《未来形而上学导论》、汉姆生《饥饿》等著作。

1922 年　因病离开毕尔格雷，去到家人在德兹克（Dzikow）小镇的住处。生活苦闷。虔诚的弟弟摩西把哈西德派宗教思想家纳赫曼（Nachman）的著作借给辛格阅读。

1923 年　辛格搬回华沙，哥哥约书亚为他在华沙一家意第绪语文学杂志《文学之页》(Literary Pages) 找到一份校对的工作。其时，哥哥在华沙文学界颇有名望，游历过苏联，出版了小说集《珍珠》，为美国《犹太前进日报》(The Jewish Daily Forward) 撰稿。在华沙期间，辛格经常出入犹太作家俱乐部，在那里，他与人自由地谈论文学、哲学和时事新闻，贪婪地阅读各类书籍。

1925 年　在《文学之页》发表第一篇小说《在晚年》，并获得该杂志的文学奖。用笔名"艾萨克·巴什维斯"在《今日》(Ha-yom) 杂志上发表短篇小说《蜡烛》。

1926 年　认识左翼女青年卢尼娅，后来他们以夫妻相处，但从未按照犹太习俗办理结婚手续。

1928 年　辛格翻译的汉姆生小说《牧羊神》(Pan)、《漂泊的人》(Wayfarers) 意第绪语版出版。

1929 年　父亲平查斯·迈纳切姆在德兹克去世。辛格和卢尼娅的儿子伊斯雷尔·扎米尔出生。辛格翻译的《罗曼·罗兰传》意第绪语版出版。

1930 年　辛格翻译的《西线无战事》《魔山》意第绪语版出版。

1932 年　与好友亚伦·蔡特林（Aaron Zeitlin）共同筹办意第绪语文学刊物《格劳巴斯》(Globus)。在针对卢尼娅的一次调查中，辛格被短暂

	拘押。开始撰写小说《撒旦在格雷》。
1933年	1月至9月，在《格劳巴斯》连载《撒旦在格雷》。
1934年	哥哥约书亚离开波兰移居美国，为《犹太前进日报》撰稿。
1935年	辛格和卢尼娅分道扬镳，卢尼娅带着儿子奔赴苏联，而辛格则在哥哥约书亚的帮助下移居美国，跟哥哥一起住在纽约布鲁克林。然而，辛格极度不适应纽约，感觉"自己被连根拔起"了，以至于很多年都"写不出一个有价值的句子"。在哥哥的帮助下，开始为《犹太前进日报》撰稿。长篇小说《撒旦在格雷》意第绪语版在波兰出版。
1936年	哥哥约书亚的长篇小说《阿什肯纳兹兄弟》(The Brothers Ashkenazi)在美国出版。姐姐欣德·埃斯特在华沙出版了首部小说《恶魔之舞》(The Dance of the Demons)。
1937年	旅游签证已无法续签，在朋友的建议下，偷渡到多伦多获得加拿大的居留证后，再返回纽约获得美国的长期居留权。夏天，在卡茨基尔的一个农场度假时，辛格与未来的妻子德裔犹太人阿尔玛·海曼·沃塞曼 (Alma Haimann Wassermann) 相识，彼时，阿尔玛是带着两个孩子的有夫之妇。这年夏天，卢尼娅和儿子被苏联政府驱逐出境，后辗转来到巴勒斯坦地区。
1939年	德国入侵波兰后，辛格与母亲、弟弟失去联系。哥哥约书亚成为美国公民。好友亚伦·蔡特林移民美国。阿尔玛与丈夫离婚。
1940年	2月14日，辛格与阿尔玛步入婚姻的殿堂。但是婚后，他们的生

活非常拮据，阿尔玛不得不去百货公司做推销员。

1941年　辛格一家搬到曼哈顿西103街的一套公寓中。

1943年　获得美国公民身份。在度过了漫长的创作低谷后，辛格连续发表了五个短篇小说：《隐身人》《教皇泽伊德尔》《克雷谢夫的毁灭》《未出生者日记》和《两具跳舞的尸体》。

1944年　2月10日，哥哥约书亚因心脏病突发在纽约病逝。辛格悲痛不已，他说，约书亚的去世是"我一生中最为不幸的事。他是我的父亲，我的老师。我永远无法从这个打击中恢复过来"。发表短篇小说《市场街的斯宾诺莎》。

1945年　在意第绪语杂志发表短篇小说《傻瓜吉姆佩尔》《小鞋匠》和《杀妻者》。"二战"后不久，有人告知辛格，母亲和弟弟被苏联政府放逐到哈萨克斯坦，并在建造木屋时冻死。11月，长篇小说《莫斯凯家族》在《犹太前进日报》连载，同时在纽约广播电台以意第绪语连续播出。

1947年　夏末，和阿尔玛乘船前往欧洲旅行。在英国与姐姐见面。在《犹太前进日报》发表旅行随笔。

1948年　冬季，和阿尔玛前往迈阿密海滩，后来他们经常去那里。

1950年　1月，去迈阿密旅行。10月，《莫斯凯家族》英文版由克诺夫出版社（Knopf）出版。这是辛格第一部被翻译成英文的长篇小说。出版前，英文版编辑要求大量删减，辛格颇为不快，但还是删掉了大量内容，并更换了结局。

1951 年　去佛罗里达和古巴旅行。

1952 年　长篇小说《庄园》开始在《犹太前进日报》连载。

1953 年　在欧文·豪的建议下，索尔·贝娄翻译并在《党派评论》发表了辛格的短篇小说《傻瓜吉姆佩尔》，引起美国批评界的热评。

1954 年　6月13日，欣德·埃斯特在伦敦去世。姐姐是辛格家第一个写作的人。姐姐生前患有癫痫和抑郁症，加上辛格自身的抑郁状态和时不时出现的自杀念头，让辛格怀疑他们家有精神病史。

1955 年　2月，儿子伊斯雷尔·扎米尔代表他所在的基布兹（kibbutz）访问纽约，二十年来首次见到辛格。2月至9月，回忆录《在父亲的法庭上》在《犹太前进日报》连载。辛格首次去以色列旅行。《撒旦在格雷》英文版由正午出版社（Noonday）出版。

1956 年　《在父亲的法庭上》部分章节被改编成戏剧，在曼哈顿国家意第绪语人民剧院（National Yiddish Theatre Folksbiene）上演。

1957 年　长篇小说《哈德逊河上的阴影》在《犹太前进日报》连载。11月，第一部短篇小说集《傻瓜吉姆佩尔》由正午出版社出版。

1959 年　长篇小说《卢布林的魔术师》在《犹太前进日报》连载。

1960 年　《卢布林的魔术师》英文版由正午出版社出版。辛格和阿尔玛搬到西72街的一套公寓中。法勒、斯特劳斯和卡达希出版社（Farrar, Straus and Cudahy, 1964年更名为 Farrar, Straus and Giroux，以下简称 FSG，中文通常译为法勒、斯特劳斯和吉鲁出版社）收购了正午出版社，开启了这家出版社与辛格之间的长期合作关系。

1961年　短篇小说开始刊登在《小姐》(Mademoiselle)《时尚先生》(Esquire)和《智族》(GQ)等时尚杂志上,因而读者越来越多。10月,短篇小说集《市场街的斯宾诺莎》英文版由法勒、斯特劳斯和卡达希出版社出版。长篇小说《奴隶》在《犹太前进日报》连载。

1962年　《奴隶》英文版由法勒、斯特劳斯和卡达希出版社出版。特德·休斯和苏珊·桑塔格对该书大加赞赏。辛格阅读布鲁诺·舒尔茨的作品。决定成为一名素食主义者。

1964年　《卢布林的魔术师》荣获法国最佳外国小说奖。短篇小说集《短暂的礼拜五》英文版由FSG出版。同年,辛格当选为美国艺术暨文学学会 (National Institute of Arts and Letters) 会员。

1965年　辛格一家搬到百老汇大道与西86街交叉的贝尔诺德公寓。

1966年　2月至8月,长篇小说《冤家,一个爱情故事》开始在《犹太前进日报》连载。由欧文·豪选编和导读的《艾萨克·巴什维斯·辛格短篇小说选》出版。5月,回忆录《在父亲的法庭上》由FSG出版。插图版儿童故事集《山羊兹拉特和其他故事》英文版出版。辛格在欧柏林学院担任住校作家。

1967年　《庄园》英文版由FSG出版。插图版儿童故事《恐怖客栈》《好运气与坏运气》英文版出版。《山羊兹拉特和其他故事》荣获纽伯瑞儿童文学奖 (Newbery Honor Books)。

1968年　《恐怖客栈》荣获纽伯瑞儿童文学奖。短篇小说集《降神会》英文版由FSG出版。插图版儿童故事集《当坏运气来到华沙和其他故事》英文

- 277 -

版出版。《莫斯凯家族》荣获意大利班卡雷拉文学奖。

1969 年　长篇小说《地产》和回忆录《快活的一天：一个在华沙长大的孩子的故事》英文版由 FSG 出版。

1970 年　短篇小说集《卡夫卡的朋友》英文版，插图版儿童故事《奴隶以利亚：重述一个希伯来传说》《约瑟夫与科扎，或维斯瓦河献祭》英文版由 FSG 出版。《快活的一天：一个在华沙长大的孩子的故事》荣获美国国家图书奖儿童文学奖。《纽约时报》披露当时辛格的年收入已超过 10 万美元。

1971 年　《艾萨克·巴什维斯·辛格读本》由 FSG 出版。

1972 年　长篇小说《冤家，一个爱情故事》英文版由 FSG 出版。和辛格住在同一栋公寓楼里的玛格南摄影师布鲁斯·戴维森（Bruce Davidson）拍摄了一部 28 分钟的短片《辛格的噩梦和普普科夫人的胡子》。

1973 年　由辛格同名短篇小说改编的戏剧《镜子》在耶鲁保留剧目轮演剧团的专用剧场上演。短篇小说集《羽冠》英文版、插图版儿童故事集《切尔姆的傻瓜和他们的故事》英文版由 FSG 出版。

1974 年　长篇小说《肖莎》最初以《心灵旅程》为题在《犹太前进日报》连载，《忏悔者》也开始在《犹太前进日报》连载。插图版儿童故事集《诺亚为何选择鸽子》出版。《羽冠》与托马斯·品钦的《万有引力之虹》一同荣获美国国家图书奖小说奖。

1975 年　短篇小说集《激情》英文版由 FSG 出版。辛格在巴德学院担任住校作家。

1976年　回忆录《寻求上帝的小男孩：或个人灵光中的神秘主义》和插图版儿童故事集《讲故事的人纳夫塔利和他的马》英文版出版。9月，理查德·伯金（Richard Burgin）拜访了辛格，在接下来的两年中，他对辛格大约进行了五十次采访。11月，菲利普·罗斯拜访辛格，一同探讨布鲁诺·舒尔茨，并把对谈内容整理发表在次年的《纽约时报书评》。

1978年　7月，长篇小说《肖莎》英文版由FSG出版。回忆录《寻求爱情的年轻人》英文版出版。10月5日，辛格因"他充满激情的叙事艺术，既扎根于波兰犹太人的文化传统，又展现了普遍的人类境遇"，获得诺贝尔文学奖。与阿尔玛、伊斯雷尔·扎米尔等人前往斯德哥尔摩。12月8日，发表获奖感言。

1979年　短篇小说集《暮年之爱》英文版由FSG出版。《卢布林的魔术师》被改编成同名电影。伊斯雷尔·扎米尔翻译的《冤家，一个爱情故事》希伯来语版在特拉维夫出版。米纳罕·戈兰（Menahem Golan）导演的《卢布林的魔术师》在威尼斯电影节上映。

1980年　2月，长篇小说《原野王》开始10个月的连载。辛格拒绝波兰文学团体的邀请，坚持不回波兰。

1981年　回忆录《迷失在美国》英文版出版。

1983年　长篇小说《忏悔者》英文版由FSG出版。《书院男孩燕特尔》被改编成音乐电影《燕特尔》，导演芭芭拉·史翠珊（Barbra Streisand）凭借该片荣获金球奖最佳导演奖。

1984年　由《寻求上帝的小男孩：或个人灵光中的神秘主义》《寻求爱情的年轻人》和《迷失在美国》三部合集而成的《爱与流放：一部回忆录》出版。《儿童故事集》由 FSG 出版。

1985年　辛格在迈阿密大学教授创意写作课。

1986年　理查德·伯金编辑的访谈录《与艾萨克·巴什维斯·辛格对话》由 FSG 出版。

1988年　短篇小说集《玛士撒拉之死》和《原野王》英文版由 FSG 出版。

1989年　12月，电影《冤家，一个爱情故事》上映。

1991年　7月24日，辛格在佛罗里达州瑟夫赛德镇的公寓里去世。安葬在新泽西州帕拉默斯的一个犹太公墓。为了纪念辛格，迈阿密大学设有以辛格命名的面向本科学生的学术奖学金。佛罗里达州瑟夫赛德镇有一条以辛格命名的林荫大道。波兰的卢布林有一个"辛格广场"。